講談社文庫

終わった人

内館牧子

JN259184

講談社

終わった人

第一章

定年って生前葬だな。

俺は専務取締役室で、机の置き時計を見ながらそう思った。あと二十分で終業のチャイムが鳴る。それと同時に、俺の四十年にわたるサラリーマン生活が終わる。六十三歳、定年だ。

明日からどうするのだろう。何をして一日をつぶす、いや、過ごすのだろう。

「定年後は思いきり好きなことができる」だの、「定年が楽しみ。第二のスタート」だのと、きいた風な口を叩《たた》く輩《やから》は少なくない。だが、負け惜しみとしか思えない。それが自分を鼓舞する痛い言葉にしか聞こえないことに、ヤツらは気づきもしないのだ。

六十三歳、まだ頭も体も元気だ。幾らでも使えるし、このまま専務として残っても、他のヤツらよりずっと働ける。

会社の外には、すでにハイヤーが俺を待っているだろう。定年を迎える最後の日だけ、地位に関係なく男子社員も女子社員も、黒塗りのハイヤーで自宅に送ってもらえる。

そしてそろそろ、花束やテープ、クラッカーを手にした社員たちが、玄関ロビーに並び始めているかもしれない。

元気でしっかりしているうちに、人生が終わった人間として華やかに送られ、別れを告げる。生前葬だ。

俺、田代壮介《たしろそうすけ》は定年の日だけではなく、毎朝夕、黒塗りに送迎されるべき人間だった。役員になる自信があった。仕事もできたし、会社への貢献度も他を圧倒していた。断言できる。何よりも、自分の会社が好きだった。同期入社の誰よりもだ。だが、現実には黒塗りは定年当日の今日だけだ。最後の日だけ全員にハイヤーというのは、施《ほどこ》しを受けてバカにされている気がする。だが、拒否してはかえってみっともない。人間の価値は散り際《ぎわ》で決まる。「散り際千金」だ。

部下や若いヤツらというものは、去って行く人間の一挙手一投足を注視し、小さな表情の変化までをとらえようとするものだ。そして後で必ず、「無理して笑ってたね」だの「やっぱり、淋《さび》しいんだと思うよ」だのと噂《うわさ》しあう。俺もやったからよくわかる。

自分たちにだって、定年の日はすぐにやってくるというのにだ。そう、「散る桜残る桜も散る桜」なのだ。

絶対に心中を見せてはならぬ。サラリと自然にハイヤーに乗り込むのだ。散り際千金だ。

俺のサラリーマン人生は、専務取締役で終わった。

それも社員三十人の子会社だ。キャッシュカードのコンピューター処理をする会社で、文京区千駄木《せんだぎ》の雑居ビルの中にある。

今、最後の時を迎えようとしている「専務取締役室」は、総務部の一角を衝《つい》立《たて》で区切っただけの、言うなればコーナーだ。課員たちの声がつつぬけのコーナーで定年を迎えようとは、少なくとも四十九歳までは考えもしなかった。

俺は岩手県盛岡市で生まれた。一九四九年、昭和二十四年だ。団塊と呼ばれる世代で、町中にあふれるほど子供がおり、常に競争して生きてきた。

今のように、子供の尊厳だの人権だのに気配りする社会ではなかった。個人情報など垂《た》れ流しで、成績は名前と共に廊下に貼り出され、「勝ち」と「負け」が明確にされた。それが当たり前だった。

今でも覚えているが、高校受験の補習授業の際、生徒の習熟度によって三クラスに分けることになった。その時、担任は全員を前に、クラス分けを発表した。

「えー、まずは『できるクラス』に入る人の名前を言います。次に『普通のクラス』、そして『できないクラス』の順です。自分がどこに入るか、間違わないように聞いて」

こういう時代だった。

面白いことに、発表を聞いても、下のクラスの生徒ほど平然としている。「自分はこんなもン」として、別に恥ずかしがりも、くやしがりもしない。だが、自分は「できるクラス」に入ると思っていた生徒が、「普通のクラス」だったりすると、血の気が引くのがわかったり、女生徒の中には泣く子もいた。

俺は「普通のクラス」だった。

それは何となく予測していたが、衝撃だったのは「できるクラス」のメンバーとの差だ。あちらは明らかに選《よ》りすぐられた男女、こちらは「できなくはないが、できるわけでもない」という凡庸《ぼんよう》な生徒の集団だった。

俺はあの頃から見栄っ張りだった。今、ハイヤーを断らないのも、散り際千金をモットーとするのも、見栄から来ている。そして、あの頃から気が強かった。

「普通のクラス」に振り分けられたあの日、体が熱くなるほど思った。見てろ、絶対に南部《なんぶ》高校に受かってやる。

岩手県立南部高校は盛岡市にある名門中の名門で、昔の旧制南部中学だ。東北地方でも屈指の進学校である。

創立以来、南部藩精神を継ぐような著名な軍人、政治家を数多く輩出する一方、日本を代表する学者や文学者、文化人をも数多く世に送り出していた。「普通のクラス」から合格するのは至難だったが、「何としても入ってみせる。こんな何の特徴も取り柄もない『普通人』と、一緒にされてたまるかよ」の一念だった。

結果、メキメキと成績が上がり、南部高校合格も視野に入ってきた。すると担任は俺を示し、またみんなの前で言った。

「田代、今日から『できるクラス』に行くように」

俺は、咄嗟《とっさ》に答えていた。

「いえ、今のクラスでいいです。勉強は自分でやりますから、『できないクラス』でも構いません」

担任は思わぬ反撃に、一瞬ひるんだ。間違いない。

俺はあの時、身につけた。「強気に出ると、人はひるむ」と。

南部高校を卒業した後、現役で東京大学法学部に入った。あれほど人数が多い時代に、最難関を現役突破だ。これは見栄や強気ばかりでできることではなく、それだけ勉強したからだ。とはいえ、俺はもともと優秀な人間だったのだと思う。

東大を出た後、国内トップのメガバンク万邦《ばんぽう》銀行に就職した。一九七二年、昭和四十七年のことだ。

両親は俺が自慢だっただろう。親父も旧制南部中学から東北帝国大学を経て、岩手の大学教授であったが、酒が入ると、「倅《せがれ》は俺を越えた」と誇らし気に言っていたらしい。俺が専務取締役の「コーナー」で定年を迎える前に死んでくれて、つくづくよかった。

とうとう、終業のチャイムが鳴った。俺は大きく息を吐くと、スーツの上着を着て、鏡を見た。薬屋の宣伝用品だろう、掛け鏡には、ちょうど俺の胸のあたりに風邪薬の品名が印刷されている。「カゼサール」か。俺も去るのだ。「カゼサール」の文字の上で、ほんのり笑ってみる。このくらいがいい。笑顔が大きすぎては、かえって足元を見られる。

ロビーに降りていくと、大きな拍手がわいた。全社員、といっても三十人だが、口々に、

「おめでとうございまーすッ」

「お元気でーッ」

と声をあげた。クラッカーが鳴り、男女社員二人が出て来て、花束と記念品らしき小箱を手渡された。

「専務、いつでも会社に遊びにいらして下さい」

「みんな待ってますから」

俺はほんのりと笑いながら礼を言う。

むろん、本気にして遊びに来たりしたら、迷惑がられるのは先刻承知。真《ま》に受けて訪問してくるバカOBには、俺もほとほと閉口したものだ。

ハイヤーの後部座席に身を沈め、窓を開ける。全社員が車を囲み、声をあげたり、手を振ったり。生前葬だ。その中を、静かに黒塗りは動き出した。これで長いクラクションを鳴らせば、まさに出棺だ。

車が動いて間もなく振り返ると、もう誰もいなかった。サッサとオフィスに戻り、帰り仕度をしたり、業務の続きを始めたり、会社はいつものように動くのだ。

俺がいなくとも。

誰も何も困らずに。

ハイヤーは文京区千駄木の会社から、大田区北千束《きたせんぞく》の自宅まですべるように走った。四十年間、通勤ラッシュにもまれ、最後がこれか。やはり施しだ。

万邦銀行に入った昭和四十七年、大卒男子は二百人だった。誰もが一流大学卒の、選び抜かれた男という誇りを匂わせていた。

ああ、これからこいつらと出世競争をするのかと思ったが、正直なところ、負ける気はしなかった。根拠はない。

だが、「普通のクラス」から南部高、東大法、万銀《ばんぎん》という実績が、俺に揺るぎない自信を与えていた。その気になればどんなことだってできる。

そして、この先の俺にはどれほどすごいことが待っているか、予測もつかなかった。武者震いするほど、とてつもない将来を感じていた。

それを裏づけるかのように、日本橋《にほんばし》支店に配属された。

万銀では「トップ3《スリー》」とされる支店がある。日本橋支店、新橋《しんばし》支店、そして人形町支店《にんぎょうちょう》だ。

このトップ3の支店長は役員だ。そして、三支店の中でもトップは日本橋支店なのだ。

あのエリート同期二百人の中で、トップ3に配属されたのは、合計十人。右も左もわからぬ新入行員ながら、やはり俺には見るべき何かがあるのだ。そう思ったのは自惚《うぬぼ》れというより、若い人間として健康的なことだろう。

俺は日本橋支店で窓口業務や事務などの内勤を半年ほどやり、その後、営業に配属になった。仕事は面白く、実績もついてきて、上からの評価の高さはハッキリとわかった。

おそらくどこのメガバンクも似たりよったりだと思うが、万銀の場合は入行して三年で、まず給料に差をつけられる。そして六年目、選ばれた者に初めての役職がつき、給料が大幅に上がる。椅子《いす》も変わる。

俺はもちろん選ばれ、日本橋支店から大手町《おおてまち》の本部に異動になった。選ばれた同期は七十一人。六年で早くも三分の一だ。

その後、俺は本部を動くことなく、業務開発部で思い切り仕事ができた。

時代に合わせた金融商品を開発するのは、実に面白かった。他行の動きにも気を配り、ピリピリするような緊張感と刺激。うまくいかない時でも面白かった。

上司は、

「社会正義と人類愛に反しない限り、何をやってもいいぞ」

と言い、その豪快ぶりは、俺と重なるところもあったのだろう。可愛がってくれた。

ポストは課長、次長と順調に上がり、部長、支店長への関門もクリア。最初の役付き競争で七十一人になっていた同期は、この関門で二十人に淘汰《とうた》された。入行から十六年で十分の一だ。

そして、俺は三十九歳で、最年少の支店長に抜擢された。その後、本部の小さい部の部長をつとめ、四十三歳で業務開発部長になった。

この四十代が、人生の黄金期だった。

そうは考えたくないが、今思い返すと、そうだった。

行内を肩で風を切って歩き、頼られ、大口の顧客からの信頼も厚く、体中に力がみなぎっている実感があった。明日はどんな日になるだろう。明日が来ることが楽しみだった。

そんな思いは、虫採りに夢中だった小学生時代の夏休みと、四十代のあの頃しかない。

企画部副部長についたのは、四十五歳の時だ。

これでハッキリと役員が視野に入ってきた。本部の総務、人事、企画という管理部門の副部長は、役員につながるポジションだ。ここから、早い者は四十八、九歳で役員になっている。

俺の会社への貢献度や実績、顧客からの信頼や社内での人望から考えても、四十代で役員という目は十分にある。社内では「次は田代か西本《にしもと》」と噂されていた。

西本徹《とおる》は、同期だ。二百人の同期の中で、結局、残ったのは彼と俺の二人ということになる。西本は国際本部で、その名を轟《とどろ》かせていた。

しかし、万銀にとってどちらを役員にした方が得かを考えれば、経営に直結する部署で鍛《きた》えられ、実績をあげ、人脈も広い俺の方を選ぶのは当然だろう。

とはいえ、俺にはひとつネックがあった。

新役員を決めるのは経営会議である。それは各部門の担当役員で構成されており、彼らが自分の担当部門から、新しい役員候補者を推薦する。ところが、俺を高く評価してくれていた役員が、経営会議から外れたのだ。

一方、西本は有利だった。

彼の直属上司の国際本部長がメンバーな上、副頭取もロンドン支店時代の上司だった。二人は西本の親分であり、師匠と言っていい。俺のネックは、行員たちの噂にもなっていた。

だがそれでも、俺を役員にする方が実利がある。それを経営会議がわからぬわけがない。

生き残りをかける時代に、「親分の引き」などと前時代的なことがまかり通るか？

そう思いながらも、不安はあった。だが、たとえ紛糾しても、会議は最後に俺を選ぶ。そう思っていたことも確かだ。

この時、万邦銀行はすでに「たちばな銀行」と名前を変えていた。三行が合併したのだが、俺の自信はその際の働きにも根ざしていた。

合併と言っても、旧万銀が他の二行を吸収するようなものだった。当時の俺はペーペーであったが、身を粉《こ》にして上をサポートした。

そして次長、部長とポストが上がっても、他の二行出身者に目をかけ、まとめることに気を抜かなかった。

この手腕は上もわかっており、国際本部で外国を相手にしてきた西本と比べれば、常に国内の前線に立って処決してきた俺の方が、役員として安心なのは言うまでもなかろう。

だが、そうはならなかった。

四十九歳のある日、俺は突然「たちばなシステム株式会社」への出向を言われたのだ。

人は驚きすぎると、頭の中が冷たくなるのだと知った。

よく「あまりのことに何を言われたのかわからなかった」などと言うが、それは単なる常套句《じょうとうく》だ。あまりのことに平静を装う見栄も張れず、顔面を凍らせていたが、「子会社に出されるのだ」ということはハッキリとわかっていた。

やはり、新役員には西本がついた。むろん、西本本人の力量もあったにせよ、組織というところでは、本人の実力や貢献度、人格識見とは別の力学が働く。

よくわかっていたことなのに、自分の身に起こるとは、やはり考えていなかった。

こうして四十九歳の春、俺は「たちばなシステム株式会社」に、取締役総務部長として出向した。

仕事は別に面白くなかったし、気持も腐っていたが、一、二年後に本部に戻れる目は残っていた。

何とか業績をあげ、戻ってやると腹を決めた。「普通のクラス」から「できるクラス」に行ってやるという思いだ。

ところが、業績をあげるほどの仕事がない。キャッシュカードを淡々と正確にコンピューター処理すればいいだけだ。親会社のたちばな銀行がある限り、仕事には困らない。競争だの競合だのには無縁の、おっとりというか無気力というか、そんな社風だった。

俺はもっと黒字にし、もっと仕事を広げようと、職制改革や無駄の排除に取り組んだ。本部の目に留まることしか考えず、そうであるだけに必死だった。

一年後、「たちばなシステムは、田代が行って変わった」と本部の担当役員に言われたものの、まだ本部に呼び戻される動きはなかった。ただ、この賞讃が励《はげ》みになり、俺はさらに本部ばかりを意識して働いた。

二年後、五十一歳の時だ。「転籍」を言われた。

これは、たちばな銀行を辞めて、たちばなシステムに籍を移せということだ。本部に呼び戻されようと頑張ったのだが、もはや本部は俺を必要としていなかった。人材なら幾らでもいるのだ。

二年前に出向を言われた時のショックに比べれば、それはさほどのものではなかった。

だが、「俺は終わった」という諦念というか、静かな衝撃に襲われていた。

もはや、メガバンクの中枢に戻れる目はゼロになり、社員三十人の雑居ビルの子会社で終わるのだ。

ああ、俺は「終わった人」なのだと、またも頭の中が冷たくなった。

できることなら、辞表を叩きつけたかったが、転籍を受け入れた。たちばな銀行の場合、転籍前に出向先で取締役になると、六十三歳まで給料は下がらない。取締役総務部長で転籍する俺も、年俸で千三百万円を保証される。こんな条件の再就職先がないことは、冷たくなった頭であっても、静かな衝撃の中であっても、判断できた。

俺は終わった。

激しく熱く面白く仕事をしてきた者ほど、この脱力感と虚無感は深い。もはやサラリーマンとしては先に何もない。せいぜい、子会社の社長になるか専務になるかというところだ。これが六十五歳ならいいが、五十一歳で「終わった人」なのだ。

俺は「普通のクラス」時代の十五歳からの人生を思った。社会的には「エリート」のど真ん中を歩き、光を浴び続けた。面白かった。

だが、社会における全盛期は短い。一瞬だ。

あの十五歳からの努力や鍛練は、社会でこんな最後を迎えるためのものだったのか。こんな終わり方をするなら、南部高校も東大法学部も一流メガバンクも、別に必要なかった。

人は将来を知り得ないから、努力ができる。

一流大学に行こうが、どんなコースを歩もうが、人間の行きつくところに大差はない。しょせん、「残る桜も散る桜」なのだ。

転籍以来、虚《むな》しさと共にそう思う日々が続いた。

やっと諦《あきら》めがついた時、俺は社内の改革に手をつけ始めた。もはや本部に目を留めてもらう必要はないのに、改革の断行は、残り時間で少しでも会社をよくしたいという思いだった。

その裏には、何とか俺がいた痕跡を残したいという本音があった。たかが社員三十人の小さな会社でも、どこかに俺の名を刻みたい。定年退職すれば、いなかったに等しい人間になるのだから。

あの時、政治家たちが「これは僕がやったこと」、「これは私が決めたこと」と必死にアピールする心理が理解できた。彼らの場合、それを次の選挙につなげたい思いは当然あるにせよ、任期のうちに痕跡を残しておきたいのだろう。

だが、結局、名なんて刻めないものだ。それはすぐに忘れられる。

クールビズの発案大臣も、国鉄や郵政の民営化を決行した首相名も、アッという間に忘れられる。俺の娘の道子《みちこ》など、初めて消費税を導入した首相の名さえ言えまい。

すべるように走っていたハイヤーは、途中でひどい渋滞にまきこまれた。その後、迂回しながらやっと環七《かんなな》に入った。家は近い。

シートに身を沈めながら、ふと思った。「四十九歳の出向と、五十一歳の転籍の衝撃を経験したおかげで、定年の今日は別にショックではないな。何でも役に立つものだな」と。

自宅マンションが、木立ちの向こうに見えてきた。

築四十年たつが、都内でも評価の高いブランドマンションだ。もっとも、名義は田代千草《ちぐさ》。女房だ。千草は一人娘で、親から相続した。父親は弁護士だったが、すでに亡くなり、現在八十三歳の母親は伊東《いとう》のホームにいる。

千草はミッション系のお嬢さん幼稚園から女子大までエスカレーターで進み、父親の弁護士事務所で、「行儀見習い」のような電話番をしていた。その父親と俺の大学の恩師が親しく、見合いで結婚した。千草は二十四歳、俺は三十歳だった。

「お部屋に運ぶお荷物はございますか」

ハイヤーの運転手の声で、我に返った。

「いや、ない。どうもありがとう」

運転手が恭《うやうや》しくドアを開け、深々とお辞儀して見送る。

俺はエレベーターホールへとゆっくり歩き、頰《ほお》を二、三度叩いた。それから瞼《まぶた》を指でマッサージした。少なくとも血色のいい顔で、力のある目で帰宅しなければならない。

ドアチャイムを押すと、四歳と二歳の孫が、

「おめでとうーッ」

と回らぬ口で叫び、飛びついてきた。道子の子たちだ。

続いてリビングから千草と道子夫婦、それにトシがクラッカーを鳴らしながら出てきた。トシは千草の従弟《いとこ》だ。

孫二人が、紙で作った金メダルを首から下げてくれる。こういう出迎えは好きではないが、笑顔を作り、

「みんな来てたのか。イヤァ、金メダルありがとう。ジージは金メダルか」

と喜んでみせる。疲れる。

リビングには尾頭付きの鯛《たい》やら、ローストビーフやら豪勢な料理が並び、シャンパンやらワイン、日本酒もふんだんに用意されている。感激したように、

「オーッ」と声をあげながら、急いで着換えに走った。

寝室に入るなり、ベッドにへたりこんだ。

ああ、こういう時は駅前のスーパーで刺身でも買って、テレビで野球を見ながら一人で酒を飲む方がいい。

本音だった。ああやって、みんなで「おめでとう」とことさらに示されると、めでたくないから必死にハイになろうとしている感じがする。ひがみ根性と言われようがだ。

薄手のセーターに着換えた俺を待って、賑《にぎ》やかなホームパーティが始まった。

みんなに、

「長いことご苦労様でした」

と言われ、乾盃。始まったばかりなのに早くパーティが終わらないかと思う。

少し酒が回った頃、道子がＤＶＤをセットした。すると、盛岡に住むお袋と妹が映し出された。

お袋の田代ミネは八十六歳で、親父が死んだ後は一人暮らしだ。日本酒がなみなみと入ったグラスをあげ、

「今日でお終《しめ》ぇだずのも、目出《めで》てんだが悲すんだがわがらねっとも、まんつ、酒っこ飲めるんだがら良《い》がべじゃ」

と盛岡弁で言うなり、グイッと飲み干したのだから、みんな笑った。相変らずだが、何だか俺の気持を一番わかっている気がした。

妹の美雪《みゆき》は、結婚してお袋のすぐ近くに住んでいる。徒歩一分で、本当に助かる。

ＤＶＤでは美雪の次に、伊東のホームにいる千草の母親が出た。俺も何度か訪ねたが、海が一望できるいいホームだ。

彼女は、

「壮介さん、立派に家族を養い、尽くして下さってありがとうございました。一家の主《あるじ》として、家族を泣かすことも路頭に迷わせることもなく、みごとに守り抜いて下さったのは、どんな仕事より大きいことです。本当にありがとう。私は一人娘を壮介さんに嫁がせたことが、何よりの誇りです」

と丁寧に頭を下げた。

俺は、

「盛岡のお袋にダビングして送ってやれ！　何が『酒っこ飲めるんだがら良がべじゃ』だッ」

とはしゃいでみせたが、不覚にも泣きそうになった。

義母の言葉は正しい。どんな仕事より、家族を守り抜くことは難しく、最重要なことだ。それをきちんと評価してくれた義母に、俺の涙腺はゆるんだ。

だが実は、俺を泣かせた本当の理由は、それではない。俺は家族を守っただけか……という小物感だった。

俺はとりたてて社会に影響を及ぼすこともなく、家族を守って生き、終わったのかという小物感。

とはいえ、たとえ本部の役員になったとしても、頭取になったとしても、「散る桜残る桜も散る桜」なのだ。

そう言い聞かせてみたものの、役員にもなれず、家族だけを守った小物感は消えなかった。

夜も十時になると娘夫婦と孫たちは帰り、俺とトシは飲み直した。

トシは、千草の母親の妹の息子で、今年五十五歳になる。本名は青山敏彦《あおやまとしひこ》というのだが、「トシ・アオヤマ」の名で活躍する名の知れたイラストレーターだ。

兄妹はみな一流大学に行き、堅い仕事についているが、トシだけは高卒後、十年間ニューヨークで暮らした。

帰国して描いた月刊誌の表紙が評判を呼び、その後、日本各地のおとぎ話シリーズで大きな賞まで受けた。

いわば炉端でお祖母《ばあ》ちゃんが語るような話を、斬新な絵本に仕上げ、この手のシリーズとしては破格に売れたらしい。

トシが一気に一流の仲間入りをしたのは、彼の「女好きする風貌」も一因だ

と思う。千草が女性誌を見ては、

「あら、またトシが出ている」

とよく言っていたものだ。

五十五歳の今でも、しゃれたヒゲとジーンズがよく似合う。四十歳の時に妻が病死し、以来ずっと六本木のアトリエ兼住居で、一人暮らしを続けている。

「壮さん、盛岡や伊東まで行ってDVDに撮ったの、俺だよ」

「え……トシが。忙しいのによくそんな時間、あったな」

「忙しいったって、昔のようじゃないからさ。うまい地酒飲みに行くかってなもんで」

「忙しくないのか、仕事」

「いや、仕事はあるけどさ。でも俺だって五十五だよ。三十代、四十代のようではないってこと」

意外な気がした。

サラリーマンと違い、才能や特技で仕事をしている人間には定年もなく、ましてトシのように有名なら、幾つになっても引く手あまただろうと思っていたのだ。

トシはケロッと言った。

「どんな業界にも世代交替はあるよ。俺がニューヨークから帰国した時、出版社や広告代理店やクライアントは、そろって俺を選んだ。若くてバリバリの新世代の俺をな。彼らにとって、旧世代は終わった人になったわけだ」

トシも「終わった人」という言葉を使った。

「壮さんの定年もそうだけど、どんな仕事でも若いヤツらが取ってかわる。俺は『生涯現役』ってあり得ないと思うし、それに向かって努力する気もまったくないね。あがくより、上手に枯れる方がずっとカッコいい」

「そうだけど、俺は生涯現役であろうとする気持、わかるし、悪くないと思うね。実際、若い人が崇《あが》め、社会から注目される老齢現役だって多いじゃないか」

「ああ。ヤツらはやっぱり天才なんだよ。あがいてしがみつくレベルの才能じゃなくてさ、俳優でも作家でも映画監督でも芸術家でも何でも、世代交替と無縁でいられるヤツらは天才よ。それと同列に並ぼうたって、努力でどうにかなるもんじゃない」

トシは俺に忠告しているように思えた。

天才でもなければ特技もない俺が、この先、何とか再び社会に出たいとあがき、努力するみっともなさを予感しているのではないか。

「トシ、俺は自分が凡庸な人間だってよくわかってるからね、あがきも努力もしないよ」

「いいねえ。壮さん、これからは時間の流れ方が違ってきて、面白いよ。会社員時代と違う価値観で時間を見ればいい」

何が面白いのか、俺にはまだよくわからなかった。

だが、とにかく、明日からあり余る時間の中に身を置かねばならない。死ぬまでずっとだ。

どうすればいいのか、少なくとも面白そうではなかった。

ベッドに入ってからも、俺はこれからどうするつもりかと考え、眠れなかった。

会社には六十五歳まで居られたが、断った。もし、居れば役職は外され、給料は六割近く下がる。責任もやり甲斐もないセクションに回される。若いヤツらが内心で邪魔にしていることを感じながら、しがみつく気はなかった。

それに、六十三歳まで働きに働いたのだから、もういいだろうという気もあった。

「千草、寝た？」

隣のベッドに声をかけると、眠そうな声で返事があった。

「うん……何？」

「いや……これからは年金の生活になるけど、大丈夫か。今まで全部お前任せだったけど」

「ん……大丈夫。退職金もあるし、預貯金とか保険もあるから……。お休みなさい」

千草はすぐに寝息をたて始めた。

それを耳にしながら、三十年以上も共に暮らす他人がいる不思議を思った。

まったく別の地で生まれ、何のつながりもなかった二人の人生が、ある時重なったのだ。

考えてみれば、俺の妻にならなければ、もっと別の人生もあっただろう。結局、俺は普通の男で終わり、そういう男と一緒になれば妻もそのレベルで終わる。もっと華々しく、普通の人が経験できないような暮らしを、夫によってはもたらしていただろう。

そう思った時、妻へのいとおしさがこみあげてきた。

そうだ、明日からたっぷりある時間を、できるだけ千草と一緒にいよう。残りの人生を旅や映画や食事や、千草と楽しむことにあてよう。まだ六十代の俺は存分に動ける。

よし、二人で何か新しいことを始めよう。それがいい。それだ。思いついただけで、明日からの日々に力が湧《わ》いてきた。

翌朝、六時に目がさめた。同時に、今日から出勤しなくていいのだと気づき、解放感が広がった。

再び目がさめた時は、九時だった。とっさに、会社が動き始めたなと思う。

リビングに行くと、千草が笑顔を見せた。

「おはよう。ちょうど朝ごはんができたとこ」

サロンエプロン姿で、キッチンの窓から入る光を受けている妻は、五十七歳とは思えぬ愛らしさだ。まだ十分にイケる。

「夫の退職初日だからって話して、今日はサロンを休んだの」

千草は四十三歳の時に、何を思ったか突然、ヘアメイクの専門学校に行き始めた。そして国家試験をパスし、目黒の小さな美容室で働いている。

幼稚園からお嬢さん学校のエスカレーターで、外で働いたこともないのにと、娘の道子は心配したが、俺はその頃、千草どころではなかった。ちょうど出向を言われた時で、「奥様の手慰《てなぐさ》み」などにかまってはいられなかった。

二人で朝食をとりながら、昨日考えたことを言った。

「なァ、温泉に行こうよ。せっかくだからお袋のとこ顔だけ出してさ、レンタカーで盛岡から八幡平《はちまんたい》でも安比《あっぴ》でもいいし、世界遺産の平泉《ひらいずみ》もいい。秋田の角館《かくのだて》まで足を伸ばしてもいいよな。でも、そろそろ桜で混むか。ま、時間なら幾ら……」

と言いかけて言葉を呑《の》んだ。「時間なら幾らでもある」と言おうとしたのだ。すぐに、

「時間なら取れるから」

と言い直した。「幾らでもある」というのは、何だかみじめだった。

「俺は遠野《とおの》や大迫《おおはさま》で民話を聞いたり、早池峰神楽《はやちねかぐら》を見たりするのも面白いと思うんだ」

「そうね、そんなこと今までできなかったものね」

「五月の連休前、四月のうちに行こうよ」

千草はコーヒーをいれ直しながら、笑顔で答えた。

「私、そんなに休めないわ。一泊くらいならつきあうけど」

「つきあう」という言葉にカチンときた。

「サロンは四月って忙しいのよ。入学式や入社式や色んな行事があるでしょ」

「へえ、若い美容師が指名されると思ってたけど、君も忙しいわけか」

精一杯の嫌味を、千草は気にも留めなかった。

「うちは、青山や原宿の若い人向けのサロンと違うんだってば。住宅地の中に

あるから、ご近所の奥さんやおばあちゃまもよく来てくれるの。私を指名して下さる人、かなりいるのよ」

「ほう。じゃ、いいよ。俺一人で行く」

「怒らないでよ。友達と行けば？」

そう言われて気がついた。俺には、一緒に温泉やドライブに行くような友達がいない。

会社の者たちは「同僚」に過ぎず、学生時代の者たちとは疎遠だ。クラス会にも行ったことがない。

「一人で行く。その方が気楽だ」

そう言いながら、妻と残りの人生を楽しもうなんて、実に現実離れした夢だったと思い知らされていた。「一泊くらいならつきあう」と言い、「友達と行けば？」と言うのだ。

昨夜、妻との人生にあんなにもときめいていたのが、こんな言葉で返されたことがみじめだった。

だが、怒るわけにはいくまい。夫が現役時代に自分のことばかり考えていた間、妻も自分の生き方やコミュニティを固めてきたのだ。

無口になってコーヒーを飲む俺に、千草は申し訳ないと思ったのだろう。ご機嫌を取るように言った。

「午後、スーパーに一緒に行ってほしいんだけど。近くにきれいなカフェができてね、帰りにそこでお茶、どう？」

情けなかった。俺は平日にスーパーに行く男になってしまったのだ。平日の午後、妻とお茶する男になってしまったのだ。

そう思いながらゾッとした。まだ退職初日なのに、こんなことを考えている。これから延々とこういう日々が続くのに、俺は大丈夫か？

「いいよ、スーパー行こう。お茶もな」

「ワァ！　嬉しい。二人でスーパーなんて何年ぶりだろ。重い物も買っちゃお。嬉しい」

スーパーに行くくらいでこんなに喜ぶかというほど、喜ぶ。何だかわざとらしい。俺への贖罪《しょくざい》だろう。

その時、千草の携帯電話が鳴った。

「あら、店長だわ、何だろ」

と言いながら、出た。

短いやりとりの後、あっさりと千草は答えた。

「わかりました。ええ、すぐ伺《うかが》います」

電話を切ると、俺に両手を合わせた。

「ごめんッ。スーパーは来週でいい？　急にサロンに行かなきゃならなくなっちゃった。どうしても私でなきゃダメってお客さんが急に入っちゃって。ごめんね」

女は正直だ。手を合わせて謝るのは、俺のためにと思った約束が、果たせなくなったことを示している。

「嬉しい」を連発しておきながら、自分のためではなかったわけだ。

「いいからすぐ行って。夕飯はコンビニで何か買うから」

「それまでには帰るから、大丈夫」

あわててエプロンを外す千草を見ながら、やはり、仕事が面白いのだと思った。客から必要とされ、店から呼び出される方が、終わった男とスーパーに行くより嬉しいのは当然だ。

千草が帰って来るまで、時間をつぶすのが大変だった。

丁寧に新聞を読み、テレビでワイドショーを見た。聞いたこともない若い芸能人がくっついたの別れたのと、どうでもいい話をやっている。見分けがつかないほど同じ顔をしたアイドルグループが、短いスカートで歌い、踊っている。

そのうちに眠くなり、ソファでうたた寝をした。

どのくらい寝たのか、電話で起こされた。

千草からだった。弾《はず》んだ声で、

「店長やスタッフとごはん食べて帰ってもいい？」

いいも何も、電話から音楽が聞こえる。もうレストランにいるのだ。今までは俺の許可など取る必要もなく、ごはんを食べていただろうに気の毒なことだ。

定年というのは、夫も妻も不幸にする。

その夜、俺は一人で夕食をとった。スーパーで買ってきた刺身、出し巻き卵、筑前煮だ。これにぬるめの燗酒《かんざけ》をやる。しみるようにうまい。

テレビでニュースを見ながら、ゆっくり一人でとる夕食、悪くない。チンするだけでホカホカの銀シャリになるメシを食い、湯を入れるだけでアツアツの味噌汁になる椀を飲み、これなら妻もいらないなと半ば本気で思った。気を使うだけストレスがたまる。

いい気分になって、締めのブランデーをやるかと立ち上がった時、千草が帰って来た。

帰って来たか……。ふと、夫を鬱陶《うっとう》しがる妻の気持が理解できた。

第二章

一ヵ月がたった。

五月の連休に入り、町は浮き足立っている。

俺は毎日大型連休だ。ゴールデンウィークだからといって、何の変化もない。

千草と温泉に行こうとか、何かを一緒にしたいとかいう気持はまだある。だが、一切口にしない。「つきあう」だの「友達と行け」だのと二度と言われたくない。

テレビでは、北海道の桜が満開だと報じている。若い女子アナが「きれーい」だの「すごーい」だのと目をひんむき、キンキン声で叫んでいる。何もここまで騒ぐ必要もあるまいに、「若い女子アナ」として、こうするのが仕事なのかもしれない。

俺は一緒に朝めしを食っている千草に、そのテレビを示しながら言った。

「散る桜残る桜も散る桜……」

「ん？」

「良寛《りょうかん》の辞世の句だよ」

画面では、オーバーに騒ぎたてる女子アナの上に満開の桜が広がり、風で少しの花びらが舞い散っている。

「今、咲き誇っている桜は、散っていく桜を他人事《ひとごと》として見ているだろうけど、しょせん、そいつらもすぐに散る。残る桜も散る運命なんだってこと」

千草は「ふーん」と言っただけで、コーヒーを飲んだ。

「この若い女子アナだってそうさ。今は最前線でタレント並みにやっていても、すぐに若い新人に取ってかわられる。散る桜だ」

「そうね」

千草は立ち上がり、皿やカップを流しに運び始めた。

「私、ちょっと早いけど行くね」

「もう？　ずいぶん早いな」

「連休中って、結構忙しいのよ。じゃ」

千草は急ぎ足で出て行った。

それにしても、本当にやることがない。本当にない。

人にとって、何が不幸かと言って、やることがない日々だ。誰にでもできることでいいから、やることがたくさんあればどんなにいいか。

中には「やることがないなんて最高だ。早くそうなりたい。やることに追われる日々から解放されたい」と言うヤツがいる。

ヤツらはそう言ってみたいのだ。その言葉の裏には、自分の今の日々が充実していて、面白くてたまらないということがある。本人もそれをわかっているから、言ってみたい。

たったひとつ、わかっていないのは、そういう日々がすぐに終わるということだ。「残る桜も散る桜」だということだ。

ヤツらはやることがなくなったり、社会から必要とされなくなるなんて、想像もつかないのだ。俺もそうだった。そんな日々は確実に、すぐにやって来るというのにだ。

この一ヵ月、生活は規則正しく律してきた。自分の芯は仕事だった。それがなくなった今、実は幾らでも好きに暮らせる。

だが、休日に昼まで寝ていることも、陽の高いうちから酒を飲んでテレビのスポーツ中継を見ることとも、絶対にやらなかった。それらは仕事という芯があればこそやって快感なのだ。芯がないのにそれをやると、気持が荒《すさ》む。

俺は一ヵ月間、朝は七時に起き、新聞を読み、七時四十分に千草と朝食をとってきた。千草が八時五十分に出勤した後、後片づけをして、掃除機をかけ、ゴミを捨てる。

まだ十時前だ。この後、やることがない。会社なら忙しい午前中だというのに、本を読むしかない。

午後が長いのもつらいので、千草が作っておいた昼めしを食うのは、十三時半にしている。

十五分もすれば食い終わり、再び夕方までやることがない。ドアチャイムが鳴ると嬉しくなる。たとえ宅配便でもだ。

これほどやることがなくても、町の図書館には行かず、散歩もしない。図書館は老人の行くところであり、散歩も老人のやることだ。

俺は自分の判断による「老人的なるもの」からは距離を置く。

千草は夕食の時に、必ず訊《き》くようになった。

「明日は昼ごはん、いるの？」

「いる」ということは、俺がどこにも出かけないことを示す。千草は出勤前に昼食を作っておかなければならない。どこにも出かけない以上、夕食もいるということになり、サロンの仲間たちと寄り道がしにくくなる。

「昼ごはん、いるの？」という毎日のセリフには、「たまにはどこかに出かけてよ」という本音があることに、さすがの俺も気づいている。そのため、時には、

「昼も夜もいらない。大学の友達と会う」

などと嘘を言う。千草を思っての配慮ではない。俺の見栄だ。

こういう時、昼はこっそりコンビニ弁当を食べる。そしてコンビニ弁当の容器は、食べ終えたらすぐにゴミ捨て場に持って行く。捨て忘れて千草にバレな

いようにするためだ。

その後、時間つぶしに外出する。むろん、出かけるところも行きたいところもなく、たいていは映画を見る。それは時間つぶしにいいからで、別に見たいわけではない。

俺には何の趣味もない。仕事が一番好きだった。ゴルフもつきあいでやったが、面白いと思ったことは一度もなく、今では行こうとも思わない。

特に親しい友達もいない。仕事が面白くて、友達は必要なかった。これほどヒマな今でも、特に欲しいとは思わない。

やることがなくなってみると、パソコンでもできる囲碁や将棋とか、競馬や競輪とか、何でもいいからとにかく一人でできて、「時間のかかる趣味」を持っているべきだったと思う。

ドライブや旅も特に好きではない。孫は会えば可愛いが、別に遊びたいとは思わない。仕事が一番好きだった。

この一ヵ月の間に、道子が二度やって来た。俺に孫を見せれば喜ぶと思っている。喜ばないわけではないが、すぐあきる。「孫が命」の祖父《じい》さんにはなれない。

夕食の時、道子が言った。

「パパ、恋をしたら？」

千草が手を叩いた。

「そうよ、恋よ。偉い先生たちがよく勧めてるじゃない。リタイアした人こそ恋をしろって。恋が何よりの生きる活力だって」

俺はフンと笑って、聞き流した。

どこの女が、仕事もなけりゃ体力も収入もない老人と恋をしてくれるのだ。年を取っても恋の対象として見られる男なんて、そうそういるものか。相手がたとえ、ひき臼《うす》の如《ごと》き腰のオバサンだろうと、ナイナイづくしの、あるのは時間だけという老人に恋はしない。

第一、妻や娘が「恋をしろ」とけしかけること自体、もはやどうでもいいジイサンになっている証拠だ。妻や娘が嫉妬《しっと》も危険も感じていないジイサンを、どこの女が相手にする。何が「恋は生きる活力」だ。

二ヵ月が過ぎ、とうとう歩数計を買った。もはや散歩でもしない限り、時間をつぶせない。

現役時代にスケジュールで余白がなかった手帳は、真っ白だ。だから見ない。

歩数計を箱から出し、ため息をついた。

「な、千草。以前の俺は一日に一万歩以上歩いてたよな。通勤だとか夜のつきあいだとかの他に、会社の中をかけずり回ってさ」

千草は出勤の準備をしながら、

「そうね」

と、いい加減な返事をする。

「海外出張なんて歩きっぱなしだもの。こんな歩数計つける年齢になったか……。人は年取るもんだよな」

「そうね」

「会社やめると、ホント年取るよ。たぶん五千歩も歩いてないよな、俺」

「だから、それつけて鍛えればいいの。じゃ、行くから、私」

「鍛えたところで、散る桜だよ」

千草は片手を上げ、急ぎ足で出て行った。このところ、いつも早く家を出る。

歩数計を腰につけて自宅を出ると、急に老けこんだ気がした。若い人はつけないものだ。

真っ昼間、一人で洗足池《せんぞくいけ》のあたりを歩く。ここは四季折々に美しい。都内でも有数の桜の名所であり、池の周囲は秋の紅葉もいい。

散歩してみたものの、どうにも楽しめない。

トシが言うように、時間に対する価値観を変え、人生の楽しみ方を考え直さないと、俺はまだ若いこれからの日々を無駄にすることになる。わかっているのだが、どうしたらいいのか。

どこにも所属しないということが、こんなにも寄る辺《べ》ないものとは思わなかった。「家庭」には所属しているが、満たされない。子育てもとうに終わり、俺が特に必要とされていないからだろう。

池のほとりには、大田区立洗足池図書館がある。図書館には入らないことにしているが、ふと見ると、その前庭に七十代半ばかという植木屋がおり、木々を整えていた。鮮やかにハサミを使っていく。

半纏《はんてん》にパッチ、地下足袋《じかたび》の彼は、じっと見ている俺に気づいた。別に目礼するわけでもなく、ハサミを動かす。俺に見られていることで、張り切り方が増したように思える。

何だか腹が立って、その場をすぐに後にした。だが、歩きながら考えさせられた。

植木屋とか建具職人とか、特殊な技術を身につけている者は幸せだ。トコロテン式に定年退職させられることもなく、年齢と共に円熟の域に入ったりする。そして、技術と体力が確かなうちは続けられる。終わらない。

俺は一流大学から一流企業こそがエリートコースだと思い、実際、そう生きてきた。だが、人生、そういう生き方ばかりではなかったな……と、今頃になって気づく。

サラリーマンは、人生のカードを他人に握られる。配属先も他人が決め、出世するのもしないのも、他人が決める。

俺が銀行で役員になれなかったのも、種々の要因はあったにせよ、他人が決定した。

出世も転籍も、他人にカードを握られ、他人が示した道を歩くしかなかった。それのどこがエリートコースだ。

ならば辞表を叩きつけよと言われても、それはできないものだ。生活があり、家族がある。

そしてこうなった今、どうすればいいのか。もう植木職人にも建具職人にもなれないのだ。何とか定年後の人生を作らなければもったいない。どうすればいいのか。

今なお仕事がしたい。他のことはやりたくない。

ハローワークに行くか。この年齢で仕事があるか。俺の華々しい経歴も邪魔だろう。

メディアでは、よく「団塊世代の起業」を取りあげている。それで成功している人たちの話も紹介される。

だが、性格に向き不向きがあるし、時代に合った能力もいる。運も必要だ。

還暦を過ぎて、ゼロからスタートするエネルギーもいる。

世の中では「人間、やろうと思った時が一番若い」だの、「やる気と希望をなくした人間を、老人と呼ぶ」だのと、大衆受けしそうな言葉を乱発するが、俺はまったく信じない。

俺には起業は向かない。

だから、やらない。

誰かと話したくて、トシを訪ねることにした。

サロンの千草に電話し、

「トシとメシ食うから、遅くなるよ」

と言ったら、露骨に嬉しがられた。

トシのマンションは、六本木の鳥居坂《とりいざか》にある。七十平米ほどで仕事場を兼ねているが、一人では十分すぎる広さだ。

「決まった女はいるのか？」

俺のストレートな問いに、トシは笑った。

「決めないの、俺。後で面倒なことになるのイヤだから。でも、まァ、女はいるよ」

トシなら「恋」の相手になるだろう。六本木のけやき坂やテレビ局を見おろすマンションを持ち、ジーンズとヒゲの似合う有名イラストレーターだ。たとえ全盛期ほどの仕事はないにしても、女心を満たす相手ではある。

「壮さん、毎日どうやって過ごしてんの」

赤ワインをデカンタージュしながら、トシが訊く。いいチーズとオリーブも並んでいる。

相手がトシであっても「やることがない」とは言いたくない。

「ま、ボチボチな。張り切ってサロンに出勤する千草を、毎朝見送ってるよ。逆になっちゃったよな」

「千草ネエが、美容師になるとは思わなかったよなァ。お嬢さん女子大の英文科より、専門学校の方がよっぽど役に立ったよな」

「ああ。俺は何かボランティアやるかな」

「できるボランティア、あるかねえ。重宝されるのは植木屋と井戸掘りだってよ」

黙るしかない。

「壮さん、見栄張らないで生きた方が得だよ。今までの人生とは別の人生がやって来たって思えよ」

「思ってるよ。ま、ボチボチやるさ」

「カルチャースクールでも老人大学でも、行けって」

「やめてくれよ。そんなとこ」

「いや、別の人生ってそういうことよ。行ってみれば面白くて、新しい友達もできるんだから」

そうかもしれない。だが、俺は行きたくない。

区の広報紙などにも、無料の講座や行事がたくさん紹介されている。「男の料理教室」もあれば、「区の遺跡を巡る旅」もある。「歌舞伎鑑賞会」から「社交ダンス教室」もだ。毎日ヒマな俺は、区の広報紙も隅々《すみずみ》まで読んでいる。

だが、そこに行って、同じようにヒマなジイサン、バアサンとランチなんかして帰るのか。冗談じゃない。そんなジジババと一緒じゃないよ、俺は。

確かに「誰にでもできることでいいから、やることがたくさんあればいい」

と思っているが、いざとなるとプライドが頭をもたげる。

「壮さんはまだ仕事に未練タラタラみたいだけど、復帰はもう無理よ。もちろん、なんらかの仕事はあるかもしれないよ。かもしれないけど、たちばな銀行で身を削ったような仕事は絶対にない。残酷な言い方だけど、終わった人なんだからさ」

十分にわかっている。

「俺、区のカルチャースクールでイラストの講座を持ってるんだけど、定年になった男たちは家庭に戻るか、趣味に走るかしかないんだなって、実感するよ。それが現実なんだから、壮さんも早く腹くくるが勝ちだよ」

「ああ……」

「見てるとね、男は最初、女房にくっついてカルチャースクールに来るんだよ。自分じゃ何をやりたいのかもわからなくて、女房がやりたいものを一緒に申し込むわけ。女房の背後霊みたいにボーッと後にくっついて。ところが授業に出るとさ、いいセンスの絵を描いたりするんだよ。で、俺にほめられたりするだろ。どんどん面白くなってくるんだな。半年もたつと、人間が変わる。そういう男たち、いっぱい見たよ」

「そうか……」

いっこうに気を動かされない俺に苦笑しながらも、トシは夜更けまで酒をつきあってくれた。

何だか申し訳なくなり、俺は帰り際に言っていた。

「スポーツジムに申し込むよ。少なくとも体力だけはキープしないとさ。ジムなら年寄りくさくないし」

そう言った時、トシがニヤッと笑った。トシはわかっていて、俺はわかっていなかった。昼間のスポーツジムも、ジジババのたまり場ということをだ。

翌朝、千草と朝食をとりながら、俺はさもさり気なく言った。

「今日、スポーツジムに申し込んでくる。やっぱり、お前の勧める恋をするには体を絞らないとな」

「あらァ、いいじゃない。ジムなら、若い女の子がいっぱいいるんじゃない？」

「いたって、こんな年寄り相手にするかよ。この頃、ホントに年を感じるよ」

千草は笑顔を向け、すぐに立ち上がった。

「ごめん、あなたまだ食べているのに。今日ね、結婚式が二組入っていて、朝から親族の留袖の着つけがあるの。早く行かないと」

千草は、ソファの上のバッグをつかむと、

「スポーツジムの話、夜に聞かせてね。楽しみにしてる」

と言い残し、小走りに出て行った。

取ってつけたような「思いやり」の言葉だ。カチンときたが、コーヒーと一緒に飲みこんだ。一人の朝食では怒りをぶつける相手もいない。

夫が定年になって家にいると、夫婦喧嘩が多くなるという。うちでそれがないのは、千草が仕事を持っているからだろう。

朝十時、俺は南千束《みなみせんぞく》にあるフィットネスクラブ「ステラ城南」に行った。少し見学して、申し込むつもりだった。

オープンは九時四十五分で、まだ十五分しかたっていないのにカラフルなウエアに着がえた会員たちが、すでにフロアでジャズダンスに汗を流し、機具で筋肉トレーニングに励んでいる。太極拳やフラダンスの教室も満員だ。オープン前から並んでいたのだろうか。

申し込む前に、フロアやそれらの教室をのぞき、どんどん気持が沈んだ。思っていた雰囲気とまるで違う。ジジババのサロンではないか……。

考えてみれば、平日の朝十時に通えるのは、リタイアした人間が中心になるのはわかりきったことだった。だが、俺は予想もしておらず、昨夜、トシがニヤッと笑った意味に、やっと思い当たった。

厚みのあるドテッ腹に派手なウェアを着て、ドタドタとエクササイズをするババや、鶏ガラだってこうは痩《や》せていないよというジジが、赤いバンダナを巻いてグラウンドゴルフに張り切る姿を見ながら、申し込みせずに帰ろうと決めた。

俺だって、傍《はた》から見たら似たようなジジだろう。わかっている。だが、この仲間に入ったが最後、一気に老《ふ》けこむと思った。

見ていると、インストラクターたちは老会員を実にうまく励まし、持ち上げる。

「すごい！　昨日よりずーっといいじゃないですか！　ヤッタァ！」

とオーバーに拍手したり、

「キャア！　山田《やまだ》さん、うまーいッ！」

と歓声をあげたりだ。

たかが、ちょっと飛んだり跳ねたりするだけで、こんなに騒ぐか？

これは明らかに、老人に向けた若者の対応だ。一種の差別だと俺は思う。そのうちに、幼児に言うように、

「お上手《じょうず》お上手！　うまくできて嬉しいねえ。がんばったねえ」

などと言いかねない。冗談じゃない。

とはいえ、時間を持て余している俺は、プールならいいだろうかと、未練がましくのぞいてみた。

ああ……歩いている。高齢者が、女性インストラクターの指示に従い、一列になって水の中を歩いている。

1コースから3コースは泳ぐ場所だったが、オバサンたちが、ズラリと並んで水につかり、コースロープをつかみ、おしゃべりに夢中になっている。電線に並んだ太ったスズメのようだった。

それにしても例外はあるにせよ、年を取るとどうして男は痩せこけ、女はぶ厚くなるのだろう。そう考えると、トシがもてるのもわかる。

会員たちは汗を流した後、たぶん仲間でランチを楽しんで帰るのだ。

ああ、俺はごめんだ。ここに来るくらいなら、何もやることのない方がマシだ。

プールもやめて帰ろうとした時、一人のインストラクターから声をかけられた。

「いかがですか。何かやりたいものは見つかりましたか」

まだ二十代後半らしき彼は、にこやかに訊いた。俺はハッキリと答えた。

「こんなにジジババが多いとは思いませんでした。入会はしません」

彼はごく自然に返した。

「今、七十五歳以上の男性と、六十五歳以上の女性がスポーツクラブに入る率は、四割を越えているんです」

驚いた。知っていれば、来なかった。

「文部科学省は、毎年調査をしているんですよ。最近の数字でも、ハッキリ出てます。スポーツジムやら色んなチームに所属する高齢者がふえたおかげで、体力と運動能力が向上しているんです」

「ほう、ジジババの運動能力って、転倒しないとか、杖《つえ》なしで歩けるとかですか」

俺は皮肉っぽく言ったが、彼は嬉しそうにうなずいた。

「はい。年齢と共にどうしても運動能力は落ちますから、何かやっている人といない人の差は大きいんですよ。正直なところ、ジムに来ている人はジジババの域から脱しています。それと、夜は若い人が多いですから、夜のクラスもぜひ一度ご覧になって下さい」

一礼して立ち去ろうとする彼を、つい、止めた。

「運動するとしないとでは、そんなに差がつきますか」

「それはつきますよ。私の祖父は八十四歳ですけど、リタイアと同時にジムで筋トレと有酸素運動を始めまして、今も一人でどこにでも歩いて行きますよ。ジムで友達がたくさんできたことも、老後を楽しいものにしてますし」

俺は入会の手続きを取った。

あのインストラクターに商売っ気がなく、入会をしつこく勧めない姿勢に好感を持ったこともあるが、一番の理由は八十四歳が「一人でどこにでも歩いて行く」という言葉だった。

高校生の頃、自分が六十代になるなんて考えられなかったのに、こうして現実に六十三歳になっている。歩けなくなる日も、確実にやってくる。できるだけ長く、一人で歩きたい。他人の手を借りる日を、できるだけ遅らせたい。

入会手続きをした後、女性インストラクターが俺の体力や運動能力をチェックし、明日からの筋トレメニューを作ってくれた。

「六十三歳の平均値よりかなり劣ってますよ。でも、このメニューをきちんとやれば、必ず力がつきますから」

やはり入会してよかった。平均値より下とは思わなかった。

ふと見ると、若い男がベンチプレスをやっていた。三十代半ばだろうか。盛りあがった筋肉、厚い胸に加え、端正な顔だちだ。こんな若い男は彼一人であり、目立つ。

どうもババとオバサンたちのアイドルらしく、

「鈴木《すずき》さーん、ちょっとこの器械、調節してェ」

「鈴木さん、今日ランチできる？　みんな行くわよ。ねえ、行こォ！」

などと、甘えた声をかけられている。

わけへだてなく、すべての声かけに応じているところを見ると、ホストだろうか。きっとそうだ。顔も体もいいし、この時間にジムに来られるのは、夜の仕事しかあるまい。

もっとも、それはどうでもいいことだった。俺は他の老人のように、ジムで「仲間作り」をする気はまったくない。ジジババとも若造ともだ。

帰り道、駅前の喫茶店に入った。ここは昔からある。

チェーンのコーヒーショップが全国を席捲している今、駅前で昔ながらの佇《たたずま》いと味を守っているのは、何だか嬉しい。

俺は窓際の席に座り、たった今買ってきた本を取り出した。

石川啄木《いしかわたくぼく》の『悲しき玩具』だ。

高校の時に習った記憶がある程度の、この歌集をなぜ買ったのか。自分でもよくわからない。同じ盛岡で学んだ偉大な歌人を誇るほど、俺は故郷を想ってはいない。

うまいコーヒーを飲みながら、ページを繰る。

ふと窓の外を見ると、ちょうど昼休みになったのだろう。サラリーマンやOLたちが、どっと町にあふれ出した。昼めしの店へと歩いて行く。

昼日なかからゆっくりとコーヒーを飲み、石川啄木を読んでいる我が身を思った。俺のこの後の人生に、何が残っているのだろう。何が起こるというのだろう。

何も残ってはいないし、何も起こりはしない。確実に残っているのは葬式だけで、俺はすでに終わった人なのだ。少しでも長く一人で歩きたいと、それだけを望む年齢なのだ。

ぼんやりと窓の外を見ている時、なぜだか新橋の夜を思い出した。

若い部下たちと突然、「ちょっと飲もうか」となった夜だ。女子社員が「アジフライでビール！」と言い出し、全員の頭の中がアジフライでいっぱいになってしまった。

一軒一軒の居酒屋をのぞき、「アジフライできますか」と訊いて回った。もう諦めようという何軒目かで「できますよッ」という答。みんなでハイタッチして喜び、大ジョッキで「アジフライにカンパーイ！」と叫んだ夜だ。

どうしてこんなことを思い出したのだろう。夜でもないのに。

俺は明るい窓の外を眺め続けた。アジフライにカンパーイ！　か……。

喫茶店にもランチのサラリーマンが列を作り始め、俺は急いでコーヒーを飲み干した。

本を閉じる時、一首が目に入った。

「何か一つ大いなる悪事しておいて、知らぬ顔してゐたき気持かな。」

うん……。

毎朝ジムに通うようになって一ヵ月がたち、千草は機嫌がいい。「今日は昼ごはん、いるの？」と訊く必要がなくなったからだ。

俺はいつもの喫茶店で、一人のランチをとったり、商店街をブラついてパンを買って帰ることが多くなり、千草の昼食はいらなくなった。彼女は出勤前の昼食作りから解放されたわけだ。

当初、ジジババの一団の中にいる自分がイヤで、ジムは夕方に行っていた。

ところが、リタイアした人間は、朝めし後、何もやることがなく、行くところもない。これから始まる一日の長さを思う午前中は「魔の時間」なのだ。

ずっと自分の生活を規則正しく律してきた俺だが、とうとうある日、昼前から酒を飲んだ。

昼前からテレビの時代劇を見て、そのまま昼寝するようになった。

その後、夕方にジムに行くわけだが、そうなると千草は昼食を作らねばならない。

ついに、

「簡単な料理くらいしてみたら?」

と言い始めた。俺は、

「料理はお前。だから俺、ごみ出しとか後片づけやってんだろ」

と言い返し、険悪な空気になったものだ。

そして、ある日ゾッとした。このまま朝酒、時代劇、昼寝を続けていては、精神をやられる。

千草の機嫌をよくするためにも、ジムには午前中に行けばいいのだ。

それに気づき、今では「魔の時間」には行くところができた。ジジババとも言葉をかわすようになった。気のいい彼らは、新参者の俺をもランチや、飲み会などに誘ってくれる。

だが、それだけは断っている。仲間作りはしたくない。体力作りに加えて仲間作りも目的にするのは、老人のやることだ。俺は断固として、それを目的のひとつにはしない。

例のホストのような鈴木とやらは、あの若さでジジババにつきあい、ランチにも飲み会にも顔を出しているらしい。

それを聞いて、ますますホストだと確信したのだが、オバサンたちの噂によると、普通の会社のサラリーマンらしい。

彼女たちはとにかく身辺調査が好きで、わずか一ヵ月の間に、俺の学歴も経歴も全部バレてしまった。もっとも、バレて誇らしい経歴なのでいいのだが、俺を見る目に変化が出たことを感じている。

いつもの筋トレメニューをこなし、いつものように十一時半にジムを出た。

するとロビーに、ジジババがたむろしている。

「田代さん、一回くらいランチ行こうよ」

「あと二人来るから、待ってんの。一緒に行こ」

俺は笑顔で首を振った。

「悪い。いつも昼は何か用があってね」

たむろしているジジたちは、みな衿《えり》のくたびれたポロシャツか、あるいはワイシャツにループタイ。そしてスニーカーにリュック姿だ。

ババたちはナナメ掛けのポシェットか、やはりリュックだ。ベージュやグレーの登山帽のような帽子をかぶり、ズボンをはいている。それは「ズボン」であり、今風に「パンツ」と呼ぶ形には遠い。かと思うと、女性国会議員かと見まがうようなピンクやグリーンの、ケバケバしい上着を着たりしている。

こんな老人たちと一緒に、めしなど食いたくない。いつもの喫茶店で一人でコーヒーを飲む方がいい。

駅前へと歩きながら、思わずため息が出た。

俺はこういう日々をずっと、ずっと続けるのだろうか。めしを食って、筋トレして、寝るだけの生活が、動けなくなるまでずっと続くのか。

現役時代は、今日と明日が違っていた。やることも、会う人も、会議も、帰りの時間も。今は毎日が同じだ。

他に暮らしようがなければ、ずっとこれが続くのだろう。

ジムのロビーにいたババたちの中には、千草とそう変わらない年齢の女たちもいる。だが、千草はきれいで洗練されている。同じ安い普段着でも、色の合わせ方もうまいし、ヘンな若造りもしない。

やはり、働いているせいだろうか。社会とつながっているせいだろうか。

なら、俺はどうなのだ。ダークオレンジのポロシャツにベージュのチノパン。よくゴルフに持って行った革のボストンバッグにスニーカーだ。

現役時代と変わらないコーディネートだが……たぶん、いや絶対にジジくさくなっている。自分だけが自信を持っていても、傍からはロビーのジジたちと見分けがつかないに違いない。

まだ六十三歳だ。

こうしてはいられないし、探せば何か仕事があるのではないか。もう何でもいい。学歴も職歴もプライドも捨て、仕事を探すか。

血が逆流するような焦燥感を覚えた。

その時、背後から、

「田代さーん！」

と大声がした。

振り向くと、一台の車の窓から、鈴木が身を乗り出している。超高級イギリス車のベントレーだ。一番安いクラスでも二千万円以上する。普通の会社のサラリーマンだと聞いたが、社長宅にでもお迎えに行くのだろうか。

ベントレーの銀色の車体が、俺の横に音もなく停まった。すぐに運転手がドアを開け、鈴木が降り立った。

「僕、今日、ジムに行けなかったんですけど、ランチだけでも来いって、ガンガン電話が入るんですよ。で、これから行くんですが、田代さん、ご一緒にどうですか」

ベントレーは鈴木の車か？

チェックのシャツにジーンズで、どう見ても社長を迎えに行く服装ではない。

「ご一緒してくれたら、みんな大喜びですよ。定食屋のオヤジが、いつもタダで個室を用意してくれてますし、ぜひ」

鈴木は俺の腕を引っぱり、ベントレーに押し込んだ。そして、抜群のなめらかさで発進させた運転手に言った。

「一時間半くらいで戻るから、待ってて」

「かしこまりました。その後、大手町でお着がえですか」

「うん。それと会合は遅くなるから、帝国ホテルまで送ったら帰っていいよ。面倒なんで、今夜はそのまま泊まる」

「かしこまりました。では、明朝は帝国ホテルにお迎えにあがりましょうか」

「そうして。イヤァ、田代さん、嬉しいですよ。ご一緒して下さって」

この超高級車にお抱え運転手、出勤は送迎される身分のようだ。何者なのだろう。まだ三十代半ばかというこの男、普通のサラリーマンではない。

やがて、深い関わりを持つことになるとは予想だにせず、俺はベントレーの座席から鈴木を盗み見ていた。

第三章

俺がたちばな銀行の子会社を定年になったことを、鈴木はすでに知ってい
た。たちばな銀行本店では役員一歩手前の役職にいたこともだ。ジムの噂好き
で気のいいオバサンたちが、しゃべったのだろう。
「田代さん、その若さでお辞めになって、すぐに働きたくなりませんでした
か」
鈴木はズバリと核心を突く。
「いやいや。退職してまだ三ヵ月ですからね。やりたいことがいっぱいある
上、出勤しなくていい生活を謳歌《おうか》してますよ」
「そんなもんですかねえ、田代さんほどの方でも。東大卒でしょう?」
「ええ、まあ」

「ご専攻は何だったんですか」

「一応、法科です」

そう答えながら、俺もこうなったかと思った。東大出身者には、なぜか「一応」をつけるヤツがいるのだ。「一応、東大です」とか「一応、法科です」とか言う。中には「一応、赤門です」と答えるヤツもいた。

この「一応」は嫌らしいエリート意識の表われだろう。他大学では聞いたことがないが、「一応、医学部です」と言った私大の学生はいた。

俺は今まで「一応」をつけるヤツを嫌らしいと思っていたのに、この期《ご》に及んで「一応、法科です」ときた。

俺などやることもなく、やれることもなく、東大法科であろうとなかろうと、人の末路は大差ないと実感している。そんな今、初めて、つい「一応」をつけてしまった。エリート意識の無残な発露だ。

運転手が困惑気味に言った。

「事故ですね。全然動かなくて」

鈴木は俺の方を見た。

「歩けばここから十分足らずですけど。いや、僕はかえって田代さんと話せていいですが」

「ええ。僕も構いません」

「田代さん、もったいないですねえ。まだ十分に仕事もできるし、東大や銀行の人脈も豊富でしょうに」

「いやいや、もう十分に働きましたから。ずっと強気で戦闘モードで生きてきただけに、今は極楽ですよ」

「すごいなァ、ずっと戦闘モードか」

「そう。僕が出ると相手は引く。弱いと思われたら、相手は必ず攻撃してくるものですからね」

鈴木は感じ入ったようにうなずいた。

俺は何だか嬉しくなり、言った。

「戦闘モードで海外も飛び回りましたし、働くのはもう十分ですよ」

「海外はどちらが中心ですか」

「ヨーロッパでもアメリカでも仕事をしましたけど、僕は業務開発部でしたから、何とかアジア市場を開拓したくて、アジア全域は「一応」また「一応」だ。

何も海外の話などすることもないのに、さらに自慢話に行きそうだと、自分にストップをかけた。まだその辺の自制は確かだ。

「鈴木さんは、どんなお仕事を？」

気になっていることだった。ベントレーもかなり上のクラスだ。三千万近いかもしれない。

「田代さんに言うのは恥ずかしいですよ。僕なんか三流私大の経営学部を出て、名もないＩＴ関係の会社にやっと拾ってもらったレベルです」

口にした大学は、俺の時代には四流だったし、会社名は聞いたこともなかった。

「僕、今三十八歳なんですけど、二十六の時に独立したんです。ネットショッピングの会社を立ち上げました。ソフト開発も始めましたが、競合が大変で、いつつぶれるかわかりません。今はまァ、何とか」

「鈴木さんがうまくいってるから言うわけじゃないですが、独立はいい決断でしたね」

「本当ですか。本当にそう思われますか」

「もちろん。人は絶対に、オンリーワンよりナンバーワンです」

鈴木が強い目で俺を見るのがわかった。

俺はアクビをするふりをして、顔を半分隠した。ナンバーワンになりたくてなれなかった俺の、忸怩《じくじ》たる思いがバレそうな気がしたのだ。

オンリーワンは、人として大切なことだ。

だが、社会ではよほど特殊な能力でもない限り、オンリーワンに意味を見てくれない。替えは幾らでもいるからだ。世間はその替えにすぐ慣れるからだ。

とはいえ、ナンバーワンでさえ、替えは次々に出てくる。それが社会の力というものなのだ。今になって気づかされている。

「鈴木さん、とにかく後悔のないようにやることです。どうせ社会なんて、幾らでも替えがいるんですから。そう腹をくって、何でも面白がることだな」

「田代さんは、後悔がありますか」

「ない」

言い切るしかなかった。

定年という生前葬を終えた今、何もかもが後悔だったように思う。

やがて、ベントレーは静かに止まった。運転手が到着の遅れを詫《わ》びながら、ドアを開ける。

店はさもない定食屋だった。

店の親父《おやじ》がタダで貸してくれるという個室には、すでに八人のジジババ、オバサンがいた。

「もう！　遅いんだからァ」

「ウソー!!　田代さんも来てくれたんだ」

「嬉しいねえ。ビール追加だな」

「ジムで汗流しても、ビール飲んだらまたメタボ腹だ」

ドウッと笑い声があがる。

こんなつまらない冗談の何がおかしいのだ。だが、鈴木は一緒になって笑い、オバサンメイトの肩を揺さぶって、

「いいよね、ビールくらい。俺はランチのためだけに、ここまで来たんだよ。

それも田代さんまで連れて、二人で走って来たんだから、ビールは当然!」と陽気に言った。ベントレーやお抱え運転手のことは秘密にしているらしい。

鈴木は肉豆腐定食を頼み、俺もそうした。めし、味噌汁、サラダ、漬物、コーヒーまでついて七百円だ。

ビールで乾盃すると、一人が俺に訊いた。

「田代さんはどう思う? 今もみんなでずっと話してたんだけどさ、年取ると、若い時には見えなかったものが見えてくるってあるよねえ」

俺はちょっと笑顔を見せ、返事をしなかった。つまらないテーマだ。

「ねえ、田代さんも一人では生きられないってわかったりするでしょ」

俺が返事をしないでいると、ジジババは勝手に力説し始めた。

「そう。生きてるんじゃなくて、アタシたち生かされてるって、この年になると気づくの」

「それが年輪の味わいっていうか、そういうもんじゃないのかね」

ああ、やっぱり来るんじゃなかった。言い古されたクサいことを、こうやって話すのだ。

「一人では生きられない」だの「生かされている」だの、それは正しい。だが、中高齢者の大好きな、これらの常套句には辟易《へきえき》する。

今に「生涯現役」だの「元気をもらう」だのが出るぞと思っていた矢先、出た。

「アタシ、ジムに来るようになって変わったの。みんなと会うだけで、元気をもらえるのよ」

「僕もだな。もう七十も半ばだけど、元気な限りジムは続けたいね」

「みんな、ずっと生涯現役で行こうよ」

俺は気恥ずかしくて、ひたすら下を向いて肉豆腐をつついていた。

「ジムの後、みんなとこうしていると、アタシらしくいられるの。不思議ね……」

「私もよ！　ここに来ないと私が私でなくなる気がする」

「うん。私らしくいられると、周囲にも笑顔を届けられるしね」

ああ、このクサさ！　「アイドルのようなこと言うんじゃない」と一喝したくなる。

鈴木が思い出したように言った。

「友達から何十枚も芝居のチケット買わされてさ。みんなで行くのってどう？ 来週の金曜なら、夜はそいつが飲み会主催するってからさ、それも行こうよ」

みんな歓声をあげた。

「若い鈴木さんが、いつも俺らのこと誘ってくれて、有難いね」

「本当に。でも……私、行っていいのかなァ」

「いいよ、もちろん。よし、決まり」

手を打つ鈴木に、俺はすぐに言った。

「このところ、ちょっと忙しくて行けないんだ。残念だけど」

こいつらとランチするだけで、どんどん年寄り気分になってくるのに、芝居までつきあう気はない。

年取った人は、よく「誘ってくれる」という言葉を使う。

自分はすでに用なしの人間なのに、若い人に誘われたという有難さが、「くれる」という言い方に出ている。何が「くれる」だ。卑下《ひげ》する必要がどこにある。

そして、「私、行っていいのかなァ」もそうだ。これは「いいよ、もちろん」と言ってほしいのだ。誘ったのは先方なのだから、こんなことを言う必要はない。

若い人たちとの飲み会で、年寄り連中のはしゃぐ姿など、さらに見たくない。それに、こういう仲間といると、年寄り気分や言葉が伝染《うつ》ってくるものだ。

即座に芝居を断った俺に、鈴木は何も言わなかった。

ランチ後、誰もいない家に帰りながら暗い気分になった。帰っても、やることがないのだ。

千草が帰宅するまでの間、本を読んだり、テレビを見たりするしかない。掃除もするが、夫婦二人の暮らしでは、そうそう汚れない。

マンションの郵便受けには、トーキョー旅行社からの白い角封筒があった。

銀行時代の顧客で、銀行から転送されていた。

開くと、株主総会後の新しい幹部人事の知らせだった。会長以下非常勤監査役まで、ズラリと名前が並んでいる。

そして、末尾に小さな字で、

「なお、山本則彦は取締役執行役員常務を、佐田弘、足立和幸は取締役を、それぞれ退任致しました」

と印刷されていた。

三人ともよく知っている。仕事でめしも食ったし、酒も飲んだ。

そうか、三人とも退任したか。どこかにやられて仕事をするのか、あるいは俺のように何もしないのか、いずれにせよ「終わった人」なのだ。俺だけじゃない。少し心が安らぐ。

それにしても、この事務的な、他より小さな文字の印刷か。これで終わりか。もっとも、俺はこうして通知さえ出してもらえない役職で終わった。

リビングのソファに座り、テレビのリモコンを持つ。

どの局も、舌足らずの女子アナだかタレントだかが、キャンキャン騒いでいるだけだ。

すぐに消す。両手があく。

すでに読んだ朝刊を、また開こうとした時、ドアチャイムが鳴った。

「日本橋百貨店でーす」

若い男の声がした。

ややあって、男はバラの鉢植えと、平べったい箱を運んで来た。

鉢植えは、薄紫の花が幾つも開いている。

「お中元　クラブ紫《むらさき》」

とあった。

そうか、中元の季節か。

初めて気づき、台所へ行ってみた。

例年はたくさんの箱が積まれていたが、今年はない。みごとにない。

ガソリンスタンドから「お中元」と熨斗《のし》がついた布巾《ふきん》、近所の酒屋からオリーブオイル一本があった。

俺はリビングに戻り、クラブ紫からのバラの包装を解いた。

昨年までの俺は、子会社とはいえ専務だし、バックにはたちばな銀行があった。関係各社、取引先、バーやクラブにせよ、お中元を贈る価値があったのだ。

「終わった人」になり、何の利もないとなると、こうも鮮やかに切られるのか。

平べったい箱の方は焼海苔《やきのり》で、やはり「お中元」とあった。贈り主は「毎日タイムス事業部『街の英雄たち』事務局」だ。

俺はこの日本を代表する全国紙が主催する「街の英雄たち」の選考委員をやっている。もう十年以上になる。

これは全国各地で草の根的に活動したり、人助けをしたり、町起こしのイベントを開き続けたりという人やグループを自薦他薦してもらい、選考して賞を授与するものだ。

選考委員はメーカー、銀行、出版社、教育界をはじめ、多彩な顔ぶれの八人である。

年に二回の選考委員会に出て、年に一度の表彰式と祝賀パーティに出席する。それだけだが、世の中のようすがわかり、また、選考委員同士の活発なやりとりが面白い。

たちばな銀行時代には、名を連ねていた各種委員会が四つか五つあった。その後、子会社に転籍すると、すべて「任期満了」とされ、再任用はなかった。

あの時、思い知らされたものだ。どこも「田代壮介」という個人に依頼していたのではなく、「メガバンク役職者」に依頼していたのだ。社員三十人の子会社では、委員に名を連ねられても有難みもメリットもないということだ。

その中で、この「街の英雄たち」の委員会だけは、子会社に行った後も、こうして定年になってからも、俺を切らない。俺より年長の大学名誉教授もいれば、年長の画家や俳優もいる。

結局、俺への中元は、まだ仕事をしている毎日タイムスを除くと、「クラブ紫」一件だった。

千草も何も言っていないということは、他には届いていないのだ。

品物が欲しいわけではない。「終わった人」と思い知らされるのが、つらかった。

俺はバラを窓辺に飾り、「いつかまた、必ず店に行くからな」と話しかけた。

そして、改めて「街の英雄たち」がありがたく、選考会にはもっと力を入れようと誓っていた。

定年から三ヵ月、最近、生きているのが幸せなのか不幸なのか、わからなくなっている。だが、俺に必要なものは明確にわかっている。仕事だ。決まったところに通い、こなす仕事だ。

正直なところ、たとえどこに飛ばされようとも、若いヤツらに邪魔にされようとも、六十五歳まで居残るべきだったかと、後悔に襲われることがある。

とはいえ、居残った同期は仕事とも呼べない雑巾がけレベルのことをやらされ、若い後輩に気を遣っている。

俺はプライドが許さなかったから、雇用延長は断った。しかし、「終わった人」にはその程度の仕事すらない。

今の俺の毎日と心理状態を考えると、プライドに何の意味があったのか。

だが、そう口に出すこともプライドが許さない。絶対に口にはしない。

もっとも、居残ったところで六十五歳になれば終わる。わずかあと二年だ。あと二年のために、プライドを売らなくてよかったと、俺はいつも双方を揺れる。

あいた両手をもて余し、『一握《いちあく》の砂』を開く。

あれ以来、石川啄木を読んでいる。何に役立つわけでもないが、歌集はいい。今までの俺とは最も遠いところにある。男たちが活躍する企業小説やノンフィクションは読みたくない。

めくっていくと、

「こころよき疲れなるかな　息もつかず　仕事をしたる後《のち》のこの疲れ」

という一首があった。

しみた。明治四十二年に作った歌だという。

解説には、「この頃、啄木は東京朝日新聞社の校正係という安定した職を得て、さらに文芸雑誌『スバル』の仕事があったことにより、煙草《たばこ》ものめぬ忙しさに充実感を覚えていたのだろう」と書かれている。

そして、啄木の日記が引用されていた。

「何に限らず一日暇なく仕事をした後の心持はたとうるものもなく楽しい。人生の真の深い意味はけだしここにあるのだろう！」

しみた。企業小説で男が活躍するより、しみた。

夜、千草はファッション誌を切り抜き、スクラップに夢中だった。

俺はやることもなく、見るともなしにそれを見ている。

「あなた、啄木でも読めば？」

「昼間ずっと読んでたから、もういい」

「そう」

「それ、スクラップしてどうするわけ」

「参考にね」

「参考になるのか？　店にモデルみたいな美人が来るわけじゃないだろ」

「まあね。どれ、お風呂入ろ」

千草はスクラップを途中でやめた。

「お前はいいよな、やる仕事があって。俺なんかこの頃、生きてるのが不幸って気になることがあるよ」

「誰でもそうじゃない？　どれ、お風呂」

「誰でもじゃないだろうけど、俺は十五歳から人生やり直したいよ。そしたら、メガバンクになんか入らないな」

「私はお風呂入ってくる」

「お前、人生やり直したいとか思ったこと、ない？」

「ないわ」

「俺はジイサンだって証拠だな。ホント、年は取りたくないよ。会社やめたら何だかアチコチ痛いし、ガタがくるし」

「みんなそうよ」

「若いうちはさ、みじめな目にあっても、上に行ってリベンジするぞって思えるよ。でも年取ると、リベンジの機会もないからな」

「じゃ、お風呂ね」

「つくづく思うよ。虫のように人間もさ、生殖が終わったら死ぬのがいいよな」

「じゃ、ゆっくり入ってくるね」

「俺、今六十三だけど、何か六十五が近いって思って、もう六十五の気分なんだよな……」

千草は返事をせず、スクラップ帳を広げたまま出て行った。

梅雨《つゆ》の中、今日もいつものようにジムに行き、帰りはわざわざ新宿に出て、見たくもない映画を見た。

シニア料金は千百円だが、時間つぶしには高い。

昔は「名画座」というものがあって、五百円だか七百円だかで三本立てが見られたものだ。「昔の人は時間つぶしに恵まれてたよな……」とぼやきながら、雑踏を歩く。

映画を見るのは、ほとんど新宿だ。

有楽町《ゆうらくちょう》や銀座には行かない。たちばな銀行の部下らと会いそうで、避けている。「田代さん、昼間っから映画館に入ってってたよ」だの「田代さん、暇《ひま》そうにプラプラ歩いてた。老けたよォ」だのと、噂のネタにされる筋合いはない。

デパートの地下で夕飯を買って帰ろうと思い、エスカレーターで降りる時だった。

「羅漢《らかん》!?」

声がして、後から袖を引っぱられた。

「俺だよ。二宮勇《にのみやいさむ》」

南部高校で同級生だった二宮だ。すぐに思い出した。

「羅漢」は俺の高校時代のあだ名だ。

盛岡市の茶畑《ちゃばたけ》という町には、巨大な石造りの羅漢像が十六体並んでいる原っぱがある。今は「らかん公園」と呼ばれているが整備過剰ではなく、原っぱの面影が残っている。

十六羅漢は、江戸時代の飢饉《ききん》の際に作られたものだが、台風でも豪雪でもビクともしない。何があってもどこ吹く風だ。

高校時代、俺の強気は何ごとにも動じない姿に見えたのだろう。十六羅漢みたいなヤツだと、いつの間にか「羅漢」と呼ばれるようになった。南部高のヤツらしか使わないあだ名だ。

二宮は俺と同じクラスから、やはり現役で東大の文学部に入った。同じ大学とはいえ、学部も違うし、いつの間にか疎遠になっていた。

「二宮、よくわかったな」

「すぐわかったよ。在京南部会で会ったのが、いつだ？」

「三十代半ばかな。俺、一回しか出てないから間違いないよ」

「そうか。約三十年ぶりか。ヒェーだな」

俺は咄嗟に、今日はブランド物のポロシャツにストライプの綿ジャケット姿でよかったと思った。ジイサンのくたびれた服で、三十年ぶりの同級生と会いたくない。

実際、俺は高校時代から二宮より、すべてにおいて上だった。成績も運動も、女の子からの人気もだ。羅漢の如く動じなく見えたなら、それは自信に由来していたものだ。

そして、俺は東大の看板である文科Ⅰ類に入り、二宮は途中で志望を文科Ⅲ類に変えた。

二人で並んで北上川《きたかみ》のほとりを歩きながら、「俺、文Ⅰは無理。羅漢、お前に託すよ」と力なく笑った二宮を、今も覚えている。

そんな俺が、地下の総菜売場でチマチマと夕食を買っている。そんなところを見られず、エスカレーター付近でつくづくよかった。

「二宮、俺、今日は時間あるんだけど。飲むか？」

「今日は」と言うあたりが、俺だ。

「いいね。ただ俺はこれから夜十時までダメなんだよ。十時から飲むんじゃ遅すぎるか？」

「いや、いいよ。それまでどっかで時間つぶすよ」

「そうだ、羅漢、俺と一緒に来いよ」

「どこに？」

連れて行かれたのは、水道橋《すいどうばし》の後楽園《こうらくえん》ホールだった。

隣の東京ドームでは、巨人戦を何回か観ているが、後楽園ホールは初めてだ。

二宮は、

「後で飲みながらゆっくり話すよ」

と言ったが、道中に聞いたところ、四十八歳で自由《じゆう》貿易を退職したそうだ。自由貿易は、日本を代表する超一流商社だ。そして退職後、妻の実家がやっている小さな工務店を手伝っているという。

その傍《かたわら》、ボクシングのレフェリーとして、平均すると月に四回、年間で五十回ほどリングにあがり、試合を裁いているそうで、

「カネにはならないよ。一日で一万ちょっとのギャラだし」

と笑った。

大学ではすぐに疎遠になったので、

「お前、大学でボクシング始めたのか?」

と訊くと、

「そうだよ。俺、結構素質があったらしくて、関東大学トーナメント大会で準優勝よ」

と、自慢気に言った。

初めて入った後楽園ホールは、古くて狭かったが、独特のオーラを発していた。

ここは「ボクシングの聖地」と呼ばれるそうで、ロビーには歴代世界チャンピオンの写真が飾られている。若いファイティング原田《はらだ》、大場《おおば》政夫《まさお》、具志《ぐし》堅用《けんよう》高《こう》らもファイティングポーズをとっている。

二宮はどう工面してくれたのか、俺をリングサイドの最前列に座らせ、

「じゃ、後でな。エレベーターの前で待ってて」

と走り去った。

初めてナマで観るボクシングは、衝撃だった。

俺にはまったく無縁の世界であり、ガチンコで殴り合う男たちにも衝撃を受けたが、何よりも二宮の姿にだった。

彼は薄青色のシャツに蝶ネクタイというレフェリーのユニフォームを着て、それこそ蝶のようにリングを舞っていた。ダメージを見極める鋭い目を両選手に注ぎながら、軽快に動く。時にクリンチを分け、時にダウンのカウントを取る。

やがて、一方が有効なパンチで目の上を切り、激しい出血を見せた。二宮は一時試合をストップさせた。そして、リングごしにドクターに傷を診《み》させる。

客席から、

「その程度で試合止めるなーッ」

「まだやれるぞーッ」

「レフェリー、止めんなよ！」

と、怒号が飛ぶ。

世界戦でも日本タイトル戦でもないのに、マニアたちの熱気は恐いほどだ。

ドクターは試合続行が可能であるとし、二宮は両選手をリング中央で再び戦わせた。客席から拍手と歓声が湧く。

が、再開してほどなく、彼は両選手の間に割って入り、試合をストップさせた。

「止め時じゃねえだろーッ」

「レフェリー、しっかりしろ！」

怒号とブーイングの中、勝った選手はバック転をし、拳《こぶし》を天に突き上げて雄叫《おたけ》びをあげた。二宮が彼に何か囁《ささや》くと、急に神妙になった。そして、二宮はその手を高々と掲げた。

その後すぐに、勝者は敗者のコーナーに行った。顔を腫《は》らした敗者と讃《たた》えあい、ジム会長やセコンドに丁寧に礼をした。

二宮はリング上で静かに、慈愛の表情で、その若いボクサーたちの姿を見ていた。

一試合あけた次の試合、彼は今度はジャッジ席に着いた。一ラウンドごとに採点し、勝敗をつける三人の一人だ。

開始前には、世界戦などの時にテレビで見るジム会長や、世界王者たちと笑顔で挨拶《あいさつ》をかわしている。

そして、「楽しんでるか？」とでも言うように、幾度も俺の方を見た。

二宮が心底羨《うらや》ましかった。

俺はボクシングには一般的な知識しかないし、世界戦にも興味はない。せいぜい、ニュース番組で知るレベルだ。

だが、レフェリーがどれほど責任のある仕事か、どれほど若い選手の命運を握っている仕事か、見せつけられた気がした。

二宮は道中、言っていた。

「俺、今も裁く日以外の平日は三キロ走るし、休日は十キロ走る。選手の気持になるために、試合に向けては少し減量もするんだよ。試合前日からアルコールは禁止。いや、戦うのは俺じゃないけど、ボクシングという過酷な仕事を選んだ選手を尊敬してるんだよな……。彼らを守るためには俺も努力が必要なんだよ。六十三になってもな」

俺は後楽園ホールで、輝くような二宮ばかりを見ていた。

試合終了後、神田《かんだ》の和食店「漁楽洞《ぎょらくどう》」で、三十年ぶりに盃《さかずき》を合わせた。オーナー女将《おかみ》が盛岡出身で、岩手の食材がふんだんに出てくるという。二宮は常連らしかった。

前置きや思い出話はどうでもよかった。俺は乾盃がすむなり、訊いた。

「何であの一流商社をやめて、どうやってレフェリーになったんだ？」

二宮は東大で社会学を専攻し、自由貿易本社の総務部人事管理課に配属されたという。

「一回、企画部に異動したけど、すぐに戻されてずーっと人事管理畑だよ。二十代半ばまではボクシングジムにも通ってたけど、だんだん仕事中心になってね。責任もやり甲斐もあって、面白かったし」

「なのに、どうして四十八の若さでやめた」

二宮は黙った。

しばらくして、岩手の地酒を手酌《てじゃく》し、言った。

「人事畑を歩くとさ、人事の理不尽というのがわかってくるわけだ。まさに人《ひと》事《ごと》として、ドラスティックに切ったり、上司の思惑で引き上げたり、飛ばしたりね」

「どこだって、そうだろ」

俺は自分と重ねたが、平静を装ってサラリとそう言った。

「ああ。人間社会はそうやって動いてきたんだし、そうじゃないと動かない場合もあるしな。そんなもンだよな」

だが三十一歳の時、「そんなもン」の中で人生を終えたくないと思うことがあったのだと、岩手の短角牛《たんかくぎゅう》にワサビをつけた。

「俺の上司がさ、稲垣《いながき》っていうんだけど上のポストにつけなかったんだよ。人望、実績、決断力、何を比べてもろくでもない浅川《あさかわ》ってヤツが、そのポストについた。その上、浅川は、病気で長いこと休み、また出て来て、また休みって時期もあってね。なのに、稲垣ではなく、浅川が上がった」

「よくある」

「だけど、社内に激震が走ったよ」

「お前の上司、稲垣か、どうなった？」

「そのろくでもない浅川と同期だもの、子会社の専務で飛ばされた」

俺と同じだ。よくある話だ。

「代表権を持つ専務だったけど、代表権を使うような案件はない小さい子会社だ。あんなに有能な人が……」

二宮は酒を飲み干し、続けた。

「ある時、浅川と、そいつの部下の部長二人と、稲垣の四人で本社の役員を囲む会食があったんだよ。俺は使い走りみたいな役で、次の間に控えてた」

酒の減り具合を見るため、その座敷に入った二宮はショックを受けた。

役員の隣には浅川が座り、床の間を背にしていた。次の上席に二人の部長が座り、一番末席に稲垣が座っていた。

二人の部長は、稲垣の元部下だった。

「子会社に飛ばされると、元上司だろうが末席。みんながしゃべってる中で、稲垣は遠慮してるように見えてね。帰りには、俺が控えてる部屋に来て、

『車、そろそろ呼んで』って」

二宮は照れることなく、断言した。

「人は死ぬまで、誇りを持って生きられる道を見つけるべきだと……あの時、骨身にしみた」

胸を射抜かれるような、痛い言葉だった。

企業というところは、人をさんざん頑張らせ、さんざん持ち上げ、年を取ると地に叩きつける。そうした末に「終わった人」が、どうやって誇りを持てばいいのだ。

「二宮の言うことはわかるよ。だけど、三十一でそういうシーンを見て、結局四十八までいたんだろ。誇りはどうしたんだよ」

精一杯の皮肉に、二宮は笑った。

「誇りは『会社では一切偉くならなくていい』と決めたことだな。息子が一人いるんだけど、女房に『子供が大学出るまでは我慢して』って泣きつかれてさ」

二宮は会社で定収入を得ながら、フリーでボクシングに関わる道を探した。

それで生活はできないが、好きなことに関わり続ける生涯は、誇りであり喜びだと思ったという。

「ボクシング雑誌に書かせてもらったり、親しいジムで初心者を教えたり、会社に勤めながらやってたよ。息子が三月に大学を出て、俺はすぐ四月にやめた」

幸運にも、妻の実家が工務店だ。退職後はそこに勤め、

「女房は家で老人向けパソコン教室を始めて、息子も独立した。俺も十分やっていけるよ。羅漢はどうしてる?」

話したくなかった。だが、そうもいかない。

「うん、たちばな銀行を定年でやめて、今は晴耕雨読そのものだな。女房は好きな仕事やってるし、娘も嫁いだし、今の暮らしは、快適だな」

かなり嘘がまじっている。定年でやめたのは子会社だ。今が快適なものか。

「羅漢はホントに高校時代からトップを走って、気を抜けないメガバンクで定年までやってきたんだものなァ。よかったな、快適な暮らしが手にできて」

高校時代と変わらぬ穏やかな目を注がれ、不覚にも泣きそうになった。

二宮には全部ぶちまければいい。こいつなら、何でもわかってくれると思いながら、まだ見栄を張っていた。さりげなく二宮に話題をふる。

「どうやってレフェリーになったんだよ。学生時代にボクシングをやったくらいで、なれるのか？」

ずっと公募がなかったレフェリーだが、一九九五年、ジャパン・ボクシング・コミッションが、久しぶりに公募のテスト実施を発表したという。

「これだ！　と思ったよ。すぐにテストを受けて、二〇〇二年にトップランクのA級を取った。A級レフェリーっていうのは、世界戦も裁けるんだよ」

一九九五年は、俺が本部の企画部副部長になった年だ。役員への道が開け、イケイケの四十代だった。

その時、二宮はとっくに会社人生に見切りをつけ、レフェリーのテストを受けていたのだ。

そして、俺が「人生終わった」と思った翌年に、二宮はA級ライセンスに挑み、合格していた。

「レフェリーは定年ないのか」

「一応七十歳って言われるけど、明文化はされてない。力量や人柄を尊敬されてる年長レフェリーが出てくると、ビシッと締まるところもあるしね。俺より年上も何人かいるけど、俺も年齢的には長老クラスだよ」

「お前、さっきバック転やって喜んだ選手に、何か言ってたろ。何言ってたの」

「負けた選手がいるんだ、気持考えろって」

「そうか。その一言で選手もサッと変わったのか。たいした世界だな」

「そう思う」

「お前、すげえなと思ったのは、あの野次やブーイングの中、きっちりと試合を止めたことだよ。高校時代はあんなに強くなかったろ。それに、ドクターは試合続行を許したんだし」

「選手のダメージは膝《ひざ》に出るんだよ。瞼の傷より、膝だった。あれ以上やらせては事故につながる。試合を止められるのはレフェリーだけで、ドクターも採点席のジャッジたちも止められないんだ。止め時は本当に難しいけど、選手の将来を背負ってるんだよ、オーバーじゃなくて」

俺はこの年になって、二宮に負けたとわかった。

生きている限り、勝負は動くし、何よりも、人生は勝ち負けで測れるものではない。だが、今の暮らしぶりを考えると、二宮の方がずっと充実し、楽しみ、他から必要とされている。

それでも「人生に勝ち負けはない」と言う人はあろうが、それは違う。負けだよ、負け。

そう思った。

俺のことを聞こうとする二宮を、手で制した。

「もう遅いから、次に俺の話をたっぷりするよ」

彼はうなずき、いつでも電話かメールをくれと言った。

帰り際、

「俺、夢があるんだ」

と強い目をした。

「男子の世界戦を裁きたい。女子の世界戦は裁いているけど、いつか必ず男子をやる。夢が叶《かな》ったら招待するよ」

この年齢で二宮は「夢」と言う。俺は「生前葬」と言う。

負けだよ、負け。

また思った。

家に帰ると、ソファに座りこんだ。千草は風呂のようだ。

俺は天井を見上げながら、何も考えられずにいた。二宮の生き生きした表情が浮かんでは消える。

人の行く末なんてわからないものだ。

俺はこれからどうなるのだろう。

「終わった人」という現実がありながら、まだ仕事をしたがっている。趣味には生きられない。とどのつまりは、こうして死ぬまで息を吸っては吐いているしかないのか。

「あら、帰ってたの」

千草が濡れた髪を拭きながら、入ってきた。

「お腹《なか》は？　何か食べて来た？」

「ああ」

「ビールでも飲む?」

答えるのも面倒くさく、俺は天井を見ていた。

「お風呂、入る?」

答えなかった。

すると、千草が俺の前に立ちはだかった。

「あなた、一度言っておこうと思ってた。何でそんなにめめしいの? いつ迄《まで》グジグジと愚痴を言って、暗くなってる気? 定年は誰にだって来るのよ。再雇用を希望しなかったのは、あなた本人でしょ。自分で決めたのに、本当にめめしいんだから。愚痴と暗さを周囲にふりまかないで」

「別にふりまいてないよ」

「まいてるわよッ」

千草の目から炎が出ている。

「今まで我慢してきたけど、いつか言わなきゃと思ってた。人の言うことに返事はしない、毎日毎日暗い顔して、口を開けば、やれ年取ったの、アチコチ痛いのガタが来たの。ため息ついては思い出話と、十五歳から人生やり直したい、でしょ。十五歳に戻れるわけがないんだから、そういうのを愚痴っていうの」

「女房くらいにしか言えないだろ。そのくらい、わかれよ」

「わかってたから我慢もしたのよ。でももう限界。迷惑よ。朝っぱらから『残る桜も散る桜』だとか、夜は夜でため息と愚痴と思い出話。私がいつも、朝早すぎる時間に家を出る理由、わかる？　聞きたくないからよ、あなたの愚痴。自分で決めた暮らしなんだから、自分で処理してッ」

「迷惑で悪かったな。出て行こうか、そんなに迷惑なら」

それに対し、千草は言い放った。

「いいわよ、出て行って。今のあなたなら一緒にいたくないから」

そう言い残すと、荒々しく寝室へ向かった。

このマンションは、千草が親からもらい、千草名義だ。出て行くしかないのは俺だ。だが、出て行く気はない。何日かホテルに泊まったところで、またここに戻るのは目に見えている。

俺は寝室に行き、ベッドで背中を向けている千草に言った。

「これからは、公園の地面に穴掘って、その中に愚痴りますよ。迷惑はおかけしません」

イソップ童話には、「王様の耳はロバの耳」と言えない男が、穴に向かってそう言い、楽になるという話があった。

俺の言葉に、千草は何も言わずに背を向けたままだ。だが、肩が少し波打っていた。笑いをこらえているのだろう。

俺はリビングに戻り、窓から夜空を見上げた。

高校時代、大学受験の補習を終え、北上川のほとりを二宮と歩いて帰った夜を思い出した。

希望があった。これからの人生、何だってできると思っていた。

第四章

東京に猛暑の八月がやって来た。こういう時は、つくづくラッシュの電車に乗らなくてすむ幸せを思う。

ジムにも通い続けている。鈴木とはよく話すし、他のメンバーとも冗談を言いあうが、ランチには行かない。

二宮と会って以来、「人は死ぬまで誇りを持って生きられる道を見つけるべき」という言葉が離れない。

オバサンたちの好きな「私が私らしくいられる」というクサい言葉は、あながち間違っていないかもしれない。その人がその人らしく生きられる場があれば、それは誇りにつながるだろう。

二宮にはボクシングがある。俺には何もない。仕事しかなかったのだ。

マシンでがむしゃらに筋トレをやっていると、汗をふきながら鈴木が寄ってきた。

「田代さん、護国《ごこく》商事の吉井《よしい》会長、ご存じですよね」

「ああ、知ってるよ。吉井さんが社長時代、すごく世話になって、どれほど助けられたか」

護国商事は中堅の商社だが、このところ大きく伸びて話題になっている。社長時代に吉井が蒔《ま》いた種が花開いたと、衆目の一致するところだった。

俺が、

「吉井社長は先見の明と決断力のある人でな、本当に可愛がってもらったよ。何しろ、数年前の春……」

と言いかけた時、鈴木が遮《さえぎ》った。

「じゃ、行かれますよね？　お祝い会」

ああ、もう少しで自慢話をするところだった。

だが、お祝い会って何だ？

俺は怪訝《けげん》な顔をしたのだろう。

「あれ？　田代さんのとこ届いてないですか。吉井会長が毎朝新聞主催の『日本ビジネス大賞』を受賞されて……」

今度は俺が遮った。

「知ってる、知ってる。受賞は今年の一月だろ」

それは新聞で読んで知っていた。

ビジネス大賞はもう五十年も続いており、権威のある賞だ。それに中堅商社の吉井会長が決まったことを知り、喜んだものだ。

「そのお祝いパーティが、ホテルブリリアントで来週あるんですよ。連絡、なかったですか？」

なかった。

来週となれば、もう届くことはあるまい。護国商事の招待者名簿から、名前が外れているに違いない。

俺はショックをおさえ、誤魔化した。

「そう言えば、女房がそんなこと言ってた気がするなァ。出席の返事も女房に頼んだような」

「僕は吉井会長なんて雲の上で、お見かけしたことさえないんですけど、企画部さんと色々仕掛けている関係で、招待状を頂いたんです」

鈴木にまで出して、俺にはないのか。

会長がいちいち名簿をチェックするわけもなく、総務部がやったことだろう。

「終わった人」は消されたのだ。

「田代さん、よろしかったらお迎えにあがりましょうか。ご一緒に行きませんか。いや、ホントいうと、田代さんと一緒じゃないとビビりそうなんですよ。そうそうたる来客ばっかりでしょう」

「出席の返事は出したはずなんだけど、ちょっと用が入ってね。行けるかどうか微妙なんだ」

鈴木はがっかりしたように、ランニングマシーンの方へ戻って行った。

以来一週間、俺は行くか行かないかを悩み続けた。

招待状も来ていないのだから、悩む必要はない。行っては笑われる。

俺も若い頃、何かパーティがあると「呼んでもいないジジイが来たよ」と、陰で同僚と笑っていたものだ。

そんな思いはしたくない。だが、吉井会長は自身の部長時代から、若い俺に目をかけてくれた。

こんな大きな賞を取ったことに、お祝いを言いたい。いや、言うべきだ。

それに、つながりのある人が大賞を取ると、俺は毎回出席していた。もっとも、毎回招待状が来ていたのだが。

つながりというなら、吉井会長とは特に深い。なのに、今回行かないのはおかしくないか。

俺は迷い続けた。

当日、意を決してホテルブリリアントに行った。受付が何か言うこともないだろうし、言われたら「吉井さんに世話になった田代、元たちばな銀行だ」と答えればいい。

受付周辺は出席者でごった返し、祝いのスタンド花がロビーを埋めつくしている。

知っていれば、俺だって花くらい出した。いや、肩書きのない人間の花は困るだろうか。「元たちばな銀行」もみっともない。

そういう名刺を持つOBもいるが、痛い。だから俺は持たない。子会社に行った時、たちばな銀行のロゴがない名刺に、ひどくショックを受けて以来、名刺は嫌いだ。

ロビーには知っている顔も多く、挨拶をかわすだけでも大変で、なかなか入口まで進めない。

色んな人に声をかけられる。

「田代さん、お元気ですか！　今、どうしてます？」

「悠々自適だよ。朝寝して読書してジム行って」

「ウォー！　いいなァ」

「最高だよ」

こんなやり取りをしているだけで、心がウキウキしてくる。五ヵ月ぶりにスーツ軍団の中に身を置く高揚感だろうか。

受付では、護国商事の若い女子社員に、

「出欠を出すのを忘れてね。たちばな銀行の企画部副部長だった田代だ」

と言っただけで、

「お越し頂きまして、ありがとうございます。ご記帳をお願いします」

と、軽くパスだった。

乾盃の赤ワインを受けとり、会場に入ると主賓が挨拶をしているところだった。

客は三百人は下るまい。とても鈴木を見つけるどころではないと思っている時、横にいた男二人と目が合った。

二人は同時に「アッ」と声をもらし、気まずい表情になった。護国商事の総務部長の木下《きのした》と総務課長の阿部《あべ》で、よく知っていた。

二人のこの顔を見ると、俺に招待状を出していないことをわかっている。

「田代さん、お久しぶりでございます」

「どうもどうも。いや、ご案内はなかったんですが、他から聞きましてね、独断で来ましたよ。あれほど世話になった吉井会長ですから」

俺のトゲのある言葉に、三十代の阿部は目を伏せて一言も発さない。部長の木下はシドロモドロである。

「ご案内の件、イヤ、申し訳ありませんでした。たちばなさんからの、あのォ、リストと言いますか、何と言うか……その……ご案内先の……お名前が、すべて現役の方というか……あの、イヤ、田代さんに限っては、本来はこちらがお出しするべきでしたのに……何だか、ついバタバタしておりまして……」

そうか、たちばな銀行が出した招待者リストだったのか。

俺は笑顔で手を振り、

「OBまで呼んでいたら、そりゃすごい人数になりますからね。現役に絞るのは当然ですよ。俺は吉井会長に会いたくて、勝手に来たんですから気にしないで」

と言ってふと見ると、視線の先に各社のOBたちがいた。みんな、役員だった人たちだ。

役員と、その一歩手前の差は大きい。

主賓の挨拶はすぐに終わり、乾盃の発声をする人が壇上に上った。吉井会長の大学の友人とかで、東日《とうにち》海運の元副社長だと紹介された。

「乾盃の前に、一言お祝いを述べさせて頂きます。吉井君、おめでとう。いつものヨッチンでいくよ。ヨッチンと私は高校・大学と同じで、齢《よわい》七十を越えた今もつきあいが続いているという、これは信じられないような縁であります。さて……」

嫌な予感がした。挨拶で「さて」と言うヤツにろくな者はいない。長くなるぞと思った。

「私は晴耕雨読の生活を始めまして二年になりますが、これが実に快適でありまして、ヨッチンにも早よ引退せんかと、いつも勧めておるしだいであります。私は東日海運時代に、大きな改革を断行致しまして、それがどれほどの利益につながったことかと、今もって若い社長や常務に言われ、面映《おもはゆ》いばかりでございますが、振り返ってみますと、決して私個人の力でなし遂げたことではなく、あらゆる人々の力が集結し、大改革に至ったことは言うまでもありません。私は分不相応にも、改革を評価され、大きな賞を幾つも頂きました。その時の思いを、今、改めてヨッチンに伝えておきたいと思うしだいであります。賞を頂いた後にもいい仕事に恵まれ、成果をあげることができた我が身を振り返りますと、多くのことが見えて参ります」

周囲を見回すと、誰もが乾盃のグラスを持ったまま、困っている。こんな面白くもない自慢話を、いつまでやる気だ。それも乾盃の前だ。だが、この元副社長には、終える気配がない。

「私がヨッチンに言いたいのは、釈迦《しやか》に説法ではありますが、ビジネスとは『忙しい』という意味の英語busyに、nessをつけて名詞にしたものであるということです。ヨッチンには忙しさに翻弄されるなと、何よりも伝えたいと思います。さて」

やっと終わるかと思ったが、また「さて」だ。すでに十五分たっている。多くの客はグラスをテーブルに置き、小声で私語を始めた。だが、元副社長はまったく意に介さない。

「私事でございますが、私はまさに忙しさ、ビジネスに翻弄され、体を壊したことがございます。当初、私は常務取締役として、世界中の港湾を見て回っておりました。幸か不幸か、私は英語、フランス語、ポルトガル語、韓国語にはまったく困らないものですから……」

ここまでくると、もう感心するしかない。どんな話からもみごとに自慢話に引っぱっていく。たいした技術だ。

吉井会長と同級生なら、七十二歳か。晴耕雨読の生活に入って二年ということは、七十歳までは経営の第一線に立っていたのだろう。

五十年近い会社生活を終えて二年、どれほど毎日が退屈なのだろうか。祝賀会に来て、俺だって気分が高まった。この元副社長が今、ずっと忘れていた晴れがましさに酔っている気持は、よくわかる。一流ホテル、三百人もの客、経済誌や主催新聞社のカメラフラッシュ、乾盃の発声、これらは彼の今の日常生活にはありえない。その上、記録用のビデオカメラも回る。

彼は身ぶり、手ぶりをまじえ、声に抑揚をつけ、もうどうにも止まらない。壇上では、ホテルマンがワイングラスをのせた盆を持ち、ずっと同じ姿勢で立っている。

司会者は挨拶を止めるわけにもいかず、汗を拭いている。

いいものを見せてもらったと思った。気をつけないと、遅かれ早かれ俺もこの元副社長のようになる。

今はまだ、自慢話の自制はきく。

だが、ジムと家を往復し、何ら達成感のない日常をずっと続けていれば、必ずこうなる。こういう場が、誇りになる。少しでも誇りの場が訪れたなら、自制のタガが外れるだろう。

いつ果てるともなく話し続ける元副社長を見ながら、過去に華やかなポジションにいた人ほど、こうなるのだと思っていた。

自然に美しく枯れていくことの難しさを、この七十二歳の元副社長は全開にしていた。

俺は呼ばれもしないのに来た自分を、初めて恥じた。

その時、吉井会長がワイングラスを持って壇上にかけあがった。そして笑顔で元副社長の肩を抱いた。

「オイオイ、俺は喉《のど》がかわいて失神しそうだよ。続きは河岸《かし》を変えて、俺が予約入れとくから、今は飲ませてくれよォ」

会場から爆笑が起き、元副社長も笑って乾盃の発声に移った。実に二十三分かかっていた。

俺は乾盃がすむと、すぐに宴会場を出た。吉井会長には挨拶したかったが、もういい。

何だかジムのメンバーがいとおしい。スーツ軍団との席は、もはや俺の居場所ではない。呼ばれもしない場所に行くようなことは、もう二度とするまい。

ロビーに出て受付の前を通ると、女子社員たちが記帳を締めていた。それをチェックしていた阿部が俺を見て、驚いて声をかけてきた。

「もうお帰りですか」

「ああ。すごい人だし、とても吉井会長には会えそうにないですから、後で手紙でも書きますよ。よろしく伝えて下さい。じゃ」

「お待ち下さい。部長の木下に言われているんです。田代さんがお帰りになる時、必ずお引き止めしてくれって」

阿部が携帯電話をかけると、すぐに木下が走って出て来た。たちばな銀行の横田《よこた》も一緒だった。横田は本店の総務部長で、役員に近いところにいる。

俺に丁寧にお辞儀をした。

「田代さん、お久しぶりです。さんざんお世話になりながら、きちんとご挨拶もできず気になっておりました」

木下が俺に迫るように言う。

「田代さん、久々に一杯おつきあい下さいませんか。そう思って、阿部にしっかりお引き止めしてくれって言ってたんです。横田部長もぜひとおっしゃって下さって。今、ご一緒に企画を立ち上げていましてね。田代さん、この後、何かご予定ございますか」

「いや、今日は、大丈夫だけど……」

またも「今日は」と限定する。

そして、その後に出た言葉に、自分で驚いた。

「俺、行っていいのかな？」

だった。

「何をおっしゃいますか。ぜひぜひ」

やはり、この言葉を引き出したい自分がいた。

高齢とまでいかなくても、第一線を退いた者は誰しも、「俺なんか」と思っているのかもしれない。

その濃淡はあるにせよだ。

第一線を退くまで、多くは働きづめに働いてきた。それは家族を支え、会社を支え、地域や国を支えてきた。周囲はそれを認め、自分にも誇りがあった。「若い者には負けない」と言う老人にも辟易するが、「若い者が○○してくれる」と言う老人も悲しい。

案内されたのは、銀座裏の小料理屋だった。

「田代さん、何も召し上がっていらっしゃらないので、バーよりよろしいかと思いまして。いや、本音は僕らも準備で昼から飲まず食わずで」

木下がそう言い、ビールを注文した。

この接待の意味を、俺はよくわかっていた。俺を接待したところで、何の得にもならない。まして、俺を招待者リストから外したことへの詫びであろうはずはない。

これは、木下らが横田と接近したいだけだ。今、立ち上げている企画があると言っていたが、部長の横田が直接タッチしてはいないだろう。俺にかこつけて、前途有望な横田と席を共にしたかったのだ。

俺はビールを口に運びながら、誰がどうやって、招待者リストに載せる人と載せない人を選別したのかと考えていた。

おそらく、課長クラスと部下が、

「この人、いらない。これもいらない。この人、いる。これとこれも不要」

「はい。この人もバッでいいですね。この人はマルかな」

「いや、バッでいいよ。うちにとって、もう何の利益にもならないし」

「そうっすね。じゃ、この人もバッですね」

「うん。残すのは現役とさ、あとこれからの人に絞って。招待者の人数制限あるし」

という具合だったのだろう。

小料理屋で、木下はほとんど横田に向かってものを言っていた。

俺はダシだと承知しているが、もう少しこっちにも気を遣えと言いたくなる。

「これからは横田部長の時代ですよ」

「横田部長、今後も当社をお忘れにならないで下さいよ」

「当社はブリリアントゴルフコースで、コンペをやっているんですが、横田部長には一度もご参加頂けず、残念に思っておりました。これをご縁にぜひ。いや、腕前の方は以前からアチコチで耳にしておりまして、ご参加頂くのは恐いものもございますが、一度何とか華麗なティーショットを拝ませて頂きたいと思いまして」

口を開けば「横田部長」で、当の横田が時折ハッとして、俺に話しかける。あわてて木下、阿部も話しかける。

夜更け、護国商事が呼んだタクシーで帰りながら、俺はやっと、本格的に目をさまさせられたと思った。

今日という今日は、いいものを見せてもらったし、ふさわしくない場に出張《でば》って、プライドもひっぱがされた。

俺はまだ高齢者ではないが、第一線を退き、家で「悠々自適」をやっている以上、もうジムのジジババの仲間なのだ。あのメンバーをいとおしく思うのは、あの中にいることがふさわしいからだ。

若者が総立ちで二時間雄叫びをあげるコンサートが、自分には楽しめないのと同じだ。

俺はタクシーの中で、どんな仕事でもいいから決めようと、初めて思った。

何でもいい、今までの俺にはありえない仕事でも、何としてもやる。

明確にそう思った。

俺には背骨として「仕事」が必要なのだ。それがあれば誇りとなる。

今までの人脈やつながりはすべて切り、まったく新しい人たちと共に生きるのは、面白そうだと、これも初めて思った。

学歴も職歴も消し、新しい人たちとつながる。

それは人生を二度生きる楽しみかもしれない。そうなると、ジムのジジババとの関係も、きっと楽しくなる。

自分が変わればいいのだ。

社会や人心はそうすぐには変わらない。変わる前に、俺があの世に行くだろう。ならば、自分が変われればいいのだ。

「生前葬」以来、俺は所属する場がなく、自分自身の存在を肯定できなかった。肯定できない自分のどこに、誇りを持てるというのだ。

「暇だ」とか「やることがない」とかいう言葉で誤魔化してきたが、所属する場のない不安は、自分の存在を危うくするほど恐いものだった。

趣味で茶碗を焼いたり、ソバを打ったりして埋められるものではなかった。

いや、晴耕雨読や悠々自適が楽しめる人は別だ。所属するより、あり余る時間を自在に使うことを幸せに思える人は、何の問題もない。だが、俺は違った。

仕事を見つけよう。

何だっていい。

朝起きて、週に三日でも仕事ができたなら、他に何もいらない。

今まで「シルバー人材センター」という名がイヤで登録しなかったが、登録しよう。会社の顧問を専門に斡旋《あっせん》する人材派遣会社もあると聞いた。登録しよう。

俺は何としても仕事につく。

帰宅し、リビングに入るなり、千草に言った。

「明日、ハローワークに行くよ」

ファッション誌を読んでいた千草は、さほど驚く風もない。

「あら、ネットで色々探して、仕事はないって言ってたじゃない。ハローワークなんて、もっとないんじゃないの」

せっかく盛りあがっているのに、水をぶっかけやがる。

だが、もはや俺の決意は固かった。

「どんな仕事でも面白そうに思えてきてね。何だってやると思えば、何かある」

「ふーん、そう」

「ハローワークで係員と面談すりゃさ、ネットで探すのとは別の展開があるんだよ」

「あ、そう」

千草は「美容」という自分の世界を持っているため、俺のことには関心が薄い。

もっとも、うるさかったり、愚痴っぽかったりという妻よりはいいかもしれない。

「収入にはならないと思うよ。だけど、それをアテにしなくても、老後は何とかなるだろう？」

元銀行マンの俺だが、家計にはまったく疎《うと》いし、関心がない。

「まァ、何とか大丈夫よ。退職後に備えて、三十年前に自由保険に入ったじゃない？　あれが近々、満期になるし。あと、厚生年金と企業年金の両方も受け取れるし」

「そうか。お前、ちゃんとしてるなァ」

「プロの夫が全然関心ないからね。そうだ、こういうチャンスに通帳とか具体的な額とか、全部見せとくわ」

立ち上がった千草を、あわてて制した。

「いい、いい。何とか大丈夫って聞けばそれでいいんだ」

どっちみち先細りなのだから、詳しい額を聞いたところで志気を削《そ》がれるだけだ。

翌朝、ジムを休み、ハローワークに出かけた。

昔は「職業安定所」という名称で、略して「職安」と呼んでいたものだ。

今は「仕事《ワーク》」に「こんにちは《ハロー》」する場所か。和製英語は軽薄で、わけがわからない。考えようによっては、いいのか悪いのかわからなくて、いいものだ。

初めて入った「職安」には、五十台はあろうかと思われるパソコンが並び、隣が見えないようにパーティションで囲われていた。

その向こうに相談コーナーが三十席ほどあり、相談員と一対一で話ができる。ここもガッチリとパーティションで囲んである。

昨今のプライバシー保護はすごい。

入口の受付で、まず求職申込書をもらう。マークシートだ。希望月収や免許・資格の有無、希望する仕事や就業形態など多くの項目を塗りつぶす。

学歴の欄もあるが、学校名は問われない。何だかホッとした。

「経験した主な仕事」という項目は「できるだけ詳しく」とあり、手書きで記入する。俺の職歴は、マイナスに働きそうな気もするが、書かないわけにはいかない。

これを受付に出す前に、ちょうど空いたパソコンに向かってみた。

マークシートに記入したような項目を入れると、その条件に合った求人が出てくる。

意外に思ったのは、「年齢不問」が少なくなかったことだ。

俺が経理や会計の職種を希望したところ、都内の会計事務所や社会保険労務士事務所も出たし、名の通った企業の経理補助も出た。市場の経理伝票を作る仕事もある。

正社員でなければ、さらにある。職種を選ばなければ、さらにだ。資格がなくてもいいところも少なくない。

シニアには仕事がないと言われ、そう思いこんでいたが、やはり自分で確かめないとわからないものだ。

俺はウキウキし始めた。

そしてマークシートを受付に出し、番号札をもらった。

室内ではひっきりなしに、アナウンスが響く。

「四十番のカードをお持ちのかた、二十四番コーナーへどうぞ」

待合いスペースの椅子は、カードを持った人で埋めつくされている。

隣りで待つ男も、同年代に見える。目が合ったので話しかけてみた。

「今、パソコンで見ましたが、シニアでも求人、結構あるものですね」

「ええ、まあ。でも、アッという間に決まってしまいますし、すでに募集が終了している場合もありますしね。あまり期待しすぎない方が……」

言い終わらないうちに、男は立ち上がった。番号が呼ばれたらしい。

俺は今、「山下《やました》メディカル株式会社」への紹介状をもらうつもりでいる。さっき、パソコンで出した会社の中で、俺に一番合っていると思ったところだ。社員七十人の医療材料販売会社で、クリニックや病院に直接販売するらしい。

俺にはまったく畑違いだが、募集職種が「経理事務」で、具体的には「決算諸表の作成、予算の作成・管理、銀行折衝等」とあった。

これならお手のものだ。

社員数七十人というのもいい。社会保険労務士事務所や会計士事務所の求人もあったのだが、ほとんどが社員二人から五人程度なので避けた。

小さいところで人間関係がうまくいかなくなると、どうにもならないからだ。

山下メディカルの本社は文京区本郷《ほんごう》で、仙台、大阪、神戸、博多など全国六地方に営業所を持つというのも、安心感をそそる。

その上、正社員採用だ。

週休二日、賃金は月十八万から二十二万で、年齢不問。再就職先としては、十分だろう。

この条件なら、もう誰か決まっているかもしれない。

心配しつつ相談コーナーへ行ったが、大丈夫だった。

俺はこれだけで縁を感じ、心が躍《おど》った。

帰宅後、履歴書を書き、ハローワークからの紹介状と一緒に送った。

千草は、

「きっと採用よ。向こうだって、あなたが来れば頼りになるもの。銀行の折衝なんて特に」

と言ったが、その通りなのだ。

そう考えると、給料は安すぎるが、ともかく毎日行くところができて、やるべき仕事があるだけで、十二分にありがたい。

一週間後、山下メディカルから面接の通知が来た。

行ってみると、本郷のオフィスは雑居ビルの一室で、小さな表札が出ていた。

まさか、これが本社か？

恐る恐るドアを開けた。

五十畳くらいの広さだろうか。机が八つ並んでいる。

ここは十人も入れば一杯だろう。

七十人と明記された社員はどこなのだ。仙台や神戸の営業所員を除いたとしてもだ。

呆然と立っていると、衝立の奥から俺と同年配の男が出て来た。

「田代さんですね。社長の山下です。どうぞ」

奥にはソファがあり、接客コーナーになっているようだ。

山下は履歴書を見ながら、言った。

「ご立派なご経歴で、ちょっとうちあたりでは……というのが正直な気持です。でも、副社長である女房と、専務の息子が、面接だけでもしてみたらと申しましてね」

「ありがとうございます。社員が七十人もおられるんですから、ご立派な会社だと思いまして」

五十年配の女性事務員が、お茶を運んできた。

紺に白の水玉模様の茶碗に、馬のションベンかというような薄い出がらし。何だか悲しい。

第一、面接に来た人間に茶を出すことに驚いた。

山下は困惑気味に言った。

「七十人と申しましても、この事務所での内勤者は八人でして、他は正社員の営業所員や、多くは非正規の営業、ドライバー、アルバイトなどです。ここの内勤者は全員が正社員ですが」

ハローワークでもらった求人案内には、確かに、

「企業全体　70人（仙台、新潟、大阪、神戸、広島、博多の営業所含む）

就業場所　8人（うち女性3人。非正規、パート、アルバイト0人）」

とあった。

会社は嘘をついてはいない。この就業場所には非正規もパートもバイトもおらず、八人の正社員がいるのだから。

「田代さんには来て頂きたいのですが、そのお力を生かし切るほどの仕事もありませんし、大変残念ですが……」

「そうですか。でも、私はずっと子会社におりましたし、多くのノウハウを生かせると思いますが」

俺は、ここで働くのも面白いような気になっていた。

しょせん、六十代も半ばにさしかかっている。これから先に栄光の日々や大ドンデン返しが待っているわけでもない。

ならば、トシが言うように、今までとは価値観を変えて、新しい環境を楽しむ手は悪くない。

たちばな銀行の本部から、ここに飛ばされたのでは「尾羽《おは》打ち枯らして」という情けなさだが、俺はあの社員三十人の子会社から来たのだ。

あそことここがどれほど違うというのか。

「山下社長はもしかしましたら、大企業にいた人間を使うのを避けたいのではありませんか」

「いや……」

「私は子会社に行きました当初、非常に苛立《いらだ》ちました。たちばな銀行本部のやり方が通用しなかったんです。それでも改革をやろうとしましたら、ある日、子会社の社長に呼ばれました」

山下は水玉の湯呑みを手に、じっと俺の話を聞いている。

「社長に言われました。改革をしてくれるのは有難いが、ここでは大企業や一流企業のやり方、仕組みは取り入れられない場合があると。それだけは覚えていてくれと、かなりきつく申し渡されました」

無言でうなずく山下に、俺は安心させるかのように言った。

「身をもって体験しておりますから、ご心配はいりません」

「ありがとうございます」

お茶を出されてお礼を言われて、どっちが面接をしているのかわからなくなった。

「社長、私を何ヵ月か、試用期間として使ってみて頂けませんか」

山下は即座に答えた。

「いえ、それはやはり無理です。東大法学部出の人が、何だってうちあたりにと思いまして、正直、興味がありました。それで面接に来て頂きましたが、お話しすればするほど、場違いだと思いました」

一気にそう言うと、

「田代さんのような方が部下では、私も妻も息子も疲れてしまいます。東大法学部は困ります。それに、同業者がきっと噂しますよ。『何だって東大出が山下ンとこ入るんだよ。絶対に前科アリだな』なんて言われかねません」

と笑った。

興味があったとか、前科を疑われるとか、さすがに腹が立った。

一言ぶつけて席を立とうと思った時、山下は禿《は》げた頭を深く垂れた。

「田代さん、本当にご無礼をお許し下さい。どうぞもっとふさわしい仕事を見つけて下さいますよう、お祈りしております」

怒る気は失せていた。山下の禿げた頭を見ていたら、弱い者いじめをするような気になったのだ。俺の方がみじめな立場にいるのにだ。

外に出ると、西陽が雑居ビルを照らしていた。薄汚ない古ぼけたビルが柿色に染まっている。

懐《なつか》しい町だった。東大の本郷キャンパスまで歩いて十分くらいだろうか。

俺はキャンパスに向かって、ブラブラと歩き始めた。

大学は昔のままに、そこにあった。

何十年ぶりだろう。入学式の日、両親と記念撮影をした赤門も、昔のままだった。

俺は中に入り、時計台のある講堂まで歩いた。

都心にこれほどまでに広いキャンパスを持ち、古くて威厳のある図書館や校舎を持つ。「さすが東大」なのだ。

今、優秀な学生はアメリカのハーバード大学やイギリスのケンブリッジ大学などに行き、東大人気は下降気味と言われる。

しかし、それでも「さすが東大」なのだ。

ベンチに座り、シンボルともいえる時計台を見上げた。

それにしても、山下の言葉には参った。「東大法学部は困ります」か……。

東大法学部は、本人のみならず一族までが自慢する輝ける標《しるべ》だ。年を取った時、それがマイナスに作用する日が来ようとは、思いもしなかった。

今、意気揚々とキャンパスを歩いている東大生も、先はわからない。つややの若い肌と力のある表情は、人生のほんの一瞬なのだ。

まして、人生は運や巡り合わせに左右される。東大を出たから将来が約束されるということは、まったくないのだ。

俺だって、このキャンパスに通っていた頃は、何だってできると思っていた。

だが、人間が老いて行きつくところは、大差ない。

行きつくまでのプロセスで、いい思いをするか否かはあるが、そのカードも他人に握られているのだ。

どっこいしょと立ち上がると、古い校舎に西陽がさしていた。代々の学生たちが学んだ古く威厳のある建物が、柿色に染まっている。

突然、涙がこぼれた。

何かがせりあがってきて、嗚咽《おえつ》がもれる。涙は容赦なく流れ、止まらない。

それを手で拭いながら、老人性うつ病だろうかと、一瞬思った。

いや、違う。

山下が言ったように、俺にふさわしくないところに行ったからだ。そのショックだろう。

行くところがないからといって、何でもいいから仕事がしたいからといって、ハローワークで紹介された山下メディカルではないだろう。

そのストレスは小さくなかったのだ。

いや、あの時はどんな会社のどんな仕事でもやろうと思い、ベストの道だと思っての行動だった。

しかし、俺にふさわしい道ではなかった。どうかしていた。

実はハローワークに足を踏み入れた時から、ここで俺にふさわしい仕事が見つかるわけがないと、そんな気はしていた。

だが、年齢は高く、特技はない。それでも仕事がしたい。

ならば、その現実を見つめて、今の自分にふさわしい仕事を得るしかない。

他にどんな道があるというのか。手をこまねいて無為な日々を送り、老いていけというのか。

俺は泣いたことで、正気に返っていた。

今まで誇りにし、俺自身を育ててくれたものがマイナスになるのはおかしい。学歴や職歴は俺を作っている。俺らしさはそこにある。

誇りを捨ててはならない。

「終わった人」でも、誇りを持てる場はきっとある。

思えば退職以来、情けないほど揺れ、気を取り直してはまた嘆き、再び心身を立て直してはまた落ちこむ、ということを繰り返してきた。

仕事をしたいと焦るより、また、合わない仕事で合わない人に使われるより、腹を決めて楽しんで生きよう。

今度こそ、そう思った。

六十三歳迄働いてきたことも、立派な家庭を作ったことも、受験戦争に勝って手にした高学歴も、すべて「俺」なのだ。

自宅へと帰る電車の中で、仕事よりも、今こそ勉強し直すチャンスだと思った。

大学院に行くのはどうだろう。

どこか都内の入りやすい大学でいい。今までとまったく違う文学研究科がいい。

それこそ俺にふさわしく、最高のシニア人生ではないか。

なぜ、大学院受験という選択肢に気づかなかったのか。

目の前が開けた気がした。

千草には一言だけ、

「学歴が邪魔して、面接は撃沈」

と伝えた。

千草は吹き出して、

「でしょうねえ。特技のない東大卒ほど始末に負えないもの、ないよね」

とぬかした。

あまりに言い得て妙で、怒るより笑った。

銀行マンだって、特技のある者は多い。

保険や年金のプロとして社会保険労務士の資格を取った者もいれば、金融のプロとしてアドバイザーに転身したり、大学教授になった者もいる。税理士や公認会計士として活動している者もいれば、海外を中心にやって来た者は語学力もある。

俺はエリートコースを歩き、ほとんどを本部で過ごしたため、言うなれば「手に職」はつかなかった。

早々と出世ルートを外れた者が、結局は先を見据えて学び、資格を取り、人生を切り拓《ひら》いたりする。わからないものだ。

笑った後で、千草に言ってやった。

「東大の悪口言うけどな、お前、俺が東大出だから嫁に来たんだろ」

「今になると、別に東大でもどこでも一緒だってわかる。アタシもおバカだった」

もはや、怒る気にもなれなかった。

彼女の言うことは、退職して半年間の俺が骨身にしみて認識したことと、まったく同じだったからだ。

怒らない夫と言いすぎた自分に、心が痛んだのだろう。千草は優しく真剣な表情で、

「何か本気で趣味を見つけたら？　私も一緒にやってもいいよ」

と言う。

「俺、大学院に入る」

「えーッ!?」

「やっと自分に合った方向が見つかったよ。どっか簡単な大学でも、教授がいいところは多いはずだしさ。文学やる」

「ブンガク……」

「源氏物語だ。若い時から関心あったんだ、実は」

考えてもいないことが、口をついて出ていた。関心があったどころか、受験生の時にやっただけで、まるでわからない。

「それ、すごくいいわ。大学院で源氏やるのは最高。今、社会人がたくさん行

ってるし、いいとこに気がついたね」

千草はそう言った後で、スパッと言った。

「でも、簡単なところはダメ。東大にしなさい」

驚いた。

東大の大学院を受けろというのか。そんなこと、ありえないだろう。

千草は言ってのけた。

「簡単なところは、あなたに向かない。入ったらまたグチグチ言うわよ」

たぶん、そうだ。

「それに、何の役にも立たない東大法学部の落とし前を、文学部でつけてもらいなさいよ」

確かに、そうだ。

その時、ドアチャイムが鳴り、千草は「ハーイ」と言いながら出て行った。

母校東大の大学院で文学研究か……。

悪くない。

あのキャンパスが再び俺のものになる。悪くない。

もうすぐ九月だし、来春の受験は無理だろう。再来春までみっちり勉強し、合格をめざそう。

ああ、やっと俺らしくいられる場を見つけた……。

本当に、本当に、今度こそ揺れない力が湧きあがり、俺はまたも泣きそうになっていた。どうも涙もろくて困る。

俺は今、初めて定年をありがたいと思った。

そして、千草はこれまで五ヵ月、みっともなく揺れた俺にどれほどうんざりしたことだろう。詫びたかった。

簡単な大学はダメだと言ったことへの礼もだ。

その時、勢いよくドアが開き、孫二人が飛び込んで来た。

折り紙で作ったレイを俺の首にかけ、

「ジージ、ハッピーバースデイ！」

と声を合わせる。

二人の後からキャンドルを立てたケーキを持って道子が、そして花を手に千草とトシも入って来た。

そうか、誕生日か。すっかり忘れていた。

大学院受験という大目標ができると、紙のレイを喜ぶ余裕が出てくる。定年の日は紙の金メダルが情けなかったのにだ。

ささやかな家族パーティの後、道子は子供を連れて帰り、千草とトシとで飲み直した。

ベランダから入る風に薄っすらと秋の匂いがする。

大学院のことを話すと、トシは驚くほど喜んだ。

「イヤァ、いいとこに気づいたよ、壮さん。壮さんみたいなタイプはさ、並のジイサンの幸せはみじめに感じるんだろうな。いいじゃない、東大に戻るのは」

「東大に戻る」と言われ、妙に嬉しかった。まだ受験さえしていないのに、俺の誇りが頭をもたげる。

「後で調べてみた方がいいけど、大学院の試験って、研究したいことへの論文があるはずよ」

千草の言葉に、いささか焦《あせ》った。俺は大学院に入りたいのであって、研究は源氏物語でなくても、芭蕉《ばしょう》でも三島《みしま》でも何でもいいのだ。

だが、文学と名のつくものは受験でやって以来、まるでわからない。論文など書けるわけがない。

あわててネットで調べると、千草の言う通りだった。

千草はいつになく真剣に、

「まずカルチャースクールで、源氏の講義を受けたらどう？　流れというか大筋はわかるし、先生にも相談できるじゃない。このポイントで論文を書きたいんですがとかね」

と言う。

確かに、まずカルチャースクールに行くのは名案かもしれない。

区のカルチャースクールで講義を持っているトシは、

「カルチャーってバカにできないよ。俺が言うのもなんだけど、どこもいい講義、一流の講師がそろってるよ」

と断言した。

俺はうなずき、素直に二人に詫びた。

「カルチャーに行くことから始めるよ。今まで本当に悪かったな。この暮らしにどうしても慣れなくてさ、何だかめめしくて揺れまくったよな」

トシがジンライムを作りながら、

「俺、ホントに内心でいらついてた。壮さん、同じところをグルグル回っては愚痴って。俺がもう昔のような仕事には戻れないよ、世代交替なんだよって何回言ってもダメで、揺れて」

と言うと、千草もジンライムを干した。

「私も壮介ってこんな人だっけ？と何回も思ったわよ。それだけ現役時代が充実してたということなんだろうけど」

「ホント、悪かったよ。もう揺れないから」

トシがおかわりを作ろうとして、千草のあいたグラスにも手を伸ばした。

「さァ、今夜は飲も飲も！」

千草の弾んだ声は、まさに俺の心そのものだった。

二宮と会いたくなった。今なら何でも話せる。

翌日、ジムの帰りに新橋にあるジャパンカルチャースクールに行くことにした。

ここは、トシが講座を持っているカルチャースクールではなく、民間経営だが、ネットで調べると、交通の便、授業料、講師陣等々、一番よさそうだった。

もっとも、文学の講師名など聞いたこともないが、大学の名誉教授とあるので大丈夫だろう。

ジムでの俺はいつになく明るく、鈴木もジジババたちも「いいことがあったの？」と訊くほどだった。

俺はヤツらの得意なセリフを言った。

「俺が俺でいられる場があることに、気づいたんだ」

このクサいセリフに、ジジババたちは、

「えー、どこどこ？」

と真顔で訊く。

俺は笑って答えなかったが、ジジババを初めて可愛いと思った。俺のゆとりがそう思わせる。

ジャパンカルチャースクールは、新橋駅近くの大きなビルの中にあった。二フロアを占め、エレベーターは受講生でいっぱいだ。

やはり、ここもだった。よく言えば「シニア」、普通に言えばリタイア組とオバサンが多い。

昼のクラスだから当然だろう。みんな「私が私でいられる場」を求めて流れついたに違いない。

サラッとそう思えるようになったのも、ジムで洗礼を受けたからだ。

申込用紙に「源氏物語Ｉ」と記入して、受付に並んだ。十月生受付中とやらで、ここも混んでいる。

並びながら「全講座案内」なるパンフレットをパラパラとめくっていると、手が止まった。

十月からの新講座に「石川啄木を読むＩ」がある。

源氏物語よりいいなと思いつつ、論文は源氏の方が有利だろうかとも思う。

啄木のことも何も知らないが、このところ何冊か読み、心打たれたし、同郷だ。土地勘はあるし、啄木の方がいい。

いや、やっぱり源氏か……と思っているうちに、俺の番がきた。

「浜田久里《はまだくり》」というネームカードを首からさげた女性係員が、ニッコリと微笑《ほほえ》んで申込用紙を受けとった。

「源氏物語Ⅰですね」

「いや、迷ってるんですけど。石川啄木の講座があると、今、知って」

「え……？」

彼女は少し呆《あき》れたように俺を見た。

年の頃、三十代半ばから後半だろうか。薄化粧で色の真っ白な子だ。

「源氏と啄木で迷われるって、珍しいですね」

そう言って、こらえ切れないように小さく吹き出した。

「笑ってすみません。いえ、枕草子と源氏とどっちを先にやろうかっていう相談は、時々あるんですけど」

「啄木と源氏はありませんか」

彼女はまた笑った。

そんなにおかしいか？

「すみません。二つとも人気の講座なんです。啄木は新講座ですが、もうかなり埋まっておりましてすぐにいっぱいになると思いますが、今ならまだ大丈夫です。いっそ二つやったらいかがですか。二つですと割引もあります」

「いや、ひとつをみっちりやりたいから、残念だけどどっちかにするしかないんです」

それを聞き、彼女はつぶやいた。

「いだわすな……」

俺は思わず言った。

「あなた、東北ですか」

「あ……はい。秋田です」

「やっぱり。『いだわす』はあっちの言葉だから」

これは「もったいない」とか「惜しい」とかいうニュアンスの方言だ。

久里は真っ白な肌を赤く染めた。

「あら、私、『いだわす』って言いましたか？　イヤだ、つい出る時があるんです。高校まであっちでしたから」

「僕は岩手、高校まで盛岡です。盛岡では『えだますぅ』とか『えだわすぅ』とか言います。よし、啄木にしよう。東北つながりだ」

これで東大大学院を受けようという根性もたいしたものだが、今の俺なら啄木の心の方が、王朝絵巻より理解できる。決めた。

久里は受講生証を作って、

「啄木の講座はⅡ、Ⅲと続く予定ですので、来年以降もぜひお申込み下さい」

と微笑した。色白の秋田美人だ。

俺はついドギマギして、

「オー、東北人らしからぬ営業力ですね」

と茶化した。照れ隠しだ。

久里は俺の言葉に、

「んでね。Ⅰでやめてすまったら、いだわすべ」

と返し、首をすくめて笑った。

この機転にやられ、そして可愛かった。

十月に入ってからというもの、俺は週二回、まじめに啄木の講座に通い続けている。

受講生と顔見知りになると、ここでもランチに誘われる。本当にみんな、ランチが好きだ。いや、仲間作りをしたいのだろう。

ジムでもカルチャーでも、以前のように無下にランチを断ることはしなくなった。大学院という「俺が俺らしくいられる場」に気づくと、こうも違う。

空いている時間は、ひたすら家でも啄木を読み、明治末期の歴史、社会状勢を調べる。これは、論文には不可欠の知識なのだ。

啄木は自分の思想のもと、社会運動もやっているからだ。そこで生きる人間をも歌に詠《よ》んでいる。

千草は、

「あら、源氏やめたの？」

と言っただけで、自分の仕事で頭が一杯らしい。源氏でも啄木でも、何でもいいから私に世話かけないでねというところだ。

カルチャーに行くと、いつもロビー脇の受付に目をやる。

何の下心もないが、久里がいるかと、ふと見てしまう。ローテーションがあるのか、二回見かけただけだった。

十一月の冷たい風が吹く午後、今日は遅番だという千草を車の助手席に乗せ、美容室近くまで送った。

朝めしの時、ガソリンを入れに行くと言う俺に、

「それ午後にして、ついでにサロンまで送ってよ」

と言ったのだ。

ガソリンスタンドは自宅近くで、サロンは目黒。全然「ついで」にはならないが、送った。

千草を降ろして走っていると、久里の姿を見つけた。

「清水庚申《しみずこうしん》」のバス停でバスを待っている。うつむいて本を読んでいたが、間違いない。

俺はバス停近くに車を停め、叫んだ。

「浜田さーん」

久里は驚いて顔を上げた。

「今日、休みですか？　どこに行くの？」

「渋谷です」

「じゃ送りますよ。乗って下さい」

「いいです、すぐにバス来ますから」

「いいから早く。ここ、バスレーンだから」

久里は慌《あわ》てたように乗り込んできた。

「ああ、あったかい。うれしい」

と喜んだ。

渋谷のどこに行くのかと聞くと、

「駅の東口です。ジャパンカルチャーの渋谷教室。私、受講生なんです。社員割引使って」

と言う。

「新橋教室にはないんで、渋谷に行ってるんですよ。童話講座」

「童話？　お子さんに聞かせたいとか」

「いえ、私、今は独身です。もう三十九にもなるんですけど、いつか童話が書けたらなァと思って」

そうか、独身か。「今は」ということはバツイチだろうか。

さっきまで妻が乗っていた助手席に、若い女が乗っている。ちょっといい。

「童話作家になりたいんですか」

「まさか！　童話作家になんか簡単になれませんよ。でも講座に出ているだけで楽しいし、いつか自費出版でもできれば……なァんて」

久里はいい匂いがした。香水でもなく石鹸《せっけん》でもない匂いだ。

渋谷が近くなってきたが、もう少し一緒にいたかった。

まったく、今日に限って、道路がすいている。

「僕は童話なんて読んだこともないし、関心もないけど、大人にこそ大切なんだろうな。啄木は『一握の砂』のエッセイで言ってますよ。『世に最も貴《とうと》きもの三つあり。一に曰《いわ》く、小児心。二に曰く、小児心。三に曰く、小児の心』ってね」

久里は黙った。俺も黙った。

静かな車内のまま、前方に渋谷教室の入るビルが見えてきた。

突然、久里が言った。

「よろしかったら、田代さん、童話講座をお聴きになりませんか。私と一緒に入れるようにしますから」

そうか、久里ももっと一緒にいたかったのだ。

いや、まさかな。だけど、イヤなら誘うまい。やっぱりもう少しと……まさか、違うか……。

「田代さんのお時間があれば、ですけど」

内心の揺れを隠し、俺はスパッと答えていた。

「今日は大丈夫です。小児の心のためにもぜひ聴かせてもらいます」

「よかった。これで帰りも送ってもらえる」

笑って俺を見る久里の、首の白さにゾクッとした。

俺がこの女とつきあっても、千草と道子は、

「パパ、恋をして。恋よ、恋が大事よ」

と言えるか？

第五章

久里の隣席で受けた「童話講座」は、別に面白いとも思わなかったし、関心を引かれる何かがあったわけでもなかった。

終わったら、メシに誘おう。どこがいいだろうと、そればかりを考えていた。

ただ、面白いことがひとつだけあった。テキストの童話について、質疑応答の時間だ。

講師は「質問の前に、このお話について短く感想を」と言っていたため、誰もが一言二言触れる。それが、

「大人も楽しめるお話ですね」

「子供の心を忘れたくないと思いました」

「純粋さとぬくもりを感じました」

の三つと、そのバリエーションばかりなのだ。

受講生の多くは、ジムのオバサンメンバーより少し若めだろうか。五十代半ばというところか。

ジムのオバサンたちの会話のクサさにも辟易するが、ここの受講生は「文学」をやっているという自負のせいか、知的ぶるのが鼻につく。

自負があるなら、ありきたりなこと言うなよと不快になってくる。

どこがためになるのか、俺には計り知れないが、久里は懸命にノートを取り、テキストに赤線を引いている。

その横顔は余計な肉がなく、優し気で清楚だ。もっとも授業が始まるなり髪を上げ、髪飾りで無造作に留めた時は、色気を感じてドキンとした。

授業がやっと終わってくれた時、窓の外は西陽が落ちようとしていた。「子供の心」だの「大人も楽しめる」だのと陳腐なことを言って、オバサンたちが多くの質問をしてくれたおかげだ。

この時間なら誘いやすい。

「丸の内の東京會舘《とうきょうかいかん》、ローストビーフがうまいんですよ。受講させてもらったお礼にごちそうしたいんですけど、時間、ありますか」

久里はとろけるばかりの笑顔を見せた。

「東京會舘ですか！　あそこのローストビーフ、有名ですけど食べたことないんです。嬉しいです」

東京會舘には、ベストの時刻に着いた。

それも運よく、窓際の席があいていた。

この席から見る夕暮れは、大都会の美しさと淋しさを感じさせる。

東京郊外や地方都市にはないものだ。流れる車のライトと、歩道を急ぎ足で行く人々のシルエット。林立する高層ビルの灯《ひ》と、皇居の壮大な暗い森。暗い堀。

久里は黙ってそれらを見ていた。

そして、窓に目を向けたまま、言った。

「私、どこが故郷なのかなァって思うこと、よくあるんです」

「秋田……じゃないの？」

「そうなんですけど、帰ってももう父も母もいないし、実家はないし……東京は狭いアパート暮らしで、何か仮の生活という感じです」

そう言った後で、久里は笑った。

「十八で東京の短大に入ったんですから、もう東京が二十一年にもなって、それで仮の生活もないものですね」

こういう時はストレートに訊くのがいい。

「久里さんは、短大出てからずっとカルチャーで事務をやってたの？」

「いえ、都内の旅行会社に就職して、ツアコンやってたんです。でも二十八の時に結婚して、辞めました」

「子供ができれば両立は大変だしね。でも、ツアコン、いい仕事でしょう」

「はい。子供はいないまま離婚しましたから、ツアコンやめて、もったいなかったかなって、何度も思いました」

久里はそう言って苦笑した。

「全国の民話や昔話をめぐる旅なんかもありましたし」

「そうか、それで童話作家になろうと夢がふくらんだわけか」

俺はそこまででサッと打ち切り、運ばれてきたローストビーフに話を変えた。

知り合って早々、立ち入りすぎると警戒される。

「ホラ、食べて食べて。ここのローストビーフは、ちょっと他にはないよ。俺の友達に、肉は炭みたいに焼くのが好きな男がいるの。何人かで会った時、そいつがここのローストビーフを食いたいって言ったんだ。だから、みんなで来たらさ、運ばれて来たローストビーフを一目見るなり、ウェイターに言いやがった」

「わかった。もっと焼いてって」

「それ！　赤いとこなくなるまで焼いてだと。それで焼き直したのは、何というか、ファミレスの六百八十円とかの薄いステーキみたいだったなァ」

久里はよく笑い、よく飲んだ。

なのに、ローストビーフだけは進まない。小さく切って、少しずつ食べる。

「もしかして、あなたも炭みたいに焼く方がいい？」

久里はあわてて手を振った。

「おいしすぎて、減るのが、いだわすくて……」

何て可愛いんだろう。

「おかわりしていいから、いだわすがらねでいっぱい食べて」

久里は恥ずかしがりながら、もう一枚食べた。

そして、勧められるままに、よく飲んだ。

「いいねえ。俺は車だってのに、全然遠慮がない。ごちそうし甲斐があるよ」

「いけない。最初は私、気にしてたのに」

「うん、確かに最初はビールをなめてた」

「ごめんなさい。こんなにすごい店で、こんなにおいしい食事、だんだん他人のことまで考えていられなくなって」

「まったく！　もういくらでも飲んで。次は車で来ないから」

俺はさり気なく、「次回」に触れた。

久里は笑ってうなずいたが、それは「いくらでも飲んで」に対するうなずきなのか、「次回」に対するうなずきなのか、判断がつかなかった。

「田代さん、岩手のご出身ということは、宮沢賢治《みやざわけんじ》にお詳しいんですか」

食後のコーヒーを飲みながら、訊かれた。

「お詳しいわけないでしょうが。だけどね、岩手の人間ってね、冷麺食ったり酒飲んだりしながら、賢治派と啄木派が口論になったりするんですよ」

「え!? 今でも?」

「今でも。これ、ホントの話ですよ。だけど、俺は両方とも全然ダメでねえ。お詳しかったら、カルチャーでガイドラインなんか習わなくったって、大学院受けられるよ」

「大学院?」

口がすべった。

だが、秘密にすることでもないと思い、カルチャースクールに申し込んだ理由を説明した。

久里はコーヒーカップを持つ手を宙に浮かせたまま、呆れて言った。

「カルチャーでチョロッと習って、東大の大学院……受けるんですか」

「カルチャーの人間が『チョロッと』と言っちゃ、まずいだろう」

「あ……いえ、講義は程度高いですよ。でも、東大の受験用じゃありませんから……」

「いや、俺はカルチャーのおかげで、論文のテーマが今、見つかりそうなんだよ」

久里は半信半疑という表情ながら、少し安堵《あんど》したようにも見えた。

「久里さんは、賢治が好きなの？」

「はい。日本の童話作家として、宮沢賢治がナンバーワンだと思っています」

「え？　賢治って、作家じゃなくて、童話作家なの？」

「ええ。肩書きは『詩人・童話作家』です。『注文の多い料理店』は童話集なんです。あれは盛岡高等農林学校の後輩たちが力を尽くしてくれて、やっと世に出たんですよ」

久里の俺を見る目は「盛岡出身なのに、そんなことも知らないの？」と言っていた。知るか、俺は「賢治も啄木も両方ダメ」って言っただろうが。

久里は賢治の話になると止まらなかった。

俺にはどうでもいい話だったが、熱っぽく語るうちに、頬が紅くなる久里を見ているのは、いいものだった。

結局、アパート近くに送って行ったのは、二十二時を過ぎていた。

車中で久里は、

「遠慮なく話しすぎて、食べすぎて、飲みすぎて、恥ずかしいです。本当に楽しくてつい」

と何度も言った。

そして、アパートの前ではなく、近くの路地で車を降りた。

バックミラーで見ると、俺の車が見えなくなるまで、街灯の下で見送っているのがわかった。

家では風呂あがりの千草が、カンパリ片手に低いテーブルに足を乗せ、テレビドラマを見ていた。

「お帰りなさい。ガソリン入れた後、どっか行ってた？　ゆっくりだったね」

そうだった。今日は千草をサロンまで送り、久里とバッタリ会って……長い一日だった。

千草を送ったことも、ガソリンを入れたことも、すっかり忘れていた。

「そりゃ、どっか行ってたさ。恋だよ、恋」

「あら」

「この年になって、恋が訪れるとは俺も思わなかったよ。現実にあるんだな、こういうことが」

千草はカンパリを飲みながら、画面から目を離さない。

「あるのよ、生きていれば色々と。ねえ、この若い刑事役の子、いいと思わない？　今、人気なんだって」

「お前、俺の恋の相手、三十九だよ、三十九！」

千草はカンパリを置き、俺の方を見た。

三十九という若さには、さすがに反応したかと思うと、

「すごいね、三十九って。あなたと二十五も違うんだ。今時のオヤジ芸能人みたい。最先端じゃないの！」

と笑った。

「私ね、あなたには現役の時みたいに、どんどん外でごはん食べてきてほしいわ」

亭主が毎晩家にいてはたまらない、ということだろう。

俺がその言葉をグッと飲みこむと、千草は何だか妙に澄んだ目を向けた。

「私ね、老夫婦が貧しい食卓で向かい合う毎日って、決していいこととは思えないから。そんな毎日じゃ、『お互いに年取ったよな』くらいしか考えないでしょ。年齢ばかり考えてることが、人を年取らせるのよ」

と、カンパリを飲み干した。

「もちろん、こんなこと誰にも言えないわよ。言ったら必ず、そういう老夫婦の食卓こそが愛情だとか、長年連れ添った幸せも理解できないのかとか言われるし。あげく、外で食べたり、遊んだりするには、経済力と健康が必要で、それがない人のことを何もわかってないとかね」

確かに、千草のこの言い分には、ムッとくる人が少なくはないだろう。

だが、経済力と健康が許す範囲で、あるいは許す工夫をして、見飽きた老伴《はん》侶《りょ》と別行動を取ることは、結局は互いのためになるかもしれない。

俺だって、妻以外の女とメシを食っただけで、ただそれだけで、気分がまるで違う。そんなメシは、現役時代には幾らでもあったことだが、今はまったくないのだから。

「あなたは経済力も健康も許すんだから、恋でも外食でも好きなだけ楽しんで。さ、明日は早番だから寝るわ」

「お前さ、俺が本格的に恋に走ったらどうする」

「見直す」

千草は「お休み」と軽やかに言い、出て行った。

久里と恋に進むと思うほど、俺はガキではない。

だが、心のどこかで「のっぴきならない状況」に陥《おちい》りたいと欲してもいた。明けては暮れる日々が連なるだけの今、大きなものを捨てたり、そこから立ち上がったり、そんな激しさに直面してみたかった。

寝室に入ると、すでに千草は寝息を立てていた。

俺はなぜ、この女とずっと一緒にいるのだろう。いや、これが幸せな結婚というものなのだ。穏やかな老後というものなのだ。

カルチャースクールに通うたびに、俺はわざわざ受付の前を通るようになった。久里はカウンターにいることもあれば、いないこともあった。

ローストビーフを食べた後には、俺の姿を見つけるなりカウンターから出て来て、

「先日はごちそう様でした」

と言った。

その時、俺は誘った。

「また行きましょう。今度は車を置いて、うまい鍋なんてどう？」

「ありがとうございます。先日は本当に楽しかったです」

久里はそう言い、すぐにカウンターに戻って行った。

この言い方は、二度目の誘いの答にはなっていない。だが、ハッキリと断られたわけでもない。

それ以来一週間、話していない。

しつこく出すぎると、元も子もなくなりかねないし、どうしたものかと思いながら、俺は受付の前を通り続けている。

小説や映画では、中高年の男があれよあれよという間に恋に落ちる。だが、そんなことはあるはずがないと以前から思っていた。

とはいえ、いざそういう気配のある場に立たされると、小説のようなことが起こらないとはいえないと期待している。

俺は前にも増してジムで鍛え、ヘアスタイルや着る物に注意を払うようになっていた。

「恋」は一向に進展を見せなかったが、大学院受験に出す論文のテーマは決まった。

「石川啄木と環境問題」

である。

カルチャースクールの講座によって、啄木が当時からの環境問題に関心を持っていたと知った。このテーマなら、時代にも合う。明治時代を生きた啄木が、環境問題をどうとらえていたか。これはいけそうな気がした。

講師には、「ちょっと同人誌で発表したい」と相談すると、面白いとほめられた。そしてその場で、足尾《あしお》銅山《どうざん》の鉱毒事件に関する啄木の動きなどを教示してくれた。

絶対に合格して、新しい人生を切り拓いてやる。

心を高ぶらせながらも、帰りに受付のカウンターをさり気なく見る。久里は新規受講者らしきオヤジに、懸命に何かを説明していた。

俺には気づきもしなかった。

翌日の昼、久しぶりにネクタイを締め、スーツを着て、毎日タイムスの会議室に向かった。「街の英雄たち」の選考会だ。今や、ここだけが俺を必要としてくれる委員会で、俺にとっては大切な場だ。

まだ社会が必要としてくれているという高揚感を、確かに感じさせられる。そして、各界の選考委員と丁々発止とやりあうのは、心身に活気を呼ぶ。一回の報酬は車代程度だが、そんなものはいらないから続けていたい仕事だ。

その日、委員会が始まる前に、事務局長が俺を別室に招き入れた。

「田代さん……大変申し上げにくいんですが……」

彼は一呼吸置き、続けた。

「大変申し上げにくいんですが、田代さんの任期は今年度いっぱいということで、お許し頂きたいと思いまして」

思いもよらぬ言葉に、俺の顔は一瞬こわばったかもしれない。

が、次の瞬間、猛烈に腹が立った。

「申し上げにくいんですが……」という言葉にだ。「お許し頂きたい」という言葉にだ。

これは、俺が続けたくてたまらないという前提で言っている。おそらく、「定年でヒマな田代さんにとって、やめたくないお仕事でしょうが」という前提で言っている。

確かに、その通りではあるが、上から目線の慇懃《いんぎん》無礼《ぶれい》であり、丁寧なようで実は失礼極まりない言い方だ。

見くびられたものである。

「田代さん、本当にすみません。若返りをはかろうという方針が出まして」

下手《へた》な言い訳だ。選考委員には俺より年長者がいるのだ。

やはり、定年で「終わった人」と見られ、きりのいいところでやめさせようということだろう。

再び「申し訳ござ……」と言う事務局長の言葉を、俺は遮った。

そして、ちょっと頭をかいてみせ、言った。

「いやいや、先におっしゃって頂いてよかったです。実は私も申し上げにくいことがありまして、今日言わねばと思いつつ、急なことで言いにくいなァと考えていたところでした」

事務局長は「え？」という顔をした。よかった、俺の一瞬のこわばった顔には気づかなかったらしい。

「実は、来春から母校の東大に通うことになりましてね」

俺は「母校の東大」にさり気なく、力をこめた。

ハローワークでは何の役にも立たぬ母校だが、こういう時は役に立つ。

「いや、教壇に立つとかじゃないんです。ちょっと学び直して、論文を出したいテーマがあって、もうこちらのお手伝いをする時間が取れそうにないんですよ。申し上げにくいんですが、今日限りでお許し頂きたいとお願いするつもりでした」

事務局長は明らかに驚いていた。

どっちみち、東大に確認するわけもない。少し吹いてやれと思った。

「僕は法学部出身なんですが、文学部や医学部や工学部や、学部を越えて知恵を出し合って、ＮＰＯのような活動をしようというか。大半が六十代で、まだ頭も体もピンシャンしている上に、経験もありますのでね。詳しくはまだお話しできる段階ではないんですが、何か世のため人のために役立ったら、ぜひ『街の英雄たち』で賞を下さいよ」

スラスラと嘘が出た。

事務局長は固い笑いを見せ、

「あの……今日限りとおっしゃらず、年度末まではお願いできませんか。祝賀パーティでの講評とご挨拶を頂くよう、社長からも申しつかっておりますので……」

と困惑気味に言った。

講評とご挨拶で、徒花《あだばな》を咲かせる気なんぞない。

「辞める時は即」が鉄則だ。相手が困る時期に辞めるものだ。

散り際千金だ。

俺は頭を下げ、

「申し訳ありません。調査で東京を離れる予定を、すでに組んでしまって。由緒ある選考委員を十三年もさせて頂き、本当に光栄でした」

と、完璧なゆとりを笑顔で示してやった。

そして、選考会ではいつにも増して積極的に意見を述べ、終了後に退任の挨拶をした。

事務局長は、暇な俺が年度末までしがみつくと思っていたのだろう、前もって誰にも話していなかったらしい。

委員たちはみな驚いた。

七十五歳になる画家は、つぶやいた。

「私もそろそろ……」

俺は手で制した。

「何をおっしゃいますか。私のような立場の者は、いくらでも替えがおりますし、もっとこの会に役立つ人間もおりますが、先生は余人をもって代えられないんです」

図星を指され、事務局長はうつむいて黙っている。

改めて思う。たとえ子会社であれ、俺は会社の名前でアチコチに呼ばれていたのだ。

老画家たちと違い、会社を離れた俺の名前には、何の価値も力もないのだ。

「今後も都合がつく年には、パーティにもぜひ出席させて頂きます」

そう言って、完璧な幕引きを演出した。

帰り道、力が出なかった。

下り坂にある人間を、他人はハッキリと「下り坂だ」と見極めているものだ。「申し上げにくいんですが……」と「お許し頂きたい」によって、それを明確に知った。

もしかしたら、事務局長は俺の見栄と嘘に、気づいていたかもしれない。気づいていないかもしれない。もうどちらでもいいことだ。

植え込みの陰から野良猫が出て来て、俺を見てニャアと鳴いた。

「お前、何だって猫に生まれてきた。腹すかして、なァ。だけど、人間よりいいかもしれんよ」

猫はまたニャアと鳴き、走り去った。

無性に久里に会いたかった。

だが、電話番号もメールアドレスも知らない。たとえ知っていたとしても、連絡をする勇気はない。

ジムに行き、カルチャースクールに行き、家で論文の準備をする毎日が続いていた。

どうにも力が湧かない。

大学院受験はベストの選択だ。だが、最近、本当に大学院に行きたいのだろうかと思うことがある。やることがないから、その中ではベストという選択ではないか。

研究テーマを突然、石川啄木にしたのも噴飯ものだ。あの時は、熱に浮かされたように啄木だと思ったが、それは根本的に間違っている気がしてきた。

焦る。

何に焦っているのかわからないが、焦る。

ドアチャイムが鳴り、宅配便が届いた。

若い宅配員は、頭を下げた。

「梱包がきちんとしていなくて、どうもビンものが割れたようなんです。急場の対応はしてありますが、弁償させて頂きますので」

そこまで聞いて、俺は遮った。

「梱包がきちんとしてないって、それは荷物を出す時に先方に言うべきだろう」

「はい。ただ、割れものとかビンものとか一切指定がなかったので、普通便として扱ったのだと思います」

「客のせいにするのか」

「いえ……」

「せいにしてるだろう。きちんと届けられなかったことが悪い」

「はい。すみません。すぐに弁償させて頂きますので、荷を開けてもらっていいですか」

「もういいッ。弁償がどうたら、さらにかかずり合うのは面倒だ。いいから、もう」

「いや、そうは……」

「客がいいと言ってんだ。いいッ」

「申し訳ありません。今後、気をつけますので」

深々と頭を下げる若い宅配ドライバーをよそに、俺は荒々しくリビングに戻った。

ソファに座り、自分がイヤになった。弱い者に当たっている。

大学院に行くことを本当に望んでいるなら、他のほとんどのことは幾らでもやり過ごせるはずだ。

たかが「街の英雄たち」の選考委員から外されたショックさえ、大学院受験では癒《い》やせない。

俺が本当にやりたいのは、仕事なのだ。

何か仕事に役立つ学問のために、仕事の合い間に大学院に通えるならどんなに嬉しいか。励みになるか。

頭も体もまだまだ十二分に使えるのに、自分の教養のためにだけ学問をしても、俺は満たされない。

宅配ドライバーには、悪いことをした。

翌日、俺は決心して、カルチャースクールに行った。

久里を誘うのだ。

昨日、弱い者に当たった情けなさが、ベタッと身に貼りついて離れない。久里と会えば、癒える気がした。

受付を見ると、ラッキーなことに久里一人で、他の人がいなかった。

「今日の夜、メシどうですか。うまい鍋をと思って」

「ありがとうございます。でも、夜はダメなんです。ランチなら」

ランチか。うまく逃げたな、俺はこのレベルか、と思ったが、

「いいですよ。ただ、ランチで鍋ってわけにはいかないから、うまいイタリアンを予約しておきます。ネットで調べて来て下さい。西麻布《にしあざぶ》の有名店ですから、すぐわかります」

と、手帳を破って店名を書いた。

「今日は私、十二時にはあがりますので」

久里は笑顔を見せた。

この日、啄木の授業にはまったく身が入らなかった。

久里はランチといえども、どうして俺の誘いを受けるのか。

前回のローストビーフはまだしも理由があったが、今回はない。少なくとも俺のことを嫌ってはいないと考えていいのではないか。

今後、どういう関係になるつもりなのだろう。

ずっとメシに応じて、メシ友か？

俺はどうなりたいんだ。

今後もずっとメシに誘って、主に俺がしゃべって、久里を面白がらせて、支払いをすますのか。

最も悲しいパターンだ。

だが、それ以上のことになったら、俺も腰が引けそうだ。

小説や映画とは違うよなァと思っているうちに、授業は終わっていた。

西麻布の老舗《しにせ》イタリアン「アルポルト」に着くと、早くも久里が来ていた。

何となく居ごこち悪そうに、スマホなど見ている。

俺を見て、ホッとしたように笑った。

「田代さん、東京會舘とかすごい店ばかりだから、緊張しちゃって」

「ここ、初めて？」

「名前はもちろん知ってますけど、普通は来られませんよ。さっき、よくテレビで見る鉄人シェフが誰かとしゃべっていて、見たら歌舞伎俳優の……有名な」

興奮気味に久里が目で示す先には、確かに歌舞伎の有名俳優が家族でランチをとっていた。

「この店は銀行時代に、女の子たちが僕のお祝い会を開いてくれてね。それ以来、よく来るんだ」

「すごい……銀行の女の子って、こんな店で上司をお祝いするんですか」

「いや、お返しに何度もおごらされたよ、この店で」

「そういうお話を聞くと、何だか私って貧しい二十代だったなァって、損した気になります」

各テーブルを挨拶して回っていたシェフが、俺のところに来た。

「田代さん、今日はお好きなオマールのいいのが入ってますよ」

そう言って、久里にも笑顔を向けた。

「よくテレビで見る鉄人シェフ」が、俺の好みまで知っている。期せずしてそれを久里の前で示せたことに、いたく満足していた。

「久里さんの年代だと、いつもは友達とどんなところで会うの？」

「夜だとちょっと飲んで、四千円以下で済むと嬉しいというような店です。イタリアンだと安いワインを一本入れても、そのくらいですむような」

久里はアーリオオーリオのパスタを食べながら、言った。

「ここのパスタ、ネットでも有名ですけど、こんなの食べると、今まで食べてたパスタは何だったんだろうって……」

「シェフに少しずつ三種類出してねって特別に頼んであるから。ここのパスタ、食べさせたかったんだ」

そこから、うまい食べ物の話になった。

久里はツアコン時代の田舎《いなか》料理や、各地の漬け物や米のうまさを笑顔で話し、俺は自分が回った世界各国の酒とツマミの話をした。

会話は前回よりも弾んだ。

「宮沢賢治は、『雨ニモ負ケズ』の中に書いているんですよね。『一日ニ玄米四合ト味噌ト少シノ野菜ヲタベ』って。それで色んな人のためになりたいって」

「一日に四合って、すごい量だな」

久里は笑い出した。

「人のためになるには、そのくらい食べないときっとダメなんです」

「久里さんもそうなりたい？」

「私は粗食は同じですけど、人のためになれる人間ではありませんから」

「そんなことはないだろう。僕はこうしてしゃべっていると、すごく安らぐよ」

言ってから体が熱くなった。

何だか告白のようだ。それも「安らぐ」などと恥ずかしい言葉で。

しかし、安らいでいるのは本当だった。

「街の英雄たち」の選考委員を降ろされたことも、宅配ドライバーに当たり散らした情けなさも、どうでもいいことのように思えた。

「そうおっしゃって頂くと、嬉しいです。私の方こそ、すごいお店でごちそうになるばかりで、心苦しくて」

「いや、それは僕という『人のため』だと思って、またつきあって下さい」

「ありがとうございます。そうだ、これ」

久里は思い出したかのように、バッグから「宮沢賢治展」の招待券を出した。日本橋のデパートでやっているものだった。

「来週いっぱいやってますので、よかったらお使い下さい」

「久里さんはもう行ったの？」

「いえ、まだ。来週中に行くつもりですけど」

「ご一緒しますか」

久里は手を振った。

「私、日にちがハッキリしませんので。田代さんも啄木なら役に立つでしょうが、チケットは無駄にしてかまいませんから」

これ以上は食い下がれなかった。

家に帰ると、道子が一人で来ていた。

孫たちは夫の両親と「お出かけ」しているそうで、まだ千草も帰っていないのに、いかにも「実家」というようにソファに胡座《あぐら》をかいている。

「パパ、恋だって？」

今まで久里と一緒だっただけに、うろたえた。

道子は茶の用意を始め、

「ママが張り切ってたよ。『パパ、恋かも』って電話で」

「何で張り切るんだ、無礼な。大体、そんなことで電話をするってことが、内心ではハラハラしている証拠だ」

「あら、ママと電話は毎日だもん。別にそのためにかかってきたわけじゃないよ」

母と娘はそういうものなのか。

父親の方は働くだけ働いて、外でも家の中でも「終わった人」になるのか。

「パパの恋人、どういう人？」

「バカ、別に恋人じゃないよ」

「やっぱりねえ」

道子は天井《てんじょう》を向いて笑った。

「パパ、言っとくけど、オヤジに恋なんてそうそうないからね。中にはそうじゃないオヤジもいるだろうけど、普通はそうもてないよ」

十分にわかっている。

のっぴきならないことになるはずもないと、本人も家族もわかっているのだ。

「そりゃ、自分の仕事とか人生に得なオヤジなら、ビジネスと割り切って応じる女もいるよ。あと、同じオヤジでも、芸能人とかスポーツ選手とか、あとまァ、権力が好きな女は政治家とか、もてオヤジもいるみたいだけど、あの人たちは一般人じゃないから。一般人は普通、出たら引かれるだけだよ」

「パパは今、大学院合格が最大の目標で、大変なんだよ。ハッキリ言って、オヤジの恋など関心もないね。大体、考えてもみろ。カルチャーであわてて啄木概論をやって、そこから論文をまとめて、東大受けようっていうんだからな」

「メチャクチャだよね。ありえない」

「だから、恋なんてやってられないの。論文に役立ちそうなら、カルチャーの若い子でもオバサンでも、どんどんメシに誘うしね」

「ならいいの。いや、娘としてはさ、父親が小説のように恋に身を焦《こ》がせるかもなんて、カン違いしてさ、ごはんばっかりたかられて何ごともなく終わって、がっくりきている姿なんか見たくないから、とりあえずご忠告」

胸にズンときた。

久里はメシにつられて応じているだけか。

それだけとは思いたくないが、言われてみると、一般オヤジとつきあってくれる理由が他に見つからない。

「女の子って、そんなにメシにつられるのか」

「今時の子ってそうみたいよ。収入が多い子は知らないよ。そういうのは一般人じゃないからね。一般人の女の子は収入も少ないし、だけどおいしい店や憧《あこが》れの店の情報量はすごいじゃない。オヤジがごちそうしてくれるなら大喜びよ」

「だけど、嫌いなオヤジなら行かないだろ」

「よっぽど臭《くさ》いとか汚ないとか下品とかならね」

黙るしかない。

久里にとって、俺はそのレベルまではひどくない一般オヤジということか。

道子はケロッと言い放った。

「オヤジの話は若い男と違ったりして、面白いとかもあるしね。メシ付き一般オヤジは女の子にとって、切るにはもったいないだけだよ」

そうか、俺は久里にとって、切るには「いだわす」存在なのだ。

妙につじつまが合う。

その夜、サロンから帰宅した千草は、

「久々に親子三人で『アルポルト』で夕食しない？」

と、張り切った声で言った。
ア、アルポルトだと⁉ 今日、久里とランチしたばかりだ。
大あわてで「和食がいい」と言おうとしたが、道子がすでに予約の電話をかけ始めていた。

「あ、マダム？ 田代の娘です。お久しぶりです。今から父と母と三人で伺いたいの。テーブルとれますか。よかったァ。三人とも久しぶりだから嬉しいです。それとね、パスタ色々食べたいから、少しずつ三種類にして」

さすがの一流店。マダムも昼に行った俺のことなどおくびにも出さず、昼にも三種のパスタを食べたことなど匂わせもしなかったようだ。ホッとして、今度は家族三人で同じ店に行く。三人で食べた三種類のパスタは、すべて昼とは違っていた。シェフの気遣いだ。

シェフは俺を、久里の恋人と見たのだろうか。あるいはメシ付き一般オヤジと見たのだろうか。

火曜日の午後、俺は「宮沢賢治展」の会場入口近くにいた。「待ち伏せ」である。

久里が半日であがれるのは、火曜日だ。一日丸ごとの休日より、仕事帰りの午後に展覧会をのぞくのではないか。そう思った。

だが、五時になっても現われなかった。十二時に仕事が終われば、こう遅くなるはずがない。別の予定があるのか、あるいは一度自宅に戻ってから来るのだろうか。

会場の前には、賢治関連商品の売り場があり、休む場所もあったので何かと時間をつぶしたが、もう限界だった。

時間の経過と共に、ストーカーのように待ち伏せしている自分が情けなくなった。

若い頃ならこれもいい。だが、六十代も半ばになろうという俺が、何を思ってこんなバカなことをしているのか。

たとえ、偶然を装って久里に会ったところで、またメシを食わせるだけなのだ。

俺はみっともなさに気づき、一人で入場した。

かなりの混雑で、賢治の人気ぶりがわかる。

最初は年譜のコーナーで、そこには賢治の有名な写真が飾られていた。山高帽をかぶってうつむき加減に農地を歩く姿だ。

また、「賢治を作った故郷」として、俺にも懐しい岩手《いわて》山《さん》や北上川、祭りや馬などの写真が、ふんだんに展示されていた。

ああ、これが俺の故郷なのだ。

何とも思わないで見ていた山や祭り。同じそれを賢治も見て、不朽の童話に作った。故郷が誇らしい。

ふと、賢治は何歳まで盛岡にいたのかを確かめようと、年譜のところに戻った。

すると、久里がじっと年譜を目で追っていた。

連れはない。一人だ。

まだここにいるということは、俺のほんの何分か後に入場したのだろう。俺は気づかないふりをした。

そして、一つ先の元のコーナーに戻り、展示を再び巡った。

もはや、展示はほとんど頭に入らない。久里のペースに合わせ、つかず離れずで進む。

俺との間は、わずか五メートルほどの距離しかない。このまま気づかないことはあるまい。

もし、気づいて逃げるそぶりを見せたり、歩みを遅くしたなら、それまでだ。

メシ付き一般オヤジを卒業する。

だが、きっと声をかけてくれる。

俺は祈りにも似た期待を持っていた。

ところが、久里は懸命にメモを取り、展示ケースに身をかがめ、まったく気づかない。

彼女のペースで展示を見ることは、とても続かなくなっていた。

「あッ！ 田代さん」

突然、久里の声がした。いつの間にか、俺と同じコーナーまで進んでいる。

「いらして下さったんですか」

「ええ。せっかく頂いたチケットですから」

「すみません、かえって」

「久里さんと会うとはなァ。こんなに混んでいるのに」

「予想してたより遥かにすごい資料ですよ。びっくりして丁寧に見ていたら、もうひとつ前のコーナーで、『いつまで見てんのよ。早く進んでよ』って、オバサングループにはじきとばされちゃって」

あのペースならありうる。

久里はまた夢中で見始めた。

俺は何の興味もない賢治を、久里と一緒にゆっくりゆっくりと見た。どこでメシを食おうかと、また考えていた。

二時間後、俺たちは表参道《おもてさんどう》の洋風居酒屋にいた。久里が何としても今夜はごちそうしたいと言い出したのだ。

スペインのタパスのように、色んな料理を小皿で提供する店だった。イカの明太子あえから棒棒鶏《バンバンジー》、チャプチェ、エスカルゴまで、世界中の何でもござれだ。酒も日本酒からギリシャのウーゾまである。

値段はおそらく、飲んで食べても一人三千円くらいだろう。

照明をやや落とし、明らかに女性にターゲットを絞ったようなしゃれたテーブル、椅子、壁紙だ。オキーフの花の絵がポイントポイントに飾られている。

「田代さんにやっとお返しができます。こんな店ですけど、色んなものがあって、色んなお酒に合わせられますから」

お返しという言葉に、俺はちょっとこだわった。

早くチャラにしておきたいということだろうか。

店内は二十代から四十代くらいまでのサラリーマンやＯＬ風が多く、六十代半ばはいささか浮いている。

照れ隠しもあって、言った。

「こんなとこに二人でいるのが、みんなにバレたらまずいね」

久里はフッと笑っただけで、別に何も答えない。

「傍から見たら、オヤジが若い子を口説《くど》いているように見えるだろうな」

「大丈夫です。私、若くありませんから。それに……」

メニューから俺に移した目が、妙に色っぽい。

「田代さんはもうすぐ大学院生になるんですから。そうなったら、私より若いわけですよ、立場としては。オバサンが学生を口説いてるってことになりますよ」

「いつでも応じますから、遠慮なく口説いて下さい」

「本気にしますよ」

何だかいつもと違う。

目も言葉もだ。

今夜、突然どうにかなったら、俺は大丈夫だろうか。

何が大丈夫かって、色々だ。少し酒は控えておこうか。

過去二度のメシでも、俺たちはよくしゃべったが、今日は展覧会を一緒に見たせいもあってか、接近している感じだ。

メールアドレスも交換した。

「田代さんは、イーハトヴのご出身なんですね。賢治は故郷の岩手を、イーハトヴと呼んで、理想郷だとしました……。今日の展示を見ていても、その気持がよくわかります」

「うん。俺もさすがに今日は、故郷に誇りを持ったね」

「飢饉や凶作に苦しんだにせよ、美しいです。岩手は」

「でもね、自分の故郷は誰にとっても理想郷。イーハトヴなんだよ」

「そうか……そうですよね……」

「うん。イーハトヴって、みんなの心の中にあるんだよ」

「……故郷」

「そう。昔とどんなに変わっても、自分にとっての理想郷」

我ながら、よくこんな青臭いことを、臆面もなく言えたものだと思う。

だが、久里は小さくうなずき、遠い目をした。

故郷秋田を思っているのだろうか。

店が自分のテリトリーのせいか、あるいは俺に気を許したのか、久里はかなり酔っていた。

外に出るなり、フラッとよろめき、あわてて抱きとめた。

今夜は、触れなば落ちん……だなと思った。

チャンスというのは突然来るものだ。

どうにかなっていいものかどうか、今後気まずくならないか、などと考えるのは野暮だ。

「タクシーで送りますよ」

久里はとろんとした目で、うなずいた。

やって来た空車の奥に、彼女を押し込み、

「目黒通りだよね？　久里さん」

と訊いた。

あの辺のバス停にいたのだから、そうだろう。

久里のアパートまで送り、上がってしまうか。

「ん……目黒通り……です」

声はかなり酔っており、説明にもなっていない。

フーッと大きく息を吐き、背もたれにダラーッと寄りかかる。

「もう、珍しく酔いました……」

「大丈夫か」

肩を抱き寄せようとした時だった。

久里は並んで座る俺との間に、ハンドバッグをねじこむように置いた。

冷水をぶっかけられるとは、このことだった。

たかが小さなバッグではあるが、これは結界なのだ。頑丈な扉と同じ、ここから先は不可侵区域よと。

これだけ酔っているのに、俺との間に結界を作ったことが、久里の気持を物語っていた。

なのに、どうにかなるかもだの、酒を控えておこうだの、アパートに上がりこもうかだのと、妄想しては、それに備えていたのだ。

久里は、アパートの近くらしい路地に降り立つと、あやしいロレツで言った。

「ありがとうございました。また、お時間のある時にお声をかけて下さい」

二度とかけねえよと思いながら、

「気をつけて。今日はごちそうさま」

と、もてない一般オヤジは答えた。

あの日以来、俺はカルチャースクールに行かなくなった。久里と顔を合わせたくない。

バッグで結界を作られたことは、とてつもない侮辱だ。

もしかしたら、酔っていた久里は覚えていないかもしれない。だが、無意識のうちにやったのなら、さらに傷つく。

十二月に入った今、年内の講座はあと三回あったが、欠席を決めていた。

もう本当に、俺の人生には大学院受験という目標しかなくなったのだ。それを心から喜んでいるわけではないが、合格すれば新しい毎日が開ける。

そう思って、英語の長文読解も始めることにした。

カルチャースクールで俺の姿を見なくなったからといって、久里からメールが来るわけでもない。

これほどバカにされて、俺からメールを打つ気はない。

それでも未練がましく、毎日チェックしては日が過ぎていく。

ジムには通い続け、鈴木やいつものメンバーと忘年会をやったりもする。

短くも熱に浮かされたような久里との日々を思うと、ループタイのジジや、登山帽のババとの飲み会は、居ごこちがいい。

これが年齢相応ということなのだろう。

「田代さん、今週のどこかで、ちょっと時間ありますか？」

筋トレを終えようとしている俺に、鈴木が声をかけてきた。

「こんなに押しつまってからで申し訳ないんですが」

鈴木はトレーニングウェアに汗をにじませ、真剣な目を向けた。

第六章

暮れの十二月二十九日、夕方五時に自宅のドアチャイムが鳴った。

鈴木の運転手の橋本《はしもと》が、

「お迎えにあがりました」

と恭《うやうや》しく言う。

千草はサロンのかき入れ時で、帰宅は毎晩十時を過ぎる。「急用で人と会う」とだけ伝えてある。

鈴木の用件もわからず、どこに連れて行かれるのかもわからず、他に誰かいるのかもわからず、とにかくスーツを着てネクタイを締めておいた。

鈴木は帝国ホテルの一室で待っていた。

他には誰もいない。テーブルの上には資料らしきバインダーや書類が山積みになっている。

「田代さん、こんなお忙しい時期にお呼びたてして、本当に申し訳ありません」

「いえ……私一人ですか？」

「はい。田代さんにお願いがございまして。資料等のご説明を、小一時間ほどさせて頂き、その後、ホテル内の和食店を予約してあります。食事をしながら、お気持をお聞かせ頂きたいのですが……」

「お気持と言われても、用件の見当がまったくつかないのですが……」

「ごもっともです」

鈴木はテーブルの上の資料などを示した。

「これらは、私の会社の財務内容や決算書、税務申告書をはじめ、実態がすべてわかる数々の資料です。必要なものは写しをお持ち帰り頂き、精査なさって下さい」

ますますもって意図がわからない。

「私の会社は『株式会社ゴールドツリー』と申しまして、ネットショッピングでスタートいたしまして、今はゲームソフトの開発などもやっております。社員は正社員が四十人、平均年齢三十二・三歳です」

鈴木は会社案内の冊子を示した。いかにも金のかかっていそうな、きれいな多色刷りだ。

「財務内容を見て頂ければおわかりの通り、零細企業に過ぎませんが、おかげ様で倍々の利益をあげております。この業界、競争は激しく、特に最初の三年は大変でした。年が明けますと創立十三年になりますが、今、また新しい海外の仕事も決まりました」

鈴木は座り直し、俺を正面から見た。

「田代さん、ゴールドツリーの顧問として来て頂けませんか」

「ええッ!?」

「半年ほど前からずっと考えておりました」

こっちは考えてもおらず、呆然とした。

「海外の新しい仕事というのが、ミャンマーなんです。イラワジ社といいまして、ミャンマーの大物政治家の親族が経営している優良企業です。弊社は今までも海外進出はしておりましたが、イラワジ社との仕事は大きいものです。ネットショッピングと、あとパソコンから取引き可能な株売買が中心になります。その準備は一年前から進めて来ました」

「しかし、どうして私に？　私のことを多少は調べたでしょうが、私はＩＴは専門ジャンルではありません」

「おっしゃる通り、調べられる範囲で調べさせて頂きました。田代さんをご存じだという幾人かの方々にもお会いしましたら、どなたも『協調性に欠けるが、非常にやり手』と口をそろえました」

俺は苦笑し、鈴木も笑った。

「正直に申し上げます。田代さんに来て頂きたい第一点は、東大法卒、たちばな銀行本部のキャリアです。若い社員ばかりですので、顧問としてそういう人が控えていることは、弊社の信用になります。若い社員へのニラミにもなります」

俺はまた苦笑した。東大法卒、たちばな銀行本部のキャリアは、本当にマイナスになったり、プラスになったりだ。

「第二点は、弊社には海外のビジネスに精通した社員がおらず、私自身も十分ではありません」

「私も海外には多く行きましたが、とても精通はしていませんよ」

「いえ、アジア諸国で業務開発に辣腕《らつわん》を振るわれたこと、どなたもおっしゃっておられました」

辣腕か。いい気分だった。

「重要な第三点目として、銀行の経営の中枢にいらした田代さんに、経営コンサルタントとして、事業計画を立てることに関わって頂きたいのです。今後、ゴールドツリーが生き残り、大きくなる上で最重要な仕事です。何とかお力をお貸し頂けませんか」

畳みかけるような熱っぽい口調だった。

俺はおし黙り、返事をしなかった。だが、実は早くも気持は「やる」に振れていた。

一方、どうしても「だまされているのではないか」という懸念も拭えない。資料や書類を精査しないとわからないが、スポーツジムで出会った男が、簡単にこんな話をしてくるのはキナくさい。話もうますぎる。

「鈴木さん、ネットショッピングのマーケットは十七兆円と聞いています。ゴールドツリーは倍々の収益と言いますが、大手では出店料や配達料を無料にするなど、サービス強化にしのぎを削っていますよね。無料のスマホアプリの会員に向けても、競争が激化している。そんな中で、どう生き残る戦略ですか」

「弊社の目は、海外に向かっています。このたびのミャンマーをはじめ、ベトナムも決まりました。台湾、タイなどもすでに形になりつつあります。実際、弊社右肩上がりのマーケットなんです。大手も海外進出を加速させていますが、弊社は発展途上国の将来的なニーズに、早くから目をつけていました。このたびのイラワジ社との仕事も、他社に先行して進めていた営業活動の結果です」

鈴木は三十代のオーナー社長として、誇らしげだった。

「田代さんはメガバンクのご出身ですから、ちっぽけな弊社には不安があると思いますが、私は大手とは違う視点と若い社員たちの発想で、小さな仕事をすくい上げることが重要だと考えております。それを会社の個性にして、やってきました」

俺は資料をすべて、借りて行くつもりだった。おそらく、精査すれば何か不都合が出てくる。

顧問として仕事ができるのは、正直、天にも昇る嬉しさだ。だが、元銀行マンがやみくもに飛びつくわけにはいかない。

ゴールドツリーの経営状況や今後の見通しについて、鈴木は誠心誠意答えているように思えた。その後、席を移して食事をしながら、

「来て頂く条件ですが、週に三日出社して頂きたく考えています。大手町の本社に朝十時から夕方十六時です」

と言った後で、申し訳なさそうに頭を下げた。

「顧問料は少ないんですが、年俸八百万でいかがでしょうか。個室と秘書をご用意致しますので、失礼ながらご検討下さいませんか」

帰りの車の中で、俺は祈るような気持でいた。書類や資料に問題がないようにと、それればかりだった。

行きたい。ゴールドツリーの顧問として、働きたい。

経営状況や帳簿は公認会計士が細かく見ているわけだし、懸念するほど危い

ことはないと思いたい。だが、冷静にチェックしないといけない。

月に十二日間出勤して、秘書つき個室つきで、年俸八百万か。六十代半ばの何も特技のない男としては、破格の条件だ。

だからこそ、キナくささも拭えない。

運転手の橋本が重い資料や書類を大袋に入れ、マンションの自宅玄関まで運んでくれた。

千草は小さな包みを渡し、

「こんなに押しつまってから、お世話をおかけ致しました。これ、伊達巻《だてまき》ですから、どうぞお正月に召しあがって下さい」

とねぎらった。

千草には知ってる会社から誘われたという以外、詳しく話さなかった。どうなるかわからないし、期待されても困る。

それから十日間、大晦日《おおみそか》も元日も、資料のチェックに明け暮れた。

三年間の決算書と税務申告書を見ると、まっとうに利益をあげている。社員の賃上げもしているし、細かいことだが、残業代も出ている。

俺の人脈やルートで会社を調べてもらった限り、地道な経営ぶりだった。

海外の仕事も、これまでは冒険していない。

今回のイラワジ社は三億五千万円ほどの仕事で、ゴールドツリーにとっては大きい。鈴木がこれを足がかりにしようという高揚感は、よくわかる。

一点、心配といえば心配なのが、今回の仕事に合わせ、正社員を五人採用していることだった。技術者として、平均年俸が一人当たり七百万である。

現時点では「危険」というレベルではないが、もう少し様子を見てから二人、三人と増員してもよかったのではないか。あるいは今回限りの要員として、開発終了までの契約社員という手もあっただろう。

一般的に、ソフト開発会社の場合、設備投資資金はさほど大きくない。大きいのは、ソフト開発期間に当たる一年から三年程度の人件費だ。

おそらく、鈴木は五人を一挙に正社員にして、今後の海外進出にすぐ対応できるよう考えたのだろう。いささか舞い上がったなとも思うが、俺が顧問を受けるか否かにおいては、大問題ではない。

あらゆる角度から見ても、特に問題は出て来なかった。

決めた。ゴールドツリーに行く。

こんな展開を見る日が来ようとは、思ってもいなかった。わからないものだ。

年末年始が忙しい千草は、ほとんど家にいない。俺はリビングで、一月の明るい陽ざしを一人で受けながら、全身に気力がみなぎってくるのをハッキリと感じていた。

思えば、鈴木からの話があって以来、大学院のことも久里のことも、過《よぎ》りさえしなかった。

大学院受験という手に思い当たった時は、これこそが俺にふさわしいと身震いし、新しい世界が開ける予感に心が躍った。本当だ。

久里の出現もだ。一般オヤジに恋はありえないと実感しつつも、どれほどワクワクし、ときめいたか。本当だ。

だが、俺が何よりも望んでいたのは、社会で必要とされ、仕事で戦うことだった。

それが唯一の望みだと以前からわかっていたが、望みに見切りをつけざるを得なかった。大学院と久里は、その望みにフタをするという意味でしかなかった。今、改めてそう思う。

よく「身の丈《たけ》に合った暮らしをせよ」と言う。

それは正しい。だが、身の丈は人それぞれ違う。

俺は定年後も社会に出て、競争したり張り合ったり、肝《きも》を冷やしたり走り続けたりということが、身の丈なのだ。

世間では、定年後までそんな暮らしをするのは、あまりにも人として貧しいだとか言う。悲しいワーカホリックだとか、生きる喜びを知らないだとか言う。大きなお世話である。

趣味を持たねばと、自分に習いごとを課したり、読書や仲間作りに精を出したりする方が、俺にとっては貧しい人生なのだ。身の丈に合わないのだ。

年始休暇が明けてほどなく、鈴木を駅前の喫茶店に呼び出した。

俺は普段着のセーターにダウンを着て、借りていた資料や書類を引きずるようにして持ち、店に入った。

すでに来ていた鈴木は、慌てて席から走ってきて、それを抱えた。

「明けましておめでとうございます。誰か引き取りにやりましたのに。こんな重いものを申し訳ありません」

「いやいや、すぐ近くですから」

鈴木はスーツ姿で、固くなっているように見えた。

俺はコーヒーを注文し、窓の外を眺めた。

「ジムの帰り、時々ここに寄って外を見ながらコーヒーを飲むんです。この窓辺で、石川啄木を読んだりね」

啄木の「こころよき疲れなるかな　息もつかず　仕事をしたる後のこの疲れ」という歌を初めて読んだのも、この席だった。仕事による「こころよき疲れ」が欲しくて欲しくて、ヒマつぶしに飲むコーヒーの味などわからなかった。

あれが遠い日のように思える。

「田代さんには、のんびりと一人で啄木を読むような時間、貴重ですよね。失いたくないですか。やっぱり……」

俺はその問には答えなかった。

「その通りだ」と言えば、鈴木はサッと引くだろう。再考を迫ることはないように思った。「そうは思わない」と答えれば、顧問の仕事にくらいつくようで、何だか足元を見られる気がした。

俺はサラッと、ただ一言だけ、

「顧問、お引き受けしますよ」

と、言った。

鈴木は一瞬、声を飲み、やがて腕を突き上げ、

「ヤッター!!」

と叫んだ。そしてテーブルに突っ伏した。周囲の客が見たほどだ。

「田代さんの今日の様子から、ダメだと思ってました。ありがとうございますッ」

「今日の様子?」

「はい。もし受けて下さるなら、駅前の喫茶店にセーターで来ることはないと思って」

「オー、ごめん。そうか、あなたは僕の答がどうであろうと、スーツで聞くべ

きと思ったんだな。若いのに堅いとこあるんだな。さすがだ」

「それに受けられないから、早く資料を返そうと思われて、持って来たんだなと」

「ついでだよ、ついで。資料は丁寧に調べたし、昔の仲間を通じてゴールドッリーについても色々と訊いてみた」

「はい。うちは一切、まずいことはありませんので、調べて頂いてよかったです」

「ん。鈴木さん、若いのによくやってきたね。もちろん、力になってくれる人や相談できる先輩はたくさんいるだろうけど、何といっても社員が若い。社員四十人の平均年齢が三十二・三歳だものなァ。経営者として、そりゃ眠れないほどのご苦労があったと思いますよ」

「いえ……」

「僕でいいなら、この若い経営者の小さな力になりたいと、いや、本気で思ったんです」

鈴木は感激したのか、目をうるませんばかりにしてうつむいた。

「ただ、まったくの新分野なので、どの程度力になれるか危ういけど、何でも話しあって、絶対に生き残りましょう、鈴木さん」

鈴木はとうとう、目をしばたたいた。

俺は気がつかないふりをして、窓を眺めた。

「年が明けて一週間だというのに、もう陽ざしが春だなァ。年末の陽ざしとは何か違うんだよね」

これは、仕事を得た俺の心が、何を見ても春のように感じるのかもしれない。きっとそうだ。

「田代さん、いつから出社して頂けますか。明日からお願いしたいくらいですが」

「まさかァ！ 来週の月曜からにしよう。きりがいいし」

いざとなると、時間だけはたっぷりある無為な毎日がちょっと惜しくもなるのだから、いい気なものだ。

帰り道、ふと思い出した。今年は年賀状がめっきりと減ったことをだ。

定年後初の正月くらいは、そう減るまいと思っていたが、利害がなくなったところからはスパッと切られていた。

だが、全然こたえなかった。顧問の話のおかげだ。中元や歳暮が激減した時のショックとは比べようもなかった。

初出社の朝、俺は明るいグレーのスーツを着て、ブルー地に白い水玉のネクタイをしめた。

千草が、

「濃紺より春らしいし、威圧感もないし」

とコーディネートしてくれた。

全身を鏡に映し、若返ったと思った。

スーツを着て仕事場に向かうときめきに比べれば、ほとんどのことは色あせる。

「ところであなた、大学院はどうするの？」

即座に答えた。

「顧問を辞めてからな」

「恋は？　気になる人がいるみたいだって、道子に聞いたわよ」

「顧問を辞めてからな」

千草は面白そうに笑った。

「あなたのことだから、仕事にのり始めると、恋にものり始めるんじゃない？」

「ほう。深いね」

「コーヒー飲んで出かけるなら、自分でいれてね。私、もう行かないと」

「お前、俺がホントに女とそうなったら困るだろう」

「うーん、ちょっと有難い」

「有難い？」

「うん。一人で夫の相手をするのって大変だもん」

「ほう、そう来るか。お前こそ恋は？」

「おお、イヤだ。何が悲しくてこの年になって恋人なんか作るのよ。男に時間とられたくない」

「お言葉だねえ」

「私、今ね、ちょっと仕事に夢があるの。いずれ話すけど、あなたも好きにやって。お互い、もうたいていのことは許される年齢よ」

出て行く千草を見ながら、ハッキリしたものだと苦笑した。顧問を引き受けていなかったら、妻のこのセリフには耐えられなかっただろう。

ゴールドツリーは、大手町の日本経済新聞社近くの、そう大きくはないが洗練されたビル内にあった。

近くには経団連会館、三井物産、ＪＡビル、消防庁等々があり、通りを渡ると読売新聞社もある。まばゆいばかりの立地だ。

オフィスはいかにも「今っぽい」雰囲気で、机がてんでに配置されている。社員はジーンズやセーターの者もおり、二十代も多い。

鈴木が全社員を集め、俺を紹介した。

東大法卒という学歴と、たちばな銀行本部の部長という職歴には、平均年齢三十二・三歳たちが、「オー！」とどよめく。この素直さは、自分たちに自信があるからだろう。

社員一人一人の簡単な自己紹介を聞き、目を合わせ、何に驚いたといって彼らの肌だ。若い肌とはこういうものなのか。

男も女も、むいた桃を思わせる。

ああ、こいつらは、まだこれしか生きていないのだ。そう思うと同時に、不《ふ》憫《びん》になった。この肌の者たちには、若い発想や面白さはあっても、まだ力はない。狡《ずる》さも知れている。経験も浅い。

俺にもこんな時代があったのだろう。遠い遠い昔のことだ。覚えてもいない。

人は何という速さで年を取ることか。

千草が今朝《けさ》がた言った「お互い、もうたいていのことは許される年齢よ」というセリフが甦《よみがえ》った。

そう、俺は落ちる寸前の桃なのだ。

「では、田代顧問から一言頂きたいと思います」

鈴木の声で我に返った。

「田代です。六十四歳ですから、皆さんの父親以上の年齢でしょう。ただ、この年齢のメリットは非常に大きい。皆さんの二倍もの人生や経験が、少しでもお役に立てればと願っています」

むいた桃たちは、何だか嬉しそうに拍手をした。妙に可愛い。可愛いと思うのだから、俺も年だ。

顧問の個室は、南向きの明るい一室だった。

十二畳ほどのスペースに机と応接セット、書棚とチェストがあり、ゆとりはまったくなかったが、俺が定年を迎えた子会社の専務室とは比べられない。雰囲気も明るさも調度品もだ。

それに、秘書の藤井真弓《ふじいまゆみ》は大学を出て三年目の二十五歳で、身長一七〇センチの美人だった。すでに結婚しており、子供が一歳だという。

出社初日から、俺と鈴木、そして副社長の高橋純一《たかはしじゅんいち》とで、事業計画の再検討に入った。高橋は鈴木の大学の後輩で、三十三歳だ。

銀行が企業に融資する場合、昔は担保至上主義がとられた。現在は企業が作成する事業計画を検討し、それがしっかりしたものと考えられる場合には、多少担保が少なくても融資に応ずるようになっている。

そのためには、しっかりした事業計画が必要になるのは当然だった。

俺は初めての打合せで、

「まず、私の人脈を使って、東南アジア各国におけるネットショッピングやゲーム機の動向を調査します。これまでも十分に調査はされているようですが、幾つか疑問点もある。追調査が必要です」

と、パソコンを示しながら進めた。

「必要なソフトを開発するために、次のような事業計画を立ち上げてはどうかと考えます。まず、市場調査に基づいて、顧客別の売り上げ予想から」

鈴木も高橋もすでに十分にわかっていることだが、ふさいでおくべき穴もある。やりとりは熱をおびた。

夜七時、巨大なビルに灯がともる大手町を、ゆっくりと歩いて駅に向かう。

「こころよき疲れ」に全身が喜んでいた。

俺の生きる場所はここなんだ。ここなんだ。

その上、週三日勤務の顧問は、明日は出社しなくていい。こんな幸せがあるだろうか。

まっすぐに帰る気がしなくなり、銀座の「クラブ紫」に寄ってみようと思った。定年後も、たった一軒だけお中元にバラを贈ってくれたクラブだ。

今まで自分の金で飲んだことはないが、多少高くてもいい。今日の高揚感は、家庭では処理できない。

クラブのドアを開けると、ママの美砂子《みさこ》がかけ寄ってきた。

「いらっしゃい！　何て久しぶりなの！」

時間が早いせいか、客はまだ誰もいない。なじみのホステス二人がいるだけだ。

「ママ、夏にはバラをありがとう。俺のこと、よく忘れずにいてくれたね」

「もちろんよ。ねえ、田代さん、再就職決まったんじゃない？」

息を飲んだ。そんなこと、どうしてわかるのか。定年後の俺の状態を、美砂子は一切知らないはずだ。

「びっくりした？　当たりね！」

と、シャンパンを開けた。

「私からのお祝い」

そして、ホステスを呼んだ。

「あなた達もいらっしゃい。一緒に乾盃よ」

乾盃の後、ホステスが下がってから、美砂子に聞いた。

「俺の再就職、何でわかった」

「カンよ、カン」

「信じないね。何でわかった」

美砂子はちょっと嬉し気に俺を見た。

「スーツよ」

「スーツ？」

「そう。スーツって息をしてるの」

カラになった俺のグラスに、またシャンパンを注ぐと言った。

「去年の夏だったかな、吉井さんが財界の賞を受けてパーティがあったでしょ」

思い出したくもない。恩のある吉井会長だからと、招かれないのに行った俺だ。パーティの後、ダシにされて小料理屋に連れて行かれた夜だ。

どん底だった。

「あのパーティに、私も招かれて行ったのよ」

そういえば、会長はここの常連だった。若い時からよく連れて来てもらったものだ。

「パーティでね、田代さんを見かけたわ」

「え、そうか。声かけてくれればよかったのに」

「ちょっとかけられなかった」

「何で……」

「スーツ姿だったけど、スーツが息をしてなかったから」

「息を……?」

「仕事を離れて、スーツにふさわしい息をしていない男には、スーツは似合わなくなるのよ」

スーツが死んで、息をしなくなるということか。

このママに見栄を張ってもお見通しだなという気になった。これも、今は仕事があるという余裕がなせる業《わざ》かもしれない。

「あの頃、俺、どん底だったんだよ」

「そう見えたわ。でもね、昔の部下と店に来ないだけ、田代さんは骨があるわ」

美砂子は俺がいつも飲むブッカーズを、カウンターに出した。

俺は若い頃から、バーボンのストレートだ。つまみは干しイチジク。これも決まっている。

「リタイアして一年目の人たちってね、かつての部下と来るのよ。女の子に『昔は偉かったんだぞ』とか言いたがって、支払いは部下よ。だけど二年目になると、急に来なくなるの。わかるでしょ」

わかる。

かつての部下とて、リタイアした元上司にいつまでもつきあってはいられない。現上司につかないとならないし、意味のない交際費は通らない。

干しイチジクを小皿に盛りながら、美砂子は笑った。

「うちね、年金割引っていうの始めたの」

「すごいね。だけど、俺はそんなみじめな特典に浴するくらいなら、家で飲むけどな」

「田代さんならね。でも、みんな平気な顔して利用しているわよ」

「そんなものかねえ」

「そんなものよ。でも、一度年金割引を使ったら、もう二度とスーツは息を吹き返さない。今日の田代さん、吉井さんのパーティで見かけた人とは別人よ」

アルコール度数六十四度というブッカーズが体に染み渡る。うまい。

「俺、今なら女口説けるか？」

「もちろん。どう、私を口説いてみる？」

「いいね」

その時、携帯電話が鳴った。

驚いた。「浜田久里」と表示が出ている。

「久里さん、どうしました？」

俺が問うと、ためらいがちな声がした。

「年末からずっとお休みされてますし、継続の申し込みもないようですし、どうされたのかと思いまして……」

「それはご心配かけました。知りあいに海外進出の大きな仕事を手伝ってほしいと頼まれましてね。僕には受験もあるし、何度も断ったんですけど、放っておけなくなりまして」

俺はずっと丁寧語で話し、距離を示した。

あの夜のバッグが、どれほど俺をみじめにしたか、考えてみるといい。

「そうだったんですか。受験はどうされるんですか」

「仕事を辞めてからということになるでしょうね。とても両立なんてできませんし、今日もみっちり働かされまして、今、銀座のバーに一人でいるんです。ママが口説いてくれって言うものですから、今夜は大変です」

カウンターの中で、美砂子が首をすくめた。

俺が一人だからといって、久里がここにやって来るとは思えないが、こちらから拒絶めかして機先を制したのだ。

「久里さん、また単発のいい講座があったらお知らせ下さい。単発なら伺えると思います」

そして、電話を切る時に言った。

「お仕事がんばって下さい」

まったく心の入らない常套句として、「お仕事がんばって下さい」と「応援よろしくお願いします」は双璧《そうへき》だ。

この言葉から、相手の愛情や熱意を受け取るバカはいるまい。型通りの、話を切り上げる時の無意味な決まり文句だ。

携帯電話をしまう俺に、美砂子が言った。

「女でしょ？　慇懃無礼の見本みたいな言い方しちゃって、わざと？」

「どうかな。俺、今は女よりドキドキするもの、あるからな」

「ま、女はスーツに息を吹き返させられないからね」

ブッカーズを口にしながら、「逃げれば追ってくる」というのは本当だなと思っていた。たとえ、メシ付き一般オヤジであってもだ。

鈴木は、俺と公認会計士の森宏太《もりこうた》のコンビネーションのよさに、さらに力を得たようだった。

森は非常に優秀で、俺と同世代。二人で人件費予算や設備予算等に基《もと》づき、短期と長期の利益計画を作った。

そして、鈴木と高橋に説明した。

「これを元に、今後三年間の必要資金を算出し、銀行を説得します。私のネットワークをフルに使いますが、この事業計画書なら、まず融資は受けられるでしょう」

鈴木と高橋は大きく息を吐いた。

森が、

「本当に田代さんに来て頂いて、よかったですね。もちろん、今までもきちんとした経営でしたが」

と言うと、鈴木は力をこめた。

「今までは心を許せる人が、森先生だけでした。森先生はすべてをご存じですから、金銭のことは完璧でした。でもこれからは、田代さんに経営上の相談が何でもできる。こんなに力強い両横綱はありません」

高橋も言葉を継いだ。

「五人も正社員を一度に取るのは、はしゃぎ過ぎだと叱《しか》られましたし」

「いや、よほどのことがない限り、ミャンマーの仕事はうまくいくだろうと思いますよ。だけど、何が起こるかわからないのがビジネスです」

俺は事業計画書を示し、続けた。

「森先生にも人件費の面で了解を頂いたので、早急にソフト開発要員として、海外の採用計画を始めましょう」

鈴木はすぐに答えた。

「早速、現地のコンサルタント会社に、採用活動をしてもらいます。最終候補者が決まった段階で、田代さんに現地で面接して頂きます」

その表情は生き生きとして、ひとつひとつ具体化していく仕事に、力がみなぎっている様子だった。

だが、最も力がみなぎっているのは俺だっただろう。

仕事で海外に飛ぶ日が再び来るなど、誰が考えたか。

ハローワークに行き、零細企業の面接に落ち、スーツが息をしなくなっていた俺が、海外出張をする。

人間、本当に先はわからないものだ。「一寸先は闇」とばかり言われるが、「一寸先は光」ということはあるのだ。

ミャンマーでは、三人の採用枠に五十人ほどの応募があった。日本で高給で働けるとあって、応募者は優秀な者が多かったという。その中から、最終候補に十人が残された。

現地には、俺とプロジェクト・リーダーの小山《こやま》が飛び、厳しい面接をした。

まず、小山が技術的に「使える者」を選び出す。次に、英語が話せて、ある程度のミャンマービジネスに通じているかを試す。さらに、適応性や仕事に対する意識や家庭環境などを踏まえ、健康診断結果と合わせて厳選する。

結果、いい人材が採れた。

銀行時代以来、三十年ぶりのミャンマーだったが、二泊三日では市内見物もまったくできず、トンボ返りだ。

成田に着いた時、満足感と久々の海外出張で、くたびれきっていた。

こういう時、六十四歳という年齢を意識する。昔はいくら飛び回っても、疲れは残らなかった。

なのに唐突に、久里と会おうと思った。久里とはクラブ紫で電話で話して以来、まったくやりとりはない。逃げると追ってくるものだとうそぶいたはいいが、あれっきり追ってもこない。

俺も毎日が面白く、刺激があり、久里は忘却の彼方だった。

若い頃、仕事で心身をすり減らし、立っていられないほど疲れている時ほど、なぜか女が欲しくなったものだ。

今、そこまでの欲望も体力もない。だが、女と会いたい。年は取っても変わらないものだ。

久里は俺からの突然の電話に、ちょっと華やいだ声をあげた。……と思う。

「今、ミャンマーから帰ったところで、まだ成田にいるんだけど、小さなお土産《みやげ》があってね。一時間半後、どこかで会える？」

丁寧語は一切使わなかった。土産も余分に買っておいただけのものだ。

「君が家に帰りやすいところでいいよ。祐天寺《ゆうてんじ》でも代官山《だいかんやま》でも」

欲望も体力もないというのに、なぜか千草のサロンがある目黒は外していた。

久里が指定した店は、以前に彼女が立っていたバス停近くの、古い喫茶店だった。こんな昭和の匂いがする喫茶店が残っていたのか……というような店だ。赤いビニールクロスの椅子、年季の入ったこげ茶色の木製テーブル、何の変哲もない白いコーヒーカップに小さなミルク入れ。何だか学生時代の喫茶店のようで、これにサッチモでもかかれば完璧だ。

あの頃の、淫《みだ》らな気持が甦ってくる。疲れているからだ。昔と変わらない。

五分と待たず、久里が入ってきた。

春らしい淡い色のセーターとスカートが、薄暗い店に咲いた白い花に見えた。

久々に会ったせいか、さらに色っぽく見える。色白で首や手脚が長い。いい女だ。

これほどの三十代に期待していたのだから、一般オヤジとしては身の程知らずだ。

久里はレモンティーを飲みながら、

「ミャンマー、いい所だと聞きました。私は行ったことがないんです。いかがでした？」

と、俺を見る。いかにも聞き上手という雰囲気だ。

「こっちは仕事だからね、いいも悪いもなくて、関係各所で関係者と仕事をするだけという」

「あらァ、せっかく行ったのに、いだわすな」

俺と久里は目を合わせて笑った。

向こうもみだらな気持でいる……そんな気もした。

「これ、おみやげ」

カバンから、現地の新聞で無造作にくるんだ包みを差し出した。

「ワァ、きれーい！　巻きスカート作ろ！」

久里は、ピンクやオレンジの糸で織られた布を、テーブルに広げた。

「やっぱり知ってるね。市場で買ったんだけど通訳嬢が『巻きスカートやブラウスを作るって、日本女性に人気なんです』って言うから」

「はい。東南アジアの布は、本当に人気があるんです。ストールにしたり。私、早速巻きスカートにします」

それから俺たちはカルチャースクールの話をした。

講師は元気かとか、啄木講座の受講生は継続する人が多いのかとか、どうでもいい話だった。

風呂あがりのように色っぽい久里を前に、土産を渡して帰るだけでは、何の意味もない気がしてきた。

だが、同時に「面倒《めんどう》くさい」とも思った。

これには自分でも驚いた。年齢のせいか？　いや、つい先だってまで、「宮沢賢治展」でストーカーまがいのことをしていたではないか。年齢のせいではない。

仕事のせいだ。一番欲しいものが手に入った今、二番手以下は急速に色あせた。仕事の面白さ、刺激に比べたら、他は何もかも色を失う。

幾つになっても恋だ、女だ、不倫だとやっている男もいるが、俺は今、断言できる。たとえ若いうちであっても、恋愛は手がすいた時に、ついでにやるものだ。

俺は伝票をつかむと、立ち上がった。

「僕はタクシーで帰るけど、近くまで送ろうか？　それとも、タクシーより歩く方が早い？　いい方でいいよ」

久里は一瞬置いて、答えた。

「すぐ近くですけど、送って頂いていいですか」

こう来るとは思わなかった。

俺はタクシーのトランクに、自分のキャリーを入れた。

「久里さんはすぐ降りるから、奥より出口側に座った方がいいね」

そう言って、自分のボストンバッグを後部座席の奥に放り込んだ。

「久里さんが降りた後で、僕が後ろに行くからゆっくりどうぞ」

と、助手席に座った。

久里は黙ってボストンバッグと並んで座り、ものの二分も走ったかという時、降りた。

助手席から降りて見送る俺に、

「お土産ありがとうございました。大切に使います」

と頭を下げた。

俺は、

「またうまいもの食べに行きましょう」

と片手を上げた。この仕草も似合っているはずだ。

スーツは息を吹き返している。

俺は一度終わり、生き返ったのだ。

後部座席で足を組み、一度も闇夜に咲く白い花を振り返らなかった。

第七章

　定年からちょうど一年、顧問になって三ヵ月が過ぎた。あと二日もすれば桜は満開だろう。風も柔らかい。顧問になるまでの九ヵ月は、俺にとっては地獄だった。だが、考えてみればわずか九ヵ月で、破格の再就職ができたことになる。地獄のさなかには思いもよらなかった。つくづく幸運だった。

　当初はうますぎる話だと思い、疑ってかかったが、ゴールドツリーは非常にまっとうで、むしろ保守的ともいえる経営だった。

　鈴木は、

「田代さん、お願いですからずっといて下さいよ。顧問に定年はありませんからね。森先生と二人、ホントにお願いしますよ」

といつも言う。

そのたびに俺は、

「ああ。ゴールドツリーがDeNAのようにプロ野球チームを持つまで、ちゃんと見届けるよ。でも、俺も今年は六十五になるんでね、早めに持ってもらわないと」

などと冗談めかす。

鈴木に雇われている身だが、息子と言っていい年齢のせいか、社長のほうが敬語を使っている。

ずっといられるのは、望むところだ。懸命に趣味を探すような、あの地獄の日々には二度と戻りたくない。

大学院への熱はとっくに消え去り、久里もいればいたでいいし、いなければいないでいいというところだ。一人でメシを食うよりは、少々見映えのする若い女と食うか……という割り切りがストンとできた。

何もかも仕事のおかげだ。

大学院を受験しようと思って啄木を読んでいた頃、エッセイ「硝子窓《ガラスまど》」に書いていた彼の心理が、そっくり俺の今だ。

この時の啄木は東京朝日新聞社の校正係として忙しさを極めていた。

「自分の机の上に、一つ済めば又一つといふ風に、後から後からと為事《しごと》の集って来る時ほど、私の心臓の愉快に鼓動してゐる時はない」

「金も欲しい、本も読みたい、名声も得たい。旅もしたい、心に適つた社会にも住みたい、自分自身も改造したい、其他数限りなき希望はあるけれども、然《しか》しそれ等も、この何にまれ一つの為事の中に没頭してあらゆる慾得を忘れた楽みには代へ難い」

俺も「数限りなき希望」はあるが、銀行折衝からトップセールスの方向性まで、単なる顧問にしては忙しすぎる日々を送っている。仕事は他には「代へ難い」「慾得を忘れた楽み」だった。

俺と鈴木は、窓の桜を眺めながら、

「満開は早そうだな」

「毎年、会社で花見をするんです。今年は田代さんも一緒で賑やかだなァ」

と話し、社の廊下を歩いた。これから二人で、メインバンクの「常葉《じょうよう》銀行」

に出かける。

定期的に訪問し、経営・財務等の報告をしているのだが、今回から俺も同行することにした。高橋が先方にそう言って電話をすると、

「え！　あの田代さんですか。たちばな銀行の本部にいらした……」

と驚いたとかで、高橋はご機嫌だった。

「やっぱり、田代さんの名前、銀行業界では鳴り響いてますよ」

鈴木がその言葉をまた口にし、

「うちを見る常葉の目は、絶対に変わりますね。田代さん、しつこいようですが、突然顧問やめるなんて言わないで下さいよ」

と、笑ってエレベーターの前に行った時だった。

彼が突然、崩れ落ちるように倒れた。

「オイッ！　どうした」

血の気のない顔で、汗を浮かべて胸を押さえている。

俺は廊下に響き渡る声で叫んだ。

「誰か、救急車ッ。早くッ」

フロアにある各社の社員たちが飛び出してきた。心臓の除細動器〈ＡＥＤ〉を持って、どこかの女子社員も走ってきた。ゴールドツリーの男子社員が鈴木のジャケットとワイシャツの胸をはだけ、音声ガイドに従って蘇生を試みる。

鈴木の症状にＡＥＤが効くのかどうかはわからないが、何かしないと居ても立ってもいられない。

「救急車はまだかッ」

「今、来ましたッ」

すぐにやって来た救急車なのに、鈴木の意識がしだいに遠のくように見えて、何時間も待たされたように思った。

救急病院に搬送されるや、直《ただ》ちに緊急手術を受けることになった。鈴木はストレッチャーに寝かされ、すぐに準備室に入れられた。

俺は廊下のソファに座り、待った。

三十分か四十分かたっただろうか、高橋が走ってきた。

「社長の奥さんに電話しましたら、今日は子供を連れて北海道の実家に帰ってるんです。すぐにこっちに向かうそうですが、飛行機がとれるかわかりません」

「そうか……」

「何でしょう。心臓ですか」

「わからん……。胸が苦しそうだった」

「会社の人間ドックで、心臓が引っかかったとは聞いたことないですが」

「なら、心臓じゃないのかな」

「手術、何時からですか」

「準備ができたら」

「そうですか。奥さん、今日中には来られないかな。旭川《あさひかわ》からちょっと入ったところらしいです」

「明日の方が、少しは元気になってるかもしれないな」

昼でも薄暗い廊下で、俺たちは意味のない会話を続けた。話していないと、不安が増す。廊下は案外明るかったのかもしれないが、明るさを感じる心境ではなかった。

手術チームの一人だろうか、四十代らしき医師が準備室から出てきた。「福《ふく》井敦《いあつし》」と名札に書いてある。

「ご家族がまだでしたら、代わりに署名をお願いできる方、いらっしゃいますか」

と、俺を見た。

「手術の同意書ですか」

俺が訊くと、福井は少し口ごもった。

「それだけでなく、色々と」

俺は高橋を目で促した。副社長が署名した方がいいだろうと思ったのだ。高橋は首を振り、

「いえ、田代さんの方が病院側も安心です。お願いします」

と言う。

俺は高橋を廊下に残し、福井と狭い一室に入った。入るなり、五枚か六枚か、かなりの枚数の書類を渡された。

「手術に関する説明が書いてありますので、お読み頂いて、同意の署名をお願

いします。ご不明な点がありましたら、何でもお訊き下さい」

俺は一枚目を途中まで読み、それだけで血の気が失せた。二枚目、三枚目、四枚目とナナメに字を追い、恐くなった。

静脈麻酔薬としてフェンタニルとプロポフォールを使うが、二十万人に一人の割合で脳障害や心停止があるとか、血管拡張剤を使うが循環不全になって心停止に至る場合があるとか書かれている。

「深昏睡《しんこんすい》」という言葉も初めて知ったが、字を見るだけで恐い。

それを承知の上で、手術に同意してほしいということなのだ。

どんな手術でも、どんな薬でも、リスクを伴うのは当然だ。それを頭ではわかっていたが、いざ現実の場に立たされると動揺する。

だが、手術は必要だ。俺は一枚一枚に署名した。

手術が始まったのは、正午だった。妻子はまだ着かない。幼い子供を二人連れて、旭川から帰ってくるのは大変なことだろう。

だが、鈴木の場合、うまくいっても手術に六、七時間はかかると福井は言っていた。到着が今夜でも明日でも、麻酔からさめて意識が戻っていれば、奥さんは安心するだろう。

六時間後、鈴木は手術室から出てきた。

亡くなっていた。

妻子はまだ到着していない。

遺体はまず集中治療室に運ばれた。

俺と高橋は別室に呼ばれ、執刀医の山本《やまもと》の説明を聞いた。

山本は言った。

「大動脈解離でした」

これは内膜、中膜、外膜の三層で成っている大動脈の壁が、解離する病気だという。つまり、三層が裂けるのだ。それによって、心嚢内《しんのうない》に大出血を起こし、死亡率が非常に高いらしい。

「搬入された時にはすでに意識がなく、ショック状態でしたが、開胸して心臓マッサージを続けながら、人工血管置換を行いました。手を尽くしましたが、心臓の拍動が戻らず、無念です」

と頭を垂れた。

高橋が、

「心臓病はなかったと思うんですが」

と言うと、山本はうなずいた。

「突然発症するということはありえます。手術前に、どうしても必要な最低限の検査を緊急に致しましたが、高血圧症と糖尿病がありました。喫煙はどうでした？」

高橋は沈痛な表情で答えた。

「若いときから、一日に四十本くらい吸っていました。ただ、ここ一年はスパッと禁煙し、ジムに通って健康的な暮らしにチェンジしていました」

ジムでトレーニングに励む鈴木の顔が浮かんだ。定食屋でランチをしながら、ジジババとしゃべる顔が浮かんだ。

健康的な暮らしをめざし、腰を据えて頑張ろうと思っていたのだろう。

「ただ、鈴木は経営者ですから、多忙をきわめていたことは確かです。それは致し方ありませんでした」

山本は穏やかに答えた。

「ええ、致し方ない状況はあったでしょうね。鈴木さんのように若い男性の心臓死には、やはり発症の背景が考えられます。非常に多忙で睡眠時間が少なく、強いストレス、喫煙、高血圧、肥満、糖尿病などですね。むろん、これらの人すべてが心臓病や大動脈解離を発症するわけではありませんが、要因のひとつにはなると考えられます」

俺もたちばな銀行時代、そんな暮らしだった。三十九歳という鈴木と同年の頃は、遊びや飲酒、徹夜も好きなだけやっていた。当然ながら、真っ先に減らすのは睡眠時間だ。

やがて、鈴木の遺体は、病院内のきれいな一室に運ばれた。

窓にはレースのカーテンがきっちりとかかり、優しい色の花の絵が飾られ、「霊安室」というイメージはまったくなかった。淡いピンクのソファには、白とブルーのクッションが明るく映える。

俺と高橋は、妻子を待ちながら、鈴木に寄り添っていた。

高橋が、

「奥さんに電話で知らせた方が……いいですよね」

と俺をうかがう。俺に言ってくれという顔だ。

咄嗟に思い出したのは、身内が事故などで急死した場合、警察や病院は「すぐ来て下さい」と言い、死亡は電話では伝えないと聞いたことだ。電話で他人から知らされるべき話ではないし、道中の動転を思うと、言わない方がいいと思った。

鈴木の死は、俺の中で少しずつ確かなものになっていった。眠っているような若々しい表情を見つめながら、死ぬのは順不同だな……と思った。

思い出す鈴木の顔は、どれも笑っている。ついさっきも、「会社で花見をするんです」と笑っていたのだ。

鈴木は短くともいい人生を、思いっ切り生きたと思う。心臓死を引き起こす要因が潜《ひそ》む毎日であったとしても、鈴木はそうしたかったのだ。それによって会社が動き、人が集り、成果が上がる。面白くてたまらなかっただろう。

地獄の九ヵ月を送った俺には、その気持がよくわかる。

死んでは元も子もないとは言うが、自分で選択し、楽しみ、苦しみ、ワクワクした人生は、決して悪くなかった。そう思う。

思い残すことは、非力な妻子の行く末と、ミャンマーの仕事を見届けられなかったことだろう。

俺は鈴木の穏やかな死顔を眺め、心の中で何度となく、「お前、いい人生だったよ。奥さんや親御さんには、俺からハッキリそう言う。心配しないで、あっちでも起業しろ」と、言った。

高橋はソファにうずくまり、黙って自分の手を見ている。大学の後輩であり、ずっと鈴木と生きてきただけに、現実を受け止められないのだろう。

「高橋」

俺の声に、力なく目を上げた。

「鈴木はいい人生だったよ。まだ三十九歳だが、大往生だ。祝ってもいいくらいのいい人生、いい結末だ」

そう言った後で、命じた。

「高橋、いいか。絶対に会社のために死ぬな。絶対に会社のために病気になるな。いいな。鈴木は自分で会社を起こし、会社は自分の持ちもので、会社は自分そのものだった。だけど、お前は違う。この後、社長になったとしても『雇われ社長』だ。雇われ社長が命を削る必要はない。まったくない。会社のために死んだり、患《わずら》ったりしても、損するだけだからな」

これは本音だった。

たちばな銀行で二十五年以上、俺は患っても死んでもおかしくないほど働いた。だが、会社はポンと出向先に飛ばし、当たり前のように転籍させた。今にして思えば、患ったり死んだりしないだけ幸運だった。会社は個人の献身に報《むく》いてくれるところではない。

サラリーマンは身を粉にしても、辞めれば何も残らないのだ。

俺の東大の同期に、最優秀の成績で官僚になった男がいた。将来を嘱望されていたが、病《やまい》に倒れた。

それが官庁の多忙やストレスなどのせいかどうかは、俺にはわからない。だが闘病が長引き、彼は退職した。四十代だったはずだ。

妻が届けた辞表はあっさり受理され、それっきりだと聞いた。

組織とは、そういうところなのだ。今の俺ならハッキリと言える。

高橋はこの後、必然的に社長になる。突然の重責がのしかかるわけだが、俺の思いだけはどうしても伝えておきたかった。

看護師に案内され、鈴木の妻子が到着したのは、翌日の昼だった。

「鈴木の家内の理香《りか》でございます。飛行機がとれず、遅くなりました。……主人の手術、無事に終わりましたでしょうか……」

理香は不安そうに入口からベッドの方を見た。病院からも死亡は聞かされていないようだ。看護師は一礼して、静かに立ち去った。

何かを感じとった理香は、恐る恐るベッドの脇に進んだ。

「嘘……」

つぶやいて、突っ立った。

子供は長男が四歳で、長女が二歳だと聞いていた。俺の孫と同じ年頃だ。あどけない娘は髪のリボンをヒラヒラさせながら、

「パパ、ねんね。パパ、ねんね」

と布団を叩く。

理香はまた、

「嘘……」

と言った。

鈴木によく似た息子も、のぞきこんだ。

「パパ、何で寝てんの。今日さ、ゲームやれる？　この前、言ってたヤツ」

息子が当たり前のように遺体に話しかけるのを見て、俺と高橋は廊下に出た。

春の陽が注ぐソファに座っていると、理香の号泣と、

「ママ、どうしたの？　泣いちゃダメ」

と、わけもわからずに言う娘の声が、聞こえてきた。

葬儀は社葬として、宝町《たからちよう》の鈴木家菩提寺《ぼだいじ》で執《と》り行われた。

高橋が葬儀委員長になり、小さいながらもいい式だった。

ジムのインストラクターも、ジジババもオバサンも、親しい人たちは全員が参列した。鈴木の人柄がよくわかる。参列者の多くが泣いていた。

千草が来たのには驚き、ありがたかった。黒いワンピース姿は、女優かと思うほどきれいだった。サロンを抜けて来たのだろう。途中で買ったらしい小さな人形付きの菓子と、怪獣付きの飴を、千草は二人の子供に手渡した。

「ママを大切にしてね」

そう言った後、理香にお辞儀をした。

「田代の家内でございます。鈴木社長に出会えましたこと、主人も私も誇りに思っております」

そして、チラと俺を見ると、静かに出て行った。遺族と一緒に並んで見送りに立っていた俺は、目で「サンキュー」と言った。

「ママ、これもらった」

「アタシももらった」

幼《おさ》な児《ご》のたどたどしい言葉に、理香は、

「よかったね。食べるのは後よ」

と二人を抱き寄せ、俺を見て目礼した。

その夜、俺は千草に言った。

「できるだけ早く、副社長を社長にして、挨拶回りやらをすませたら俺は顧問を辞めるよ」

「それがいいわ。顧問は鈴木さんと個人契約みたいなものでしょ。新しい社長にしたって、六十も半ばのあなたにいられちゃ邪魔よ。やりにくいもの」

言いにくいことを平気で言う。

俺だって十分にわかっているし、もっと言いようがあるだろう。

鈴木が「ずっといてほしい」と再三言っていたのは、本心だったと思う。

だが、その鈴木がいなくなり、新しい体制に入る以上、いい潮時だ。必要な時に声をかけてもらえば、「パート顧問」として出向くことはできるが、そんな局面もまずあるまい。

「あなた、もうフラフラしないで、本腰入れて大学院受験に励むことね」

「フラフラ」にはカチンときたが、そういうことだ。

ゴールドツリーでの三ヵ月は、夢の中でのできごとだった。

楽しかったし、刺激的だった。気力が湧いたし、必要とされたし、鈴木がいた。

本当に、あんなことがあったのだろうか。今、何もかもが、うたた寝の中で見た短い夢のように、おぼろ気で遠い。

また三ヵ月前の暮らしに戻ればいいだけのことだが、虚しかった。

俺にとって、すべてに勝るのは仕事。それをなまじ手にしただけに、失う虚しさは深い。年齢や現実を考えても、もう二度と仕事を手にすることはあるまい。

翌朝、もう腹を決めていた。朝の社員ミーティングがすむと、俺を含む五人の幹部ミーティングがある。その席で退任を言う。早い方がいい。

そうでないと、高橋や若い幹部から呼ばれ、「申し上げにくいんですが……」となるだろう。冗談じゃない。

この日の幹部ミーティングは高橋の進行で、鈴木の死を無駄にしないよう、そしてミャンマーの仕事を成功させようと、総意確認で精一杯だった。

鈴木のいないゴールドツリーに、誰もがどう対応していいかわからぬような、そんな雰囲気があった。

ミーティングが終了する時、

「皆さんに話があります」

俺は一呼吸置いて、言った。

「新しい社長を、一刻も早く決める必要があります。鈴木社長の葬儀が終わったのは昨日ですが、亡くなって四日がたつ。組織は、トップのいない空白を作ってはなりません。ゴールドツリーを鈴木社長と共にここまで持ってきた君たちだから、釈迦に説法だけどね」

四人は十分にわかっているというように、強い目を向けた。

「僕は今月いっぱいで辞めます。ミャンマーの件も、今のところ問題はないし、残務はきちんとしておきます。短い期間だったが、本当に楽しかった。お世話になりました」

そして、明るい声でつけ加えた。

「ただ、困ったことや相談したいことがあった時は、いつでも遠慮なく連絡して下さい。森先生と一緒に考えますから」

俺は高橋の方を見た。「次はお前だ。しっかりな」という目線を送った。

居ずまいを正して座っている高橋が、いつになく若く見えた。他の役員も艶々《つやつや》の桃だった。

この若さで会社を引っ張るのは大変なことだが、若いからこそできることも多いのだ。

「田代さん、社長はすでに決めました」

高橋がそう言って、立ち上がった。

「田代さん、社長に就任して下さい。私たち取締役の満場一致で、森先生も強く推しておられます」

「え……？」

「株主は鈴木と我々役員です。全員一致です。お願いします」

呆然としている俺に、高橋は冷静に言った。

「我々は経営者としてはあまりにも未熟です。鈴木がいればこそでしたが、その鈴木もどれほど田代さんを頼りにしていたかわかりません。鈴木に加えて田代さんに去られては、困ります。社長としてお力添えを頂きたく、何卒《なにとぞ》よろしくお願い致します」

四人全員が立って並び、そろって深々と頭を下げた。

「ちょっと待ってくれ」

「お願いします。鈴木夫人もそう願っていますし、まずは森先生とお話し頂けませんか。お願いします」

また一斉に頭を下げた艶々の桃たちに、俺は強い口調で言った。

「情けないこと言うなよ、まったく。IT業界は若い社長のもと、若い社員たちで引っぱってる。それは君たちの方が重々承知だ。若い人の業界だからこそ、面白い発想や大胆な経営で、世の中を変えた。保守的なジジイの出る幕ではない」

高橋が遮った。

「その通りです。ただ、クライアントはすべて若い会社とは限りません。これまでも、アンチャン社長、アンチャン社員で大丈夫かねという反応もゼロではありませんでした」

鶴巻伸介《つるまきしんすけ》が言葉を継いだ。彼はまだ二十九歳だが、技術担当役員として、なかなかよくできる。

「田代さん、確かに六十四歳のジジイをトップに据えるのは、IT業界の流れに逆行していると思います。僕らで十分やれる自信もあります」

　そう言って、俺を見据えた。

「僕たちは、田代さんを利用すべきと考えました」

　さらに、高橋が明確に言った。

「田代さんが社長に就いて下されば、ゴールドツリーは他のアンチャン企業と色分けができます。保守的なクライアントは、田代さんのキャリアに安心したり、また責任の所在を信頼したりということもあると思います」

「田代さんはこの業界のプロではありませんので、ほとんどの実務は私たち社員がやります。ただ、社長が田代さんという効果は、業界が若いだけに決して小さくないはずです」

「田代さん、社会はやはり、どこかに東大法学部卒だの、メガバンクの王道を行ったキャリアだのに感嘆し、見る目を変えるところがあります。ジーンズにヒゲ、サングラスに帽子をアミダにかぶった若い社長が、実はどんなに優秀でも、田代さん的な人に安心するところは、まだあるんです」

「それを利用させてほしいということです」

ハッキリと言われて、俺は苦笑した。わからぬではない。

だが、それにしても「社長」はありえない。

あくまでも一般論として、銀行マンは金庫番としてはみごとな仕事をする。銀行マンは守りには強い。

だが、経営者として向いているかといえば、むろん向いている人間もいるが、向いていないかもしれない。

いくら、若い彼らが実質的に会社を引っぱると言っても、社長が経営責任者だ。

まして、肩書きに「代表」がつくようになると、責任は大きい。

俺はその場で代案を出した。

「それなら、今まで通りに顧問で残ろう。新しい社長は、君たちの中から出す方がいい。ITのことがよくわかる若い人間でやるべきだ。それに、僕が社長になったところで、さほどの色分けにはならないよ。ただ、僕は顧問として、森先生と一緒に経営の相談にのるし、必要な会合にも出向く。週三回ではなく、毎日出社してもいいんだ」

これがベストだ。ゴールドツリーにとっても俺にとってもだ。

今までより忙しくなるだろうが、その体力気力はある。

だが、高橋も鶴巻も、四人全員が引き下がらなかった。

「鈴木はオーナーで、この会社を起こした人間ですから、若くてもまだ信用がありました。でも、私らの誰かが急遽《きゅうきょ》継いだのでは、相手の信用度は落ちます。重みがありません。田代さん、ゴールドツリーをつぶさないために、力をお貸し下さい」

もの静かな高橋の口調は、いつになく強い。

鈴木はかつて「田代さんがいてくれるだけで、弊社の信用になる」と言って、俺を口説いた。

それを思い出したが、顧問と社長では責任が違う。あの時のように簡単に返事ができるはずがない。

その夜、いつものように七時に帰宅した。

リビングにはトシがいて、早くも飲んでいる。

「お邪魔してます。メシ食わせて頂きます」

サロンが定休日の千草が、キッチンから揚げたてのエビフライや魚フライを運んで来た。

「顧問になってから、定時にピシャッと帰ってくるでしょ。だから、こういう熱々のものでお酒が飲めるのよ」

俺はあの後、森公認会計士事務所に出向き、じっくりと話し合った。トシがいるならちょうどいい。彼にも相談できる。

といっても、実はもう腹は決まっていた。

受ける。社長の職を受ける。

今朝、申し出があった時は非常に驚いたし、受ける気はまったくなかった。簡単には受けられない話だった。

だが、事務所で一日中考え、森と会社の現在と将来を話し合い、平均年齢三十三歳の社員たちを思い浮かべ、少しずつ揺らいできた。

そして、「やってみようか」という気が芽生《めば》えてきた。それは、高橋らの言い分と熱意が理解できたことに加え、森がバックアップを約束してくれたことも大きい。

だが、一番の本音は、経営のトップに立ち、会社を動かすことをやってみたかった。

銀行ではあと一歩のところで、経営の中枢には入れなかっただけに、やりたい。自分の判断で出処進退をすべて決め、会社を動かしたい。小さな会社であってもだ。

社長としてやってみたいというのは、サラリーマン共通の思いではなかろうか。

自分は守りが得意な銀行マンだと思いつつも、いざこういう選択の場に立たされると、やりたい気持に抗《あらが》えなくなっていた。

熱いフライやサラダを肴《さかな》に、トシ持参の日本酒が体にしみ渡る。

「壮さん、顧問辞めるんだって？」

咄嗟に返事ができない俺に、千草が笑った。

「そ。もう大学院受験しかなくなったの。本人は仕事に未練タラタラでも、いい潮時よ」

俺は冷酒を一気に飲むと、宣言した。

「社長を引き受ける」

ああ、言ってしまった。

「えーッ!?」

千草とトシは同時に叫び、おし黙った。

「決めた。明日、返事をする」

俺は三人の盃に酒を注いだのだが、その間も沈黙は続いた。

やっと、千草が口を開いた。

「やめた方がいいと思うけど」

「どうして」

「小さくても優良な会社だということはわかってるけど、今から突然社長をやるの？　今年六十五よ。ＩＴ業界は若い人たちが、新しい発想でバリバリ切り拓いているんでしょ。生き馬の目を抜く業界で、古い体質のあなたはバカにされるだけよ」

「俺もそう思うし、そう言った。だけど、やる」

「捨てておけないわけ？」

「ああ」

面倒だからそう答えておいた。

「そんな小さくて、若い人ばかりの会社、何かあったらイチコロよ。あなたが責任を負わされたらどうするの。そういうことがないとは言えないでしょ」

「言えない。だけど、いい仕事を次々にして、大きく強い会社になることも、ないとは言えない」

トシは無言だ。

「会社の大小にかかわらず、業種にかかわらず、社長として自分の考えで会社を動かしてみたいというのは、サラリーマンの夢だ」

「それは十分にわかるけど……」

千草はそう言って、何かを考えるように遠い目をした。

「でも、きれいに、あなたらしく散るのは今だと思う」

俺はいつでも「散り際千金」を心に刻んできた。

千草の言う通り、今がベストの散り際なのだ。

だが、俺はもっと仕事がしたい。もっと攻めて生きたい。この思いばかりはどうしようもない。

千草はいつになく、しつこかった。

「あなたはサラリーマンとして、大成功した部類よ。何も今さら、火中の栗を拾うことはないでしょ。私は会社が小さいとか、つぶれるんじゃないかとか、そんなことばかりを心配してるんじゃないのよ。もう十分に仕事はしたでしょうから、この年から心身を酷使することはないと思うの。命を縮めちゃいけないって、鈴木社長の葬儀で思ったわ」

「ああ。無理はしないつもりだ」

「無理しなきゃ社長なんてできないわよ。穏やかで楽しい余生が何でいけないの」

俺は「穏やかで楽しい余生」が楽しめないタチなのだ。

何よりも「余生」という言葉がおかしい。人に「余りの生」などあるわけがない。

八十であろうが九十であろうが、患っていようが、生きている限りは「生」であり、余りの生ではない。

世間ではすぐに「人は生きているのではなく、生かされている」とか言いたがるくせに、「余生」などと平気で言う。

だが、それらを千草に言ったところで、喧嘩になる。千草は夫の身を思って忠告してくれているのだ。

「私ね、サロンでお客様と接していて、気がついたの。最近の人はアンチエイジングにこだわりすぎね。みっともない」

千草は「みっともない」という一言は、吐き捨てるように言った。

「私だって美容の仕事をしている以上、人が少しでも若く、美しくありたいと、年齢に抗う気持は大切だと思うし、サポートしたいと思うわよ。でも、年齢や能力の衰えを泰然と受けいれることこそ、人間の品格よ」

長い沈黙が続いた。

千草の言うことは正しい。

俺が年齢に抗い、こうも仕事をやりたがり、散り際を無視する。そのみっともなさに気づけと言っているのだ。老害に近いと言っているのだ。

ずっと無言で酒を飲んでいたトシが、ポツンと言った。

「壮さん、まだ成仏してないんだよな」

うつむいていた千草が、顔を上げた。

トシの言葉に、俺は初めて自分の気持が理解できた。

傍から見れば、サラリーマンとして成功したように見えても、俺自身は「やり切った。会社人生に思い残すことはない」という感覚を持てない。

成仏してないのだ。だからいつまでも、迷える魂《たましい》がさまよっている。

千草は大きくため息をつき、動かなくなった。

トシは手酌で飲んでいる。

俺もこれ以上は言うこともなく、黙った。

千草はやがて立ち上がり、キッチンへ駆け込んだ。泣く気だろうか。

「壮さんにはピッタリの話だ。やった方がいい」

トシはつぶやき、俺はキッチンの方を気にした。

泣くどころか、千草はシャンパンを抱え、笑って出て来た。

四月二十日、俺は「株式会社ゴールドツリー」の代表取締役社長に就任した。

年俸二千万、通勤は送迎車がつく。鈴木が使っていたベントレーはやめ、クラウンにした。ただ、馴染《なじ》みの運転手の橋本はそのままだ。

俺の部屋は社長室になったが、顧問時代の秘書だった藤井真弓は、そのままついてくれることになった。

新社長として、全社員を前にした挨拶は、どうしても言っておきたいことだった。

「IT企業は規模の大小は関係ないのだと、私は顧問になってよくわかりました。ソフト開発は若い人のアイデアや発想です。そして、クライアントの求める事業内容を理解しているスタッフが不可欠です。この両輪がそろえば、大手でもまったく恐くない。つまり、IT企業の成功の鍵は社員です」

誰の目も真剣なのがわかった。いい。

「私は新社長として、この両輪を盤石《ばんじゃく》なものにするべく、力を尽くします。ですから若い諸君はどんな小さな考え、発想でも、どんどん上司に言って下さい。失敗したら、責任は全部社長がとる。何しろ、年寄りは社長だけだ。ソフトも開発できない年寄りとしては、責任をとるくらいしかアピールできないんだ。心配しないでやってくれ」

笑い顔に力がある。いい。

「もうひとつ、私は新卒で日本を代表するメガバンクに入り、長く働いてきました。自信を持って言いますが、仕事はできたし、会社の力になることをどれほどやったかわからない。人望もあったと思います。でも、誰もが驚いたのですが、突然出世ラインから外されました。色々と理由はあるでしょう。当の本人である私がハッキリとわかっているのは、派閥です。当時の主流派閥から外れていた私は、小さな関連会社に飛ばされました」

社員四十名が、全身を耳にしている様子がわかった。

「このゴールドツリーは、派閥や学閥が起こるほどまだ大きくはありませんが、小さなグループはあるでしょう。ハッキリと言っておきますが、グループは一切関係ありません。個人個人がいい仕事をし、それがまとまって会社の業績を上げる。そこに、えこひいきとか理不尽な人事は一切介入しません。当社の経営は堅く、鈴木社長は起業家として収益をあげ、揺れない土台を創りあげてくれた。私は急遽決まったサラリーマン社長ですが、創業家の精神で、この会社を強いものにしていくつもりです。そのためには皆さんの、社員一人一人の力がすべてなのです」

大きな拍手が響いた。

若い彼らに、うまく伝わった。そう思えた。

社長室に戻ると、壁に掛けた鈴木の写真がにこやかに見おろしていた。

世の中というところは、本当に突拍子もないことが起こる。

暇をもて余して通い始めたジムがきっかけで、定年から一年後には社長の職にある。誰が予測しただろう。

写真の鈴木は、初めてジムで会った時と同じに、屈託なく白い歯をのぞかせている。

「鈴木、俺は成仏するまで全力で、お前の会社を守るからな」

柄《がら》にもなく神妙に誓った。

「社長、失礼します」

真弓が入ってきて、小箱を差し出した。俺の名刺だった。

「とりあえず、三百枚です。すぐなくなると思いますので、早めにおっしゃって頂ければ、切れないように作っておきます」

そうか、三百枚の名刺がすぐになくなる生活に入るのか。

名刺には「株式会社ゴールドツリー　代表取締役社長　田代壮介」とあった。住所の「東京都千代田区大手町」という表記が誇らしい。

そんな自分に「小物だな」と苦笑した。


社長になってみて、改めて驚かされたのは、雑多な仕事である。大企業と違い、社員も少ないために社長の仕事の範囲が広い。

こんなことまで社長がやるのか？　と驚くばかりだが、こなさないことには会社が動かない。

銀行との折衝はもとより、重要顧客を訪問してのトップセールスもある。また部下が査定した人事や給与などの決裁に加え、ソフト開発の制作方針を決めたりもする。ＩＴに暗いとは言っていられない。会食などの接待も少なくない。

高橋や鶴巻らが先頭に立ち、約束通りに引っぱってくれてはいるが、社長が出て行く必要のあるケースが実に多い。それは千草の言う通り、六十五が近い身には重労働の日々だった。しかし、間違いなく、ここちよい疲れだった。

自宅の風呂で、ぬるめの湯に身を沈め、半ばウトウトする時間は、「今日も一日頑張った」という満足感が全身に広がる。

ふと久里を思った。

最後に会ったのはいつだったか。そうだ、二月だ。ミャンマーの土産を手渡し、俺がこれ見よがしにタクシーの助手席に座り、送った夜だ。

今にしてみれば、ずいぶん子供っぽいことをしたものだと、笑うしかない。

久里を思い出しても、また誘ってみようという気は、まったく起こらない。

どうしてあんなに必死になったのかと、さめてみれば恥ずかしい。

よく「人を好きになって、自分にもまだそんな情熱が残っていたのかと、それが嬉しかった」などと言うヤツがいるが、失笑ものだ。

老いらくの恋は、他にやることがないからに過ぎない。最もやりたい何かが手に入らず、代替品なのだ。身をもって体験した俺が言うのだ。

とはいえ、久里には感謝している。

彼女への想いが、最も苦しい時を救ってくれた。代替品ではあっても、力を与えてくれた。

そう思うと、無下にはできない。社長業務にもう少し慣れたら、ゆっくり時間を取って礼を言いたいと考えたりもする。

風呂あがりのビールを飲んでいると、

「あなた、二宮さんという方から」

と、千草が受話器を持ってきた。

二宮の声が弾んでいる。

「ついに男子の世界戦を裁くことになった」

「オーッ！　やったな。おめでとう」

「だけど、ジャカルタでやるんだよ。旅費も時間もかかるから、来なくていいけどさ。会場に招待するって約束した以上、知らせるだけでもと思ってな」

と、一気にまくしたてた。ああ、二宮にもこんなことが起こったのだ。

人生、捨てたものじゃない。

「二宮、明日の夜、空いてるか。お祝いしてやるよ。いや、以前の俺ならジャカルタに行くくらいの時間はあったけど、今はダメなんだ。会ったらゆっくり話す」

そう言いながら、俺の声も弾んでいた。


翌日、「クラブ紫」のカウンターで、二宮とグラスを合わせた。

「そうか、社長になったのか。お互い、この年で快挙だよな」

「だけど、女房には猛反対されたよ。今さら苦労することないって。ま、小さな会社だから、何があるかわからないしな」

「羅漢、引き受けて正解だよ。顔が一変した」

「そうか？」

「そうだよ。この間会った時とはまるで違う。この間はさ、羅漢というあだ名にふさわしくないほど、堂々としてなかった」

「そうか……」

「そりゃ、社長なんか引き受けたら、何があるかわからないよ。だけど、何があるかわからない暮らしが好きなんだろ、お前」

お見通しだ。

「羅漢、覚えてるか？　俺、高校時代、文芸部だったんだよ」

「覚えてないな。小説書いてたのか？」

「いや、文芸部は創作グループと、岩手の文学史を学ぶグループに分かれていて、俺はそっち。岩手って文学者が多くて面白いんだよ」

「ボクシングと重ならない話だな」

「俺もここまで生きてきた中で、そりゃもう、色んなことがあったよ。大会社も辞めたしな。そういう時に、いつも心の支えになったのが、下山逸蒼《しもやまいっそう》って明治生まれの俳人」

「聞いたことない」

「盛岡出身だよ。逸蒼は長い闘病生活の末に、左足を切断した。完全な肉体ではなくなったわけだ。その時、友人への手紙に書いたんだな」

二宮はカウンターで、そらんじた。

「完全な肉体の所有者でも、死んで埋められてしまえば一切平等、唯ホンノ一寸の間、悠久な宇宙に対比しての不自由や苦痛に過ぎぬ」

俺はブッカーズをストレートであおったせいではなく、胸の奥が熱くなった。

二宮の暗誦《あんしょう》する声が、薄暗いカウンターに流れた。

「もしこの大患が来なかったら、生命を摑むこともできず、真の生活に入ることも出来ずに、落ちて行ったのではないか」

二宮もブッカーズをあおり、照れたように言った。

「青くさいけど、苦しい時って青くさいものに救われるんだよな。この文章で、俺の苦しみなんて死ぬまでのほんの一瞬だよなって、いつも救われた」

俺はうなずいた。

俺も九ヵ月間の地獄の苦しみがなかったら、ゴールドツリーのような小さな会社をバカにしていただろう。

小さな会社の面白さも、そこで生きる人たちの力も知らず、代替品の片恋や、さほどの熱もない大学院受験の中で、落ちて行ったのではないか。

「ジャカルタの後、また日本で世界戦を裁くこともあるんだろ？」

「俺はそのつもりだ。ジャカルタで大きな失態でもなければ、いつかチャンスは来ると思ってる」

「失態って、リングで息切れしてお前がダウンするとか？」

「バカヤロ。俺、体力的にも精神的にも、年齢的な衰えって、まったく感じたことないよ。羅漢だってそうだろ。でなきゃ、若いヤツら束ねて小さい会社を、それも老人には無縁のＩＴ企業の社長になろうと思わんだろうよ」

そう言われて、何かで読んだ記事を思い出していた。

国連が六十五歳以上を「高齢者」と定めたのは、半世紀以上も前だという。当時、日本人の平均寿命は六十五歳。今、男も女も九十代まで元気な人はいくらでもいる。六十五歳から「高齢者」であるはずがない。

二宮が苦笑まじりに言った。

「俺、孫の成長と幸せばかりを願うヤツらには近寄らないようにしてるんだ。ジイさんバアさんの生き方って、伝染《うつ》るから。伝染ったら、リングに立つ気力が失せる」

この間会って以来昨日まで、ずっと二宮が連絡して来なかったのは、俺のジイさんぶりが伝染ると思ったのではないか。

社長になって三ヵ月が過ぎ、あらゆることが順調に動いていた。ミャンマーの仕事も進み、ベトナム、台湾の話も煮つめている。高橋を管理部門の副社長にし、新たに鶴巻を技術部門の副社長にして、新体制をスタートさせた。これもうまく回っている。

当初、四人の取締役は総入れかえしようかと考えた。だが、その荒療治よりも、ここまでやって来た彼らを信じるとする方が、効果があるように思った。ろくに知りもしないうちに人事をいじるのは、得策ではないとカンのようなものが働いたのだ。

その副社長の鶴巻が、社長室に入って来た。

書類を広げ、

「前から考えていたことなんですが、卓越したエンジニアの年俸は、社長の二倍から三倍でもいいんじゃないですか」

俺もいつだったかの新聞で、大手のヤフーは優秀なエンジニアには年俸一億を出していると読んだ。むろん、社長の年俸より上だ。

普通はありえないことで、「若い業界というのはこういう発想をするのか」と驚いたので、よく覚えている。

「社長、たとえば高田《たかだ》君の仕事を見て下さい。今に必ず他社に引き抜かれますよ。遠藤《えんどう》君も心配です。仕事と才能をどうやって評価するかといったら、報酬ですよ。もう汗や涙や愛社精神でつなぎ止める時代じゃない」

「その通りだな」

「他にも、企業改革の案をまとめて参りましたので、改めて十分な時間をとって、経営会議を招集して頂きたいと思います」

俺は即座に言った。

「わかった。大手と同じようにはまだできないが、まず、その案を読む。幹部にもすぐ読ませといて。会議は来週やる」

「ありがとうございます」

こういう会社を望んでいたのだ。風通しがよく、驚くような案でも俎上《そじょう》にのせ、まずは議論しあう。

わずか三ヵ月だが、確かに雰囲気が変わってきたのではないか。鶴巻を副社長に加えたのは、いいカンフル剤になっている。社長業の面白さを感じ、俺は武者震いする思いだった。

夕方、ネットショッピングの取引き先役員の結婚式に出るため、高輪《たかなわ》のホテルに向かった。

クラウンの座席に身を沈め、大手町を出た時のことだ。歩道を歩いている男に目が止まった。「街の英雄たち」の事務局にいた彼だ。「申し上げにくいんですが」と言った彼だ。

信号が赤に変わり、止まったクラウンの横を彼は歩いて行く。

梅雨の晴れ間とはいえ、どんよりした中を、痩せた猫背で行く。その姿は妙にみすぼらしく見えた。

窓を開けて声をかける時間はあった。だが、しなかった。

その気になれば社長の名刺を出して、「小さい会社ですが、大手町で近くですから、ぜひ一度お立ち寄り下さい。大学院に行くのは、致し方なく延期です」と笑ってみせることもできた。

若い社員たちが、そして小さな会社が経営改革に燃えている。とてつもない案や新機軸が、毎日のように俎上にのせられている。そのときめきは、過去のちっぽけな恨みつらみを恥だと思わせた。

クラウンはまた走り出した。心の中で、「鈴木、俺は若返ったよ。ゴールドツリーが俺を変えたよ。昔の俺は恥ずかしいよ」とつぶやくと、浮かんだ彼の笑顔が大きくなった気がした。

結婚式には取引先の幹部らも多く、華々しい披露宴だった。お開きの後、彼らとホテルのバーで飲み直し、帰宅したのは二十二時を回っていた。

千草は「遅くなる」というメールの通り、まだ帰っていなかったが、今の俺は女房の一挙一動などまったく気にならない。

着がえてテレビをつけると、携帯電話が鳴った。千草だろうと表示を見て、驚いた。

久里だった。出ると、

「大変ご無沙汰しておりましたのに、突然すみません。私、今……ちょっとつらくて……」

甘えたような、おもねるような口調だった。

俺が何か訊く前に、ハッキリと言った。

「明日の土曜日、お会いできないでしょうか。私は日曜日も休めますので、日曜日でも構いません。田代さんのご都合に合わせますので、会って頂けませんか」

「どうしました？」

「私にとってはつらいことがあって……ずっと泣いていましたら、田代さんのお顔が浮かんできて……。聞いて頂けたら、きっと楽になるって。勝手なことを言ってすみません……」

俺は賭《か》けに出た。

「日曜の午後、熱海《あたみ》の『ホテル銀波《ぎんぱ》』で会議がありましてね。僕は土曜からずっと、そのホテルで缶詰めになって仕事をしてるんです。土曜の夜遅くに熱海まで来られますか。一泊しないと無理な時間ですが」

会議どころか、熱海に行く用など何もない。

久里は信じきって答えた。

「行きます。泊まれます」

電話を切るなり、ホテル銀波に予約を入れた。海が一望できるいいホテルだ。

久里などどうでもよかったはずなのに、電話を切った後で体が熱くなった。

第八章

ホテル銀波には久しぶりに来たが、やはりいい。相模《さがみ》湾を一望できる高台に建ち、ヨーロッパの古いホテルのような、小さくて格式のある名門だ。

現役時代には会合やゴルフなどでよく使ったが、定年後は思い出すこともない無縁のホテルになっていた。

俺はいつも利用していた部屋より、二ランク上をおさえた。

ダブルがよかったが、ツインにした。久里が部屋に入って来た時、ダブルではあまりに下心が見えすぎる。

広いテラスに出てみた。ガーデンテーブルと椅子が置かれ、ここならルームサービスで海を見ながらワインを飲んだり、食事を楽しんだりできる。

久里が到着する頃には日が落ちているが、今は銀波が輝いている。その向こうに初島《はつしま》も見える。

この時間の風景の中で、久里とワインを飲みたかったと思うものの、それでは帰ることができる。わざわざ夜に来るように言った意味がない。

最終の新幹線こだまは、二十二時二十八分に熱海を出て東京に向かう。これに間に合わないよう、来る時刻を決めたのだ。何という下心か。

テラスから部屋に戻り、パソコンを開いた。鶴巻が提案した件や、事業計画の見直し、ミャンマーに出張中の小山への指示等々、やることは山積している。

だが、まったく集中できない。

もうじき、この部屋に久里が来る。そして泊まる。それを思うと、他のことが頭に入らない。まるで少年のようだと自嘲《じちよう》しつつ、浮き足立つ。

彼女はフロントから電話をかけてくるだろう。部屋に上がってくるよう伝え、入って来たら、最初にどうすればいいのか。ベッドに押し倒すのは後だ。

まずは紳士らしく、ルームサービスのシャンパンでも開けて、「何があったか知らないけど、話してごらん」と言うか。

キザなセリフだが、今の彼女の心境にはピッタリだろう。泣きながら入ってくるかもしれないのだ。

夕食もルームサービスにしよう。この部屋に二人きりでいる方がいい。

だが、そこからベッドにはどう進めばいいのだろう。「シャワー、浴びておいで」とでも言うのか。ああ、かつては人並みに色々とあった俺だというのに、何だってこんなに段取りに迷っているのか。

久里にしてもその気がないなら来ないだろう。こっちは明からさまな誘いをして、彼女はそれにのっているのだ。

テラスの向こう、海は刻々と暮色を深めている。深いオレンジ色の夕焼け雲が、少しずつ黒くなり、杏色《あんず》になって最後の輝きを見せている。

すぐに夜だ。久里が来る。

俺は大きく深呼吸し、パソコンに向かった。

こんな妄想ばかりの自分が、恥ずかしい。だが、一糸まとわぬ雪肌の久里を抱くことを考えれば、誰が冷静に事業計画の見直しなどできるものか。

ベッドサイドの時計が、七時半になろうとしていた。少し遅い。ふと不安になった。

振り払うように洗面所で髪を整え、歯を磨き、コロンを吹きつけた。

電話が鳴った。

「浜田久里様がお見えです」

フロントが言う。

ちゃんと来た。心臓が口から飛び出しそうだ。何と純情なことか。

「部屋に来るように伝えて」

と言うなり、久里が出た。

「浜田です。夕食まだだろうと思いまして、ロビー階の『初島』に予約を入れてあります」

「え……」

「お食事、まだですよね？」

「あ、うん」

「じゃ、店内でお待ちしてますね」

電話は切れた。

予想外の展開に、対応できない俺がいる。

半ば呆然と「初島」へ行った。何度も来ているが、新鮮な魚がうまい和食店だ。

俺の姿を見るなり、久里は満面の笑みで立ち上がった。

昨日、涙声で「会いたい。泊まれる」と言った女とは思えない。泣きながら俺の部屋に入ってくるのではなかったのか。

「田代さん、私のためにお時間を取って下さって、本当に申し訳ありません。昨日はつい、取り乱してしまって」

「いやいや」

「私にせめてごちそうさせて頂きたいと思いまして」

「いやいや」

情けない。俺の妄想と違ってしまい、「いやいや」しか言えない。

しばらくは熱海の名所の話や、海の話などをしたが、そんなことはどうでもいい。

「何があって、取り乱したの?」

さすがに久里は目を伏せた。

今迄の明るさは、無理にとってつけていたのではないか。そう思わせる表情だった。

「私と一緒に童話講座を受けていて、すごく親しい友人が二人いるんです。一人はあの渋谷教室の経理の子で、もう一人は主婦です。私たちは講座で知りあって、励ましあいながらやって来ました。三人とも同年代ですが、誰一人として芽が出ません」

久里はうつむいた。今にも涙ぐみそうだ。いいぞ！と思った。

俺は優しく言った。

「芽が出る方が奇蹟でしょう。音楽でも絵でも演劇でも何でも、芽は出ないのが普通ですよ」

久里は小さくうなずき、黙った。

そして目を上げた。うるんでいる。

「主婦の友達に突然、思いもかけぬ芽が出たんです。新人の登竜門とされる大きなコンクールで大賞を取りました。一流出版社が主催していて、私も経理の子も応募していたんです。二人とも二次で落とされました」

「そう……」

「彼女が大賞だと知って、私と経理の子はものすごいショックで。大賞を取ると、その出版社から本になって出るんです。その上、彼女はすぐに児童雑誌の読み切りも決まって……」

生きていれば、こういうことはある。

俺だって同期の西本に出し抜かれた。俺の方が優秀だと思っていたのにだ。世の中は、個人の能力だけで芽が出たり、渡って行けたりするところではない。

「その彼女は、忙しくなるからもう講座には来ないって言って、私たちにスカーフをプレゼントして、嬉しそうにやめていきました」

久里と経理の子は、そのスカーフを駅のトイレのゴミ箱に放り込み、ヤケ酒を飲んだという。

「あんなレベルで大賞よ、今に彼女は消えるわよ、才能ないもんって言って。残された二人で励ましあって。ショックだったけど立ち直ってがんばろうねって……」

もはや、ここに来た時の明るさ、元気はなかった。

食事も進んでいない。

「そしたら昨日……経理の子に芽が出たんです」

久里はバッグから、新聞の切り抜きを取り出し、俺の前に広げた。それは日々新報の文化面で、かなり大きな囲み記事だった。見出しに、

「ぜひ、久保井《くぼい》さんに書いてほしい」

とあり、有名サッカー選手の小出徹《こいでとおる》と並ぶ女性の写真が出ていた。

「久保井さんというのが、経理の子です。写真の人です。小出選手の人生を児童書にするコンクールで最優秀賞です……」

記事によると、幼い時に両親を亡くした小出選手の不屈魂を、児童書にするのだという。小出の「新しい才能を発掘してほしい」という希望によるコンクールだった。最終選考に加わった彼は、他の選考委員と共に「文句なしに久保井さん」を選んだとあった。

「私はこれには応募してなかったんですがショックでした。続けて二人とも、

こんなに大きな賞に……とても祝う気にはなれないし、私と特に差はないのに、どうしてと思って。二人とも……交通事故にでも遭えばいいと……」

言いかけて、久里は黙った。

俺は日本酒を口に運び、静かに言った。

「たかがそんなことで『交通事故にでも遭え』なんてと、叱る人もいるだろうけど、自然な気持だよ。俺だって会社でそう思ったことあるものな、実際」

他人の成功を、素直に喜べる人間は稀《まれ》だ。

道子が言っていたことがある。

「私の結婚が決まったら、私を避けるようになった友達が二人いるの。悲しくなっちゃう」

そう言う道子は、全然悲しそうではなかった。

そして、つけ加えた言葉をよく覚えている。

「私がビジュアルもいいエリートと、急に決まっちゃったからくやしいのよね」

道子のこの気持も、避けるようになった友人たちの気持も、久里の嫉妬も人として当たり前だ。

「久里さんの気持は当然だけど、もう二人のことを考えるのはやめて、これからどうするかを考える方がいい」

チラと時計を見ると、九時を回っていた。

「俺、もう児童文学は諦めるという手もあると思うけど」

久里は驚いたように俺を見て、やがて涙をこぼし始めた。

考えてみれば、俺が再雇用を断って六十三でスパッと退職したのは、諦めたのだ。

定年の時、仕事ではまだ誰よりも能力があると確信していたし、このまま働きたかった。

だが、雇用延長の場合、どんな仕事をさせられるかわからない。どんな業界であれ、友人たちの大半は、それまでの地位やキャリアからは考えられないような、本人にしてみれば「屈辱」とも言えるセクションに回されていた。そこで若い人たちの冷淡な目を感じながら、働くのだ。幾ばくかの給料をもらって。

俺はそれを「仕事」とは言わない。

それは、俺には「施し」であり、そこに身を置く気はない。

だが、これが現実だった。

だから、仕事を諦めた。十分役に立つ能力があるのにだ。

無理に諦めたから、成仏できず苦しんだ。

だが、こうして突然社長になるなど、思ってもみない展開もあるのだ。久里にしても、先々はわからない。

「上のバーに行こう。この明るい店で泣かれると、俺も困る」

冗談めかして、下心を隠した。

ロビー階の「初島」から二人で客室階に上るより、上のバーから客室階に降りる方が自然だ。

久里のショックなど、俺にしてみれば「たかが」のことであり、泣いたり吠えたりするほどのことではない。だが、若い時はこういうものだ。

バーは最上階にあり、オーク材の大きなカウンター席の前は海。スポットライトに照らされたボックス席は、隣席との間が大きく取られている。

ボックス席を選んだ。

久里は赤ワインには手をつけず、言った。

「どうして諦めろって言うんですか。才能がないからですか」

俺に、いたぶりたい気持があった。もっと泣かしてやれと。その後でベッドだ。

「ハッキリ言うと、そうだ」

久里は涙をためた目で、俺をにらんだ。

「もう十年近くも童話を学んで、さんざんコンクールにも出し続けて、一度も通らない。これは才能がないということだ。友人は二人とも芽が出た。今が、引くにはいい潮時だと思うね」

久里はしゃくりあげ始めた。

「言っとくけど、君の人格を否定してるんじゃないよ。童話というジャンルに関しては、その資質がないと思う。それだけのことだ。もう十年、そろそろいいんじゃないの」

久里は赤い鼻をして、俺を見た。

抱きしめたい衝動をこらえた。

「諦めると、これまでやった十年が全部無駄になります。この十年に費した時間もお金も全部。色んなことを我慢して、夢が叶う日だけを信じてやってきたのに、あれは単なる無駄だったなんて、絶対にイヤです」

「四十にもなって、久里さんは青いね。夢を叶えるには運やツキもある。だけど何より才能がなければ、何十年やっても夢は叶わない。今、諦めれば十年の無駄ですむ。諦めなければ、一生を無駄にすることもある」

久里はうつむき、動かない。

肩をふるわせ、涙が膝にしみを作っている。

「世間ではすぐに『ネバーギブアップ』と言うけれど、『ネバーギブアップ』に価値を見過ぎだよ。僕は『散り際千金』の方に、ずっと価値を見るね」

久里は意味がわからなかったらしく、濡れた顔を上げた。俺は諭《さと》すように、ゆっくりと言った。

「人間は散り際、つまり諦め時が大切だってこと。いいタイミングでサッと諦めれば、人生において千両の金の価値があるってこと。やみくもなネバーギブアップは、時に生き恥をさらすこともある。それより、散り際を見極めよという教えだ」

「……私、まだ散り際とは思っていません」

「なら、聞くけど、二人の友人は童話を学んで何年？」

久里は小さな声で答えた。

「主婦は二年……経理の子は……一年」

「だろうな。いや、苦節何十年で大輪《たいりん》の花が咲くというケースもあるよ、世の中には。だけど、伸びる人の多くはダーッと駈けあがるんだ。久里さんはもう十年だよ」

「私を……バカにしてるんですか」

涙で化粧のはげた顔は、妙に淫らだった。

「……してるかもしれないな。せっかくの人生をこうやってつぶすんだから」

「……人生が終わる時、私、後悔したくないんです。やるだけやって失敗したなら、後悔しませんから」

「みんな必ずそう言うよね。『後悔したくない』というのは、撤退しない言いわけとしては最高だものな。なら、やってみることだ。期限を区切らずに、成仏するまで」

自分のことを考えた。成仏していなくて社長業を引き受けた。それは確かだ。

「だけどね」

と、俺は言った。

「成仏するためには、成功することが必要なんだ。成功して終わりを迎えて初めて、成仏できる。うまく行かないまま、十五年、二十年と続けても成仏できないよ」

もしも俺が、役員なり頭取なりに昇っていたなら、辞めた時に「やりきった感」はあっただろう。

成功せずに終えた情けなさが、成仏させてくれなかったのだ。

「最後は久里さんが決めることだ。ただ、有名なボクシングジムの会長がね、言ってたよ。縄飛びするところを見ただけで、ボクサーとして才能があるかどうかわかるって。スパーリングをやればさらにわかるそうだ。この子は幾らやっても、上には行けないなと思った時、そのジムの会長がどうするか、わかる?」

久里は小さく首を振った。

「二年間だけ、思いっきり練習させ、指導するそうだ。その二年で素質のない子も納得するし、化ける子もゼロではないからね。でもほとんどはダメらしい。それで二年たったら、ボクシングをやめるように言う。あるいは趣味でやるように言う」

二宮の受け売りだった。

「その会長は言ったよ。『これからの人生の方が長いから、いつまでも無駄なことをさせておけない。やめさせるのが愛情だから』って」

久里はうつむきながら、大きく息を吸った。

「久里さんにこんなことを言うのは、僕の愛情」

そう言い切って、俺も黙った。

この「愛情」には、ジム会長のそれとは別のニュアンスがこめられているが、気づかぬはずはあるまい。小娘ではないのだ。

重い沈黙が続いた。

久里は涙を流し続けて動かず、俺はグラスを傾ける。

男と女が二人でいて、女が泣いているシーンというのは、誰が見ても興味をそそられるものだ。その時の男の態度にもだ。慰めたり、機嫌を取るように肩に触れたり、そういう類《たぐい》はみっともない。放っておくのが一番カッコいい。

俺はチラと時計を見た。十時三十分を過ぎていた。

もとよりそのつもりだったとはいえ、久里は泊まるしかない。

気を落ちつかせるかのように、バーテンダーに向かい、カラのグラスをあげ、

「同じのを」

と言った。

その時、突然、久里も、

「私も」

とグラスをあげた。もう泣いてはいなかった。

「田代さん、本当にありがとうございました。私、田代さんと会えてよかっ

た。本当によかったです」

懸命に明るく笑顔を作ろうとしている感じではあったが、声は先ほどのように暗くはなかった。

「私、励ましてくれることを期待して来たんです。ネバーギブアップだよ、夢は追い続ければ必ず叶うよ、友達がどうしたからって君はまた頑張ればいいんだ、若いんだから……って。でも、田代さんは全然違いました。散り際千金、何年やってるのって……」

おかわりが運ばれてきて、久里は乾盃のようにグラスを上げた。決して吹っ切れた様子ではなく、ぎこちない笑顔だった。

俺もグラスを上げた。

「私、今は未練タラタラですけど、少しずつ新しい方向へ行くべきなんですね。そう思わせてくれた田代さんに感謝しています」

「そうか。ならよかった。ちょっときついこと言っちゃったけど」

久里は笑顔で首を振り、時計を見た。

「ワ！　こんな時間」

「泊まれるんだろ」

「はい」

「じゃ、そろそろ行こう」

「はい」

俺がテーブルで会計をすませると、久里は一緒に立ち上がった。

そして、バーの外に出ると俺を見つめた。

「ありがとうございました。近いうちに、東京でお礼をさせて下さい。たいしたことはできませんが、結局、今日の食事もバーもごちそうになってしまって」

その後で、言った。

「まだタクシーありますよね」

耳を疑った。タクシーで東京まで帰るというのか。

声もない俺に、久里はバッグからホテルのカードキイを出した。

「まさか、東京までじゃありませんよ。熱海駅前のビジネスホテル」

「ここに泊まるんじゃないのか」

「こんな高級ホテル、泊まれませんよォ」

もう抑え切れなかった。

「ちょっと待てよ。俺の部屋にだよ。男に『泊まれるか』って訊かれたら、男の部屋にだということくらい、十分にわかるだろう。小学生じゃないんだ」

久里は答えない。十分にわかっているのだ。

六十五にもなろうという男が、ここで騒げば騒ぐほどみっともない。みじめだ。だが、この辱《はずか》しめは許せなかった。

夜遅いことが幸いし、バーの前を通る人は誰もいない。

久里は真正面から俺を見て、言った。

「電話でお話しした昨夜は、田代さんのお部屋に泊まる気で『泊まれます』と答えました。友達二人が世に出たことが、あまりにもショックでショックで、どうなってもいいと思ったんです」

ずいぶんと失礼な言い方だが、本人はまったく気づいていない。

「だけど、一日たって、少し冷静になりました。泊まっていいのかって。熱海に向かう列車の中で、ずっと考えて考えて、泊まってはいけないと思いました」

お笑いだ。俺がベッドでの妄想をどんどんふくらませている時、久里はどんどん冷静になっていったのだ。お笑いだ。

「私は田代さんが大好きで、私のような者でもよければ、できることならずっとずっと親しくして頂ければと、心から願っています」

こんなニュアンスで「大好き」だのと言われて、喜ぶ男がどこにいる。

「もし、私が田代さんのお部屋に泊まれば、あとは別れるか、愛人になるか、結婚するかしかありません。男と女になれば、十年も二十年ももつ関係が、半年や一年で終わります」

一理ある。

だが、何もないままメシだけ食わせて、相談に乗って、力になる関係を、この若い女と続ける気はまったくなかった。

「久里さん、よくわかった。タクシーはフロントで呼んでもらいなさい」

「ありがとうございます。東京でご連絡させて頂きます」

「いや、これで終わり」

「え……」

「僕はね、異性間のいい関係を持続させるには、対等であることが必須だと思っている。若いあなたと、対等な関係を築くことは無理だ。オジサンとしては、つい恋愛関係になることを考えてしまって、これは僕の間違いだった。ごめんね」

久里は突っ立っている。

「元気で。今まで楽しかったよ」

俺はエレベーターに乗り、笑顔で手を上げた。

突っ立っている久里の前で、ドアが閉まった。

部屋に戻り、ベッドに倒れこんだ。

「お笑いだな」

口に出して言った。

まったく、俺のどこが「散り際千金」なのだか。仕事にしても女にしても、成仏できずに恥かきばかりだ。

だが、仕事に関してはみなに請《こ》われて、社長になった。俺はまだ「終わった人」ではなかったのだ。

女に関しても、そういう自分を確認したかったのかもしれない。若い女とつきあい、泊まり、仕事だけではなく、男としても「終わった人」ではないのだと。

目の上に広がる天井は、さすが格式のあるホテルで、しみひとつない。クロスは淡いベージュに白い幾何学模様が連続している。俺はその連続模様を目で追っている。次々に連らなり、からみあい、終わりがない。

年齢と共に、それまで当たり前に持っていたものが失われて行く。世の常だ。親、伴侶、友人知人、仕事、体力、運動能力、記憶力、性欲、食欲、出世欲、そして男として女としてのアピール力……。

男や女の魅力は年齢ではないと言うし、年齢にこだわる日本は成熟していないとも言う。だが、「男盛り」「女盛り」という言葉があるように、人間には盛りがある。

それを過ぎれば、あとは当たり前に持っていたものが次々に失われていく。そんな年齢には、他世代へのアピール力はなかろう。とはいえ、そんな年齢に入ったと思いたくない。だから懸命に埋めようとする。まだまだ若いのだ、まだまだ盛りだ、まだまだ、まだまだ……。

六十代は空腹なのだ。失ったものを取り戻し、腹に入れたい。まさに俺がそうではないか。

これが「後期高齢者」とされる年代になれば、空腹は感じなくなるのかもしれない。失ったものの方が多く、喪失感と諦めの度合いは大きく、そうなった自分と折り合いをつけて生きようと、腹もくくれるだろう。

だが、六十代は空腹が許せない。理不尽だ。まだまだなのだ。まだまだ、まだまだ終わってはいないのだ。

久里を思った。

積極的にセックスしたいわけではなかった。だが、そういう局面になることを望んでいた。

バーの前で怒り心頭に発したのは、男として見られていなかったことへの恥辱だったかもしれない。

もういい。すんだことだ。

天井クロスの連続模様を辿《たど》っているうちに、着衣のまま眠りこんでいた。

澄み切った秋空が広がる十月になった。

社長を引きうけて半年、何の問題もなくうまく回っている。空腹な六十代だが、いい仕事につき、順調に回っているということだけでよしとすべきだろう。

久里とは当然あれっきりだ。向こうからもメール一本ない。

今になると、やはり久里がいてくれた日々は張りがあったと思う。こっちを向かせたいとか、俺をどう思っているのかとか、旅に誘おうとか、心が躍った。

どうしているのか。

単なるメシ付き一般オヤジでいいから、また誘ってみるかと何度も思ったが、やめた。「これで終わり」だの「対等な関係」だのと言っておいて、どのツラ下げて誘うのだ。

それに、単なるメシ付き一般オヤジでは、空腹が満たされない。それは「終わった人」のやることだ。

だが、他の女との恋の兆《きざ》しもまったくなく、小説のようにはいかないものだと思わされるばかりだった。

帰宅の車からふと見ると、大きな月が出ている。満月に見える。

子供の頃、お袋は「月見だから」と、十五夜や十三夜にはどんな料理の上にも卵を落としていた。

妹の美雪が小学校一年か二年かという時、

「お汁粉には卵落とさないで」

と食ってかかったが、お袋は、

「日本人づのは四季を大事《でいじ》にするのす」

と、逆に説教を垂れていた。

お袋、元気だろうか。

九月の十三夜の頃には、よくひっつみ汁を作ってくれたものだ。南部小麦の粉を練ってひっつみにし、南部かしわ、シメジ、椎茸《しいたけ》など地元のキノコをふんだんに入れ、ゴボウやネギなど旬の野菜をたっぷり。鰹《かつお》だしで醬油《しょうゆ》の味つけだ。

お袋は長芋《ながいも》の漬物も上手だった。

俺は急に思い立ち、運転手に東銀座に回ってくれと伝えた。大きな月を見たら、急にお袋のひっつみ汁が懐しくなったのだ。

歌舞伎座のはす向かいにある「いわて銀河プラザ」に寄ろう。ここは岩手県のアンテナショップで、岩手県産の食品は何でも手に入る。南部小麦や南部かしわなど故郷の味にこだわって、今夜は俺が作ろう。

定年になって暇をもて余している頃、見たくもない映画で時間をつぶしていた。映画館は、ほとんど新宿だった。銀座や有楽町だと、銀行時代の知りあいと会いそうで避けていた。

だが、ある時に試写会のチケットが当たり、東銀座の松竹に行ったことがあった。試写終了後、ブラブラと歩いていて見つけたのが、「いわて銀河プラザ」だった。

あの時、懐しくて入ってみると、岩手県産の食料品や民芸品や、子供の頃から親しんでいたものであふれていた。確か俺は「雑穀パン」と「小岩井《こいわい》農場のチーズ」を買ったはずだ。

今日の俺は、岩手の地酒と、ひっつみ汁の材料を買いこんだ。

玄関に入ると、トシが出て来た。

「お邪魔してます」

「オオ、いいところに来てた。今日は俺がうまい汁物を作ってやるから」

「へえ。仕事を持つと台所に立つんだ」

「うるさい。台所が仕事ってのがイヤなんだよ、俺は」

トシの言う通り、仕事というバックボーンがあるから料理も作れる。

大見得を切って台所に立ったはいいが、俺はひっつみ汁など作ったこともないと気づいた。

あわてて盛岡のお袋に電話をかけ、作り方をメモした。

ボウルに小麦粉を入れて、耳たぶくらいの固さにこねるのか。だしは鰹のパックでいいと。

何だ、わけないなと思っていた時、俺は思わず電話口で叫んだ。

「えーッ!? 一時間も？ 腹減って無理だよ」

その声に驚き、心配気に千草とトシがうかがっている。

俺がお袋に、

「わかった、しょうがない」

と言うと、のどかに、

「ひっつみ汁だば簡単だもの、お前《め》でも失敗はねがんす」

と返し、電話を切った。

千草とトシに、

「こねた生地《きじ》を濡れ布巾に包んで、最低でも一時間寝かすんだってよ」

ぼやくと、二人は「飲んでるからいい」と、これものどかに言う。

俺はメモの通りに、一人で作り始めた。

生地を寝かせている間に、野菜を切ったり、スープを作ったりする。料理そのものも面白いが、故郷が台所に来ている感じが嬉しい。お袋の盛岡弁まで聞いたから、なおさらだ。

心の中で「故郷はいい。方言はいい」と、妙にご機嫌になりながら、「お前でも失敗はねがんす」というひっつみ汁を作っていく。

一時間半後、いい匂いと湯気を上げる土鍋を、リビングに運んだ。

「オーッ！」

「おいしそう！　すごいじゃない」

マンションの窓からは月がよく見えなかったが、三人で岩手の地酒をあける。

ああ、酒とひっつみ汁が体にしみ渡る。

ああ、故郷がある者は幸せだ。

久里はやはり秋田のキリタンポに同じ思いを持つのだろうか。

まだフッと久里が浮かぶ。情けない。

手酌でやろうと酒に手を伸ばした時、千草が制した。

「酔っ払う前に、あなたとトシに話があるの」

そして、座り直した。

「私、来年の八月をめどに独立する」

「独立!?」

「うん」

思ってもみないことで、俺は慌てた。

トシもグラスを持つ手が止まっている。

「独立って、お前の美容院を作るってことか」

「作るってオーバーよ。十坪ほどの小さなスペースを借りて、一人でやるだけ」

「目黒のサロンは」

「年明けに独立のこと話して、五月で辞めるつもり。サロンもそのくらい前もって言われれば、後の準備もできるし。もっとも、私が辞めたところで困らないだろうけど」

来年、千草は六十歳だ。

何も還暦で独立しなくても、と思うのは普通だろう。客が来るかどうかもわからないのに、場所を借りて設備費を投じて開業する気か。

そう言いかけて、言葉を飲みこんだ。

ゴールドツリーの社長を引き受けた時、俺の心の中には間違いなく、「社長になってみたい」

になって会社を引っぱってみたい。サラリーマンは一度は社長になってみたいものだ」という気持があった。

千草にしても、同じなのだろう。

「お前、資金は」

「設備費や内装費で、最低一千万」

トシがうなった。

「そんなに！」

「うん。金融公庫と、私名義の預貯金と、この人の退職金から少し」

「それでできるなら俺は構わないけど、うまくいくものかね」

「私の年齢を生かすサロンにするつもり。世の中、若者は減ってるけど高齢者は増えてるでしょ。住宅地の中で開業して、昔のパーマ屋さんみたいに気楽におばあちゃんやオバサンに来てもらうの。ターゲットはそこよ。おばあちゃんが連れてくる幼い孫とか」

「それで一千万の元手がとれるのか」

「私の生き甲斐料としても考えると、十分に元手はとれる」

黙るしかなかった。「生き甲斐」は大きい。

「食事の後で、細かいお金のことや私の戦略を説明する。それでね、トシ」

「ん？」

「店のロゴとかパンフレットとか看板とか、そういうデザイン頼むね。タダで」

俺は呆れたが、千草はケロッとしたものだ。

トシもケロッと答える。

「いいよ。今迄さんざん世話になってるし、何でもやるよ、タダで。それと、内装やインテリアデザイナー、色々知ってるからタダはダメだけど、協力させようか」

「ホント!?　助かるゥ。店の場所もこれから探すんだけど、車で案内も頼むね」

「いいよ。俺の友達に不動産屋もいるよ。一緒に行ってみる？」

「オー！　行く行く。助かるわァ」

俺は自分は好きなようにやっていながら、千草の独立には決して大賛成ではなかった。

だが、本人はもうすっかりその気なのだ。反対したところで、やるだろう。

「千草、お前が四十三で突然、美容師の学校に入った時、俺は『ああ、奥様の手慰みか』と思ったよ。それが独立までなァ」

「私、最初から独立する気だった。美容学校に入ろうとしたのは、自分の技術《うで》で一人で生きていけると思ったから」

千草はひっつみ鍋をあたため直しながら、言った。

「私が学校に入ろうって決めたのは、あなたが四十九の時よ。役員の目が消えて子会社に行くよう言われた時。私ね、あの時にやっと気づいたの。他人に使われて生きていくのはイヤだって」

そうだったか。俺から学んだか。

しかし、俺が今、仕事を持っていなかったら、この言葉には傷ついただろう。

「あなたほど優秀で、力も人望もある人が、何かの巡り合わせでレールを外れる。いや、外されるのね。冗談じゃないわ、他人に自分の人生を左右されるなんて。私は技術を身につけて、他人には使われるもんかって」

トシは苦笑した。

「そりゃご立派だけどさ、世間知らずのお嬢のやることが、今回はたまたまうまくいったレアケースだよ。普通、四十代で美容学校に行くことも、六十を前に独立しようなんて向こう見ずも、やらないよ。金銭的にも壮さんがいたから、学校にも通えたし、いい暮らしもできた」

「そりゃそうだわ。でも私、この人がいつでも辞表を叩き付けられるよう、絶対に独立してやろうと思ってたわよ」

「壮さんを食わすってか」

「そ」

「まったく、お嬢の強みだ。な、壮さん」

俺はウフフと笑い、胸の奥のちょっと熱いものを酒で流しこんだ。

千草には、好きなようにさせるしかあるまい。とりあえず、俺たちは人並以上の暮らしができる。一千万かけた店が、たとえうまくいかなかったにせよ、暮らせる。

千草も空腹なバアサンにならぬよう、臆せず思ったように動けばいいのだ。

そう、そういうことだ……。

独立を宣言して以来、千草はますます生き生きして見えた。以前から仕事に燃えていたが、一国一城の主になるのだから、高揚感も緊張感も格別なのだ。よくわかる。

もしも俺が毎日ヒマで、ジムとカルチャーの往復だったなら、とても女房の生き生きぶりは見ていられなかっただろう。

ふと亡くなった親父を思い出した。

親父は「倅は俺を越えた」と自慢し、周囲も口々に「たいした息子さんだ」と羨ましがった。彼らは決して口先だけではなく、嫉妬まじりの言葉もあり、それが親父を喜ばせていた。

だが、親父本人は決して恵まれた人生ではなかった。

幼い頃から優秀で、最後は英文学の大学教授にはなったが、日の当たる場所にいたことはない。

同僚や後輩がどんどん留学していく中で、その機会にも恵まれなかった。論文は出していたが、教授になったのも遅く、学会で評議員や理事になることもなかった。

そして、終生一度も、結婚式の仲人をやったことがない。同僚や後輩が何度も仲人を頼まれる中、ついに一度もなかった。

それが親父の人望のなさなのか、あるいは日陰にいる人だから得にならないと思われたのか、俺にはわからない。たぶん、両方なのだろう。

俺がエリートコースを歩み、役員の呼び声が高かった頃に死んでくれたのは、つくづくよかった。

周囲から息子をほめられ、妬《ねた》まれ、お袋は、

「父さんは何《な》ってもいいこと無《ね》がったっとも、壮介が仇取《かたき》ってけで、幸せな人生す」

とよく言っていた。

息子が仇を取ってくれたことは間違いなく嬉しく、誇らしかっただろう。しかし、それは息子の幸せが、自分にとっても幸せを感じさせるだけで、親父自身の人生のみじめさが消えるわけではない。

親父の人生は、決して幸せではなかったと思う。

俺が今、生き生きと張り切る千草を、好きにやらせようと思えるのは、自分自身が幸せだからだ。家族の幸せを喜ぶ幸せではなく、俺自身の人生が幸せだからだ。

久々にジムに出かけた。すると、いつものメンバーから二人欠けていた。

「ハルさんはご主人の認知症がひどくなって、介護でやめたの。伊藤《いとう》さんは奥さんが亡くなって、お嬢さん一家と暮らすんだって。北海道に行っちゃった」

そう言うババも、隣りでうなずくジジたちも、しばらく会わないうちに老けたように思えた。

ジジの一人は、

「淋しいよな。鈴木さん、ハルさん、伊藤さんと次々いなくなっちまって。いつまでもみんなでワイワイやれると思いこんでたよ、俺。ずっとな」

「な。変わっちまうんだよな。いつまでも同じじってないんだよな」

残ったメンバーだけで、帰りにランチで一杯やろうと誘いたくなるほど、誰も元気がなかった。

ところが、誘う前に三々五々、

「じゃ、また」

とだけ言って、帰って行った。

俺は一人で筋トレに励みながら、久里を思った。

もうあれっきり、三ヵ月も会っていないし、恥をかかされた怒りと情けなさは残っている。

だが、短い一生で、関われる人がどのくらいいるというのか。

そして、その人たちはある日突然、いなくなったりする。鈴木のようにだ。ハルさんや伊藤さんのようにだ。銀行や子会社の同僚たちにしても、その多くともはやつきあいはない。

いつまでも同じではない世の中ならば、出会った人を切ることはない。互いに、短い命を生きている。すれ違っただけでも、大きな縁ではないか。

俺は、鈴木の死で思い知らされていた。死が訪れるのは、本当に順不同だ。

若い人間がいつ先に逝《い》くとも知れない。

久里に連絡を取ってみよう。「元気か、どうしてる」と陽気に訊けばいいことだ。会おうとかメシ食おうとか言う必要もない。久里からそう言うなら別だが、「また電話するよ」でいい。

六十五歳、もう「前期高齢者」だ。

出会った人を切ることはない。単なるメシ友であっても、短い人生では大きな縁なのだと、俺はいつもハルさんが使っていたランニングマシーンを眺めた。

そう思いながら、久里に電話もメールもできない自分をわかっていた。

そんな程度のこと、シャラッとやればいいのに、どうも気が重い。三ヵ月ぶりに連絡したなら、どう思われるだろう。

もっとも、今までも何ヵ月か空いても、久里はどうということなく会ってくれた。嫌いではないからだろう。

だけど……と、六十男はグズグズと決心がつかなかった。バーの前での別れ方を思うと、とても連絡はできない。

何もせぬまま十一月に入った土曜日、千草が言った。

「店の色々、来春から動き出すつもりなの。だからトシにお礼がてら、打合せがてら、今夜ごはん食べに行かない？」

「お前とっくに動いてたんじゃないのか」

「八月に開店だもの、五月の退職後くらいに物件を決めて、内装すれば十分。早くから決めると八月までずっと家賃取られるし」

結婚当初は、世の中のことを何ひとつ知らないお嬢さんだった千草が、何ともしっかりしたものである。

夕方、道子も加わってイタリアンの「アルポルト」に向かった。孫たちはパパの実家で、「お泊まりの誕生日会」だという。

久々に親子三人で並んで歩いていると、花屋の店先で道子が指さした。

「これ、女の子に人気なのよね。可愛い」

黒い陶器の、小さなグランドピアノ形花びんだった。グランドピアノのふたを開けた形になっていて、そこに色とりどりの花がアレンジされ、あふれている。

「ピアノが黒いから、色んな花がすごくきれいに見えるよね。五千円は安くないけど」

次の瞬間、俺は言っていた。

「道子、欲しいなら買ってやるよ」

「ホント!? 買って買って」

俺は最初から二つ買うつもりだった。一つは久里にだ。

ピアノにあふれる生花は、もっても二、三日だろう。俺は自分に、二、三日のうちに電話をするという縛りをかけたのである。

「道子、二つ買って。会社の秘書にプレゼントだ。いつも世話をかけてるんでね」

「オー、立派な社長」

道子は笑い、千草は、

「私にも買って」

と言い出し、俺は一万五千円も出費するはめになった。

「アルポルト」に入ると、また久里を思い出した。

二人でランチをしたことがあった。ピアノの花が枯れないうちに会おう。短い人生、出会った人を切ってはならぬ。

トシと四人でうまいフルコースを食べ、フルボディのワインを飲み、千草の店の話で盛りあがった。

ああ、俺は幸せだ。

店を出るなり、トシが誘った。

「うちで飲み直そうよ。酒は色々あるし、まだ八時半だよ」

俺たちはすぐに同意した。十一月の夜風は冷たかったが、盛りあがった気持は熱く、まっすぐ帰る気になれなかった。

トシのマンションからは、けやき坂が見える。クリスマスにはイルミネーションがきれいで、独身の男が住むには最高の立地だ。なだらかな坂に沿ってブルーの電飾が輝いているのは、オヤジでもロマンチックな気持になる。

俺たちはクリスマス前の静かな坂を眺めながら、酒を飲み、塩辛やチーズを食べた。

仕事があり、家族がいる。健康で、週明けには久里とも会えるだろう。ああ、幸せだ。

その時、ドアの鍵が回される音がした。同時に、玄関から女の声がした。

「トシー。突然だけど来ちゃったァ。おいしい干物もらったのォ。泊まるから、明日の朝食べようよー！」

そう言って入って来たのは、久里だった。

第九章

瞬間、一切の音が消えた。

久里を見た瞬間、俺のまわりから一切の音が消えた。

おそらく、久里自身もそうだった。俺を見た瞬間の顔は、そうだった。

俺はすぐに態勢を立て直し、さも驚いた表情を見せた。

「どうも浜田さん。お久しぶりです」

久里が返事をする前に、トシが声をあげた。

「そうか、壮さんはジャパンカルチャーに行ってたことあったんだな。だけど、新橋教室じゃなかったっけ、啄木は」

「そうだよ。浜田さん、新橋の受付にいらしたから」

「え、そうだったのか。久里、前は新橋にいたの？」

「前？　久、いや浜田さん、今は違うんですか」

久里は脱いだコートとストールを手に、突っ立ったままだ。

「……はい。……八月から池袋《いけぶくろ》教室の企画課に……異動しました……」

ということは、俺と熱海で会ってすぐのことになる。

異動の連絡をくれるわけもないが、まったく知らないのも少し腹が立った。

トシは笑顔で久里に言った。

「壮さんとは親戚なんだよ」

「親戚……」

久里の驚きはかなりのものだったろう。トシは千草と道子を紹介した。

「で、こちらが壮さんの奥さんと、娘の道子。俺は奥さんの従弟で、若い頃からしょっちゅうメシ食わせてもらってる。久里、座れよ」

久里は困惑気味に座ったが、早くこの場から逃げたいのだろう。コートとストールを放さない。

トシは千草と道子に久里を紹介し、言った。

「俺が会ったのは二ヵ月だか三ヵ月前で、えーと、久里、九月だったっけ？

俺が池袋教室で特別講義をやったのは」

そういうことか。

久里はトシと出会って二ヵ月だか三ヵ月で、合い鍵を持ち、干物を手に「泊まるから、明日の朝食べようよー！」と言う仲になったということか。

俺とは一年もメシだけなのにだ。

千草が苦笑して、久里に話しかけた。

「まったく、従弟とはいえ申し訳ないわ。こんなきれいなお嬢さんをたぶらかして」

トシはケロッと言った。

「だろ。秋田美人なんだから」

「秋田ですか。主人は岩手なんですよ」

とっくに知っていることだ。

「浜田さん、トシは決して悪い人間ではありませんから、よろしくお願いしますね」

道子も笑って言葉をはさんだ。

「ちょっと女にもてすぎるのが欠点ですけど、優しくて、私も小さい時からよく遊んでもらいました」

久里はどうしていいかわからないのだろう。ぎこちない笑いでうなずくだけだが、トシは呑気《のんき》なものだ。

「久里、その持ってきた干物焼いてよ。酒はあっても肴《さかな》がなくてさ。明日の朝めしなら、近くでモーニングすりゃいいよ。久里も楽だろ」

トシが「久里」と呼び捨てるたびに、俺の体温が上昇する気がした。

千草が優しく制した。

「せっかくの干物だから、明日二人でおあがりなさいって。浜田さん、私たち、さんざん夕ごはんを食べてきたんですし、そろそろ失礼しますから」

久里は慌てた。

「いえ、私が突然来てしまって。家でやることがありますから、これで失礼します。突然、申し訳ありませんでした」

一刻も早く、この場を逃げたいようだった。

トシは何ら悪びれることなく、言った。

「ごめん。熱海で埋めあわせするから」

熱海だと？　熱海に行くのか。

逃げ出そうとしている久里に、俺は笑顔で訊いた。

「いいなァ、二人で熱海ですか」

「あ……いえ……はい……いえ」

シドロモドロの久里に、トシは笑った。

「何あわ食ってんの。いい年した大人が何しようが、どこ行こうが」

そして、俺たちに言った。

「熱海にホテル銀波ってあるだろ。久里、一度だけ行ったら、すごくよかったって言うんだよ。だけど、野暮用で行ったからレストランやバーだけで、部屋に入ったことなくて、一度泊まりたいって言うからさ」

青ざめてうつむいている久里を、俺は穏やかに、しかし正面から見た。

「野暮用で熱海、それも野暮用で銀波のレストランやバーってのもすごいな。それなら気に食わない相手でも義務感でも、我慢して行く方が得だな」

千草が俺を指さして、陽気に言う。

「ホントホント。銀波なら、私、夫と一緒でも我慢しちゃう」

「オイオイ」

「浜田さん、お部屋はバーよりすてきよ。テラスから海が見えるし、朝ごはんのルームサービスもおいしいの」

久里が銀波に泊まりたがっていたとはショックだった。

俺ではダメでトシならいいのか。

トシが、

「何十年前だったか、俺の出版記念パーティを、なぜだか銀波でやったんだよ。東京にホテルがいっぱいあるのに何でと思ったら、主催者がゴルフコンペやりたくて、そっちが優先でさ。俺はその時以来、行ったことないんだけど、そうか壮さんと千草ネエはよく使うのか」

と言い、俺はシャラッと答えた。

「ああ、七月にも行ったよ。俺も野暮用で」

チラと久里を見た。

久里は固まったままだ。

「浜田さん、銀波に行ったらバーやレストランだけでは、いだわしいですよ」

俺と二人でよく使った方言に、久里は目を伏せたまま立ち上がった。

そして、丁寧にお辞儀をし、

「失礼します。突然申し訳ありませんでした」

と、玄関へ行こうとした。その時、千草が呼び止めた。

「せっかくの二人の時間を、私たちが邪魔しちゃって。これお詫び」

と、あのピアノの包みを差し出した。

「これ、さっき主人が私と道子に買ってくれたの。ピアノ形の花びんとお花。すごく可愛いの」

久里は後じさりしながら、断った。

「そんな、頂けません」

「いいのよ。私が脅迫して買わせたっていうのがホントだから」

「浜田さん、女房の気持ですからもらってやって下さい」

俺が言うと、久里は受け取った。

そして、再び深々と頭を下げて礼を言うと、出て行った。

久里に渡そうと思って買った「可愛いピアノ」は、本当に秘書にやるしかなくなった。

俺は茶化すように、トシに言った。

「しかし、手が早いよなァ。あの子、いつもまじめそうに受付にいて、とても二ヵ月やそこらで男とどうにかなるタイプには見えなかったよ。さすがはトシだよ」

「いや、絵本の特別講義を一回だけやったんだよ。終わった後、スタッフ何人かと飲んでさ。彼女、その中にいたの。児童文学やりたいとかで、色々と質問されて」

道子がいたずらっぽく言った。

「それで帰れなくなっちゃって、二人で泊まっちゃった……って?」

「そういうこと」

びっくりした。

「ト、トシ、会ったその日のうちにか」

「こういうのって弾みだから」

道子はみんなの酒を作り、千草は特に驚いた風もない。

「トシは昔っからそう。叔母がよく『あの子は女で身をもち崩す』って心配してたけど、割と女を肥やしにしてるわよね」

「だろ。久里は児童文学の才能には疑問符がつく気がするけど、人としても女としても悪くないよ」

俺はさり気なく訊いた。

「結婚する気か」

「いや、俺は誰ともする気ない。久里にはそれを言ってある」

千草が鼻で笑った。

「あんなにきれいな人だもの、今に誰かと結婚してトシは捨てられるわよ」

俺とのことは誰も気づいていない。

よかった。

四人で盛りあがって飲んだものの、さっぱり酔えなかった。

トシとはその日のうちにそうなって、俺とは頑としてそうならない。

俺とトシに違うところはあるにせよ、俺はさんざん久里に尽くし、久里を想い、力になってきた。

トシは何もせず、その日のうちだ。四十年も生きてきたバツイチ女なら、どっちが自分を大切にしているかわかりそうなものだ。

その夜、帰宅したのは零時を回っていた。

千草は風呂からあがるなり寝てしまい、俺は一人でまた飲み直した。

それにしても、トシと久里か……。

こんなことがあるのかと思った。だが、ありうるとも思っていた。

俺にとっての久里は、何もないままメシだけの関係だ。とはいえ、俺の情や厚意や慈《いつく》しみや、費した金や時間や面倒はわかっているだろう。

だが、好きな男にはそれを「野暮用」と言っていたのだ。

俺も笑いものにされたものよ。

道子が風呂から出てきた。

「ママ、寝たの?」

「とっくだ」

道子は冷蔵庫から缶ビールを取り出した。

「パパが好きだった女、あの人でしょ」

突然急所を突かれ、血の気が引いた。

俺の顔を見ずに言ったのは、せめてもの思いやりか。

正直、助かった。

「大丈夫よ。ママは気づいてないから。別に気づいたところで問題ないけどね。パパが一方的に好きで尽くして、相手は何もさせてくれなかったんだから」

見てきたようなことを言う。その通りだが、俺にも見栄がある。

「バカ。パパは最初から、どうにかなろうなんて下心はゼロ。トシと違って、パパは彼女に人としても女としても、何の魅力も感じなかったし」

道子は喉を鳴らして、ビールを飲んだ。

「そうなんだ、へぇ」

全然信じていない答え方だ。

「パパ、隠さなくてもいいよ。銀波のことでパパ、しつこかったもの。もしかして、二人でわざわざ行って何もさせてもらえなかったのかなぁとか」

「考えすぎ。行くわけない」

「いずれにしてもさ、パパが『メシだけオヤジ』だったのは、ママにはバレない方がいいよ。そんな男の妻だなんて、女の恥だから」

道子は面白そうに俺を見た。

「どうして私が、パパの好きな人はあの女だってわかったと思う？」

俺は答えなかった。

答えれば、好きだったと言っていることになる。

「ストールよ」

「ストール？」

「あの女、ミャンマーの布をストールがわりにしてたじゃない。あれ、パパのお土産でしょ。私も色違いもらったもん」

「だけど、巻きスカ……」

そこまで言って、言葉を飲んだが遅かった。

「ほら、バレた。そっか。あの女、巻きスカート作るって言ってたんだ。途中で気が変わったね」

もう致し方ない。

「ま、情けないほど何もなくて、よかったよ。トシの女と何かあっちゃなァ」

俺は笑いを取ろうとしたが、道子はズバッと言い切った。

「百年つきあっても、あの女はパパとどうにかなる気なんてないよ。パパは、あの女にとってかけがえのない人だから」

かけがえのない人!? 俺は喜びと驚きの表情を見せたのだろう。

道子は手を振った。

「オヤジはすぐ誤解するけどさ、かけがえのない人ってのは、『友達として見ている人』のことだからね。『男として見ている人』っていうのは、簡単に代わりが出てきたりするからさ、かけがえなくないんだよ」

久里の言葉を思い出した。

熱海で「男と女になれば、十年も二十年ももつ関係が、半年や一年で終わります」と言っていた。

それは道子の言うように、代わりが出てくる関係に落ちるということかもしれない。

だからといって、男と女が「かけがえのない」関係でいるのも情けないものだ。

「あの女、パパとずっと会ってなくてもさ、何ヵ月ぶりかで誘うと、全然嫌がらないで、いつも出てきたんじゃない？」

その通りだ。

「もてないオヤジはさ、だから俺は嫌われてないなんて希望持っちゃうんだよね」

持った。

「大きな間違いデス。嫌われてはいないけど、友達だから出てくるのよ。何ヵ月空こうが、久しぶりー！　って感じで平気なの。カレシなら、しょっちゅうメールとか電話とかし合わないと不安だけど、いいんだよ、友達は。まして、オヤジだし」

ずいぶんな言い方だが、抗えなかった。

「パパ、まさかあの女に訊かなかったでしょうね。『何ヵ月も空いてるのに、僕が誘うとどうして来るの？』とか何とか」

訊いていない。

「そんなこと訊いたら、答はひとつだよ。『だって、楽しいから』。これだよ、誰にでも通用する万能返答」

「……道子もそう言ったことあるのか」

「うん、結婚前はね。男だってさ、どうでもいい女に『どうしてアタシと会うの？』とか訊かれたら、万能返答するじゃん。『安らぐから』って」

「お前、パパの知らないところでずいぶん、男に鍛えられたんだな」

「だから、いい女房になったんじゃない。でもさ、自分の父親を金時《きんとき》モチに見られるのはつらいよ。ったく、あの女」

「何だ、金時餅って。菓子か？」

「違うよ。お金と時間を持ってるオヤジのこと。パパみたいな」

娘以外の人にこう言われたら、どれほど立腹することだろう。

道子は、千草と同じミッション系お嬢様学校で、幼稚園から女子大まで教育された。

それでもこうなのだ。日本の女はすごいことになっている。

それを見透かしたかのように、道子は言った。

「女は高校生からせいぜい大学一、二年までが花でさ、どんなブスでもチヤホヤされるの。その時期にきちんと遊んだり、色々やっておくと、いい大人になれる。私を見てりゃわかるでしょ。それをやらないと、大人になってから目覚めて、ヘンな方向に走るんだよ。パパもさ、昔はそれなりに遊んだとは思うけど、トシが相手じゃなァ。勝負になんない」

酒を飲むしかない。

「ママはトシが振られるって言ったけど、全然違うね。トシはいつだって、女が自分を振るように仕向けるの。自分からは絶対に振らないで、相手に振らせる。百戦錬磨だよ」

「たいしたもんだな」

「だから、トシが相手じゃ勝負になんないの」

「じゃなくて、道子がたいしたもんだと思ってさ。よくそういうとこまで見てるよ」

ない。

「百戦錬磨だもん」

この百戦錬磨の我が娘に、本当は訊いてみたかった。

メシだけオヤジになる男と、トシ的オヤジになる男のどこが違うのか。

だが、父親としてのプライドも男としてのプライドもあって、さすがに訊けない。

「パパ、言っとくけど、世の中のオヤジの九割はメシだけオヤジだよ。ま、可哀想だから一回くらいいいかってケースはあるけどさ、それは別に恋愛じゃないから。メシ代」

しようがないから笑ってみせ、さほどの興味もないように訊いた。

「俺みたいなのが九割かと思うと、嘆く気にもならないけど、トシってそんなにいいかねえ。すごいイケメンってわけでもないし、今年五十六か？　七か？　そんなだよ」

「トシは一般の女から見たら、何か異界の人っていうかさ、まとってる空気感が違うんだよね。私の女子大で講演してくれた時もさ、もう同級生たち大変だったもん」

まとう空気感と言われると、努力でどうにかなるものではない。

トシのようにイラストレーターだったり、あるいは俳優だったり、ミュージシャンだったり、何か特殊なことをやっている人しかまとえないだろう。そういう人でもまとっていない場合もあるにせよ、これでは一般オヤジに恋など訪れるはずもない。

道子は二本目の缶ビールを開け、こともなげに言った。

「一般オヤジでもさ、そういう空気をまとってる人はいるよ」

希望が出てきて、つい身を乗り出すと、

「家庭がうまくいってない人」

ときた……。

「要は、男には何かどっか破綻《はたん》した空気がないと、もてないってこと。さ、私も寝るか」

道子は残りのビールを俺のグラスに注ぐと、出て行った。

道子の言うことは納得できる。

世間では年齢に関係なく恋をせよと言うし、小説や映画では年齢に関係なく成就《じょうじゅ》もする。だが、社会は特別な空気感をまとわない九割のオヤジで構成されている。現実社会では、恋は極めて難しいことなのだ。

俺も「中高年の恋なんて、小説の中だけだよ」と十分に気づいてはいた。

だが、道子の言葉は説得力があった。

恋愛などというものに、もう不毛なエネルギーを使うまい。二度と使わない。

久里への片恋の日々は、ときめいた。刺激的でもあった。だが、楽しかったかと問われると、断言はできない。

みじめになる方が多かった気もする。

中高年という年代は、みじめになってはならない年代だ。みじめになることを、断じて避けるべき年代だ。今までさんざん、そういう思いをさせられて、ここまで年齢を重ねて来たのだ。

回春のために恋をしようと頑張り、結果、みじめになっていては、回春どころか老化を加速させる。

翌日、久里からメールが届いた。

「昨日は本当に失礼しました。ご親戚とは思ってもおらず、びっくり致しました。トシ・アオヤマ先生からは、児童文学や絵について多くのことを教わりながら、ずっと親しくさせて頂きたいと願っております。

昨日は驚きのあまり、ろくにお話もできず、ご挨拶さえ満足にできず、心からお詫び申し上げます。どうぞ、今後ともよろしくおつきあい下さいますよう、お願い申し上げます」

まったく、「トシー、明日の朝食べようよー！」だの「野暮用」だのと言いながら、よく「トシ・アオヤマ先生」だの「今後ともよろしくおつきあい」だのとほざけるものだ。

だが、好きな男の親戚となれば、俺とはまた接点が出てくると思ったのだろう。トシとの関係をうまく続けるには、早々と詫びを入れる方がいいと考えたに違いない。

それほど本気なのだ。

返信した。

「たくさん教わり、たくさん刺激を受けて、芽を出される日を楽しみにお待ち申し上げております」

十二月も半ばに入ると、風がひときわ冷たく感じられる。つくづく送迎のある身がありがたい。

久里とはあのメールを最後に、すっかり終わった。

いや、もとより何もないのだ、「終わった」などという状態でさえない。

トシは千草の店のことで、よく家に来る。相変わらず俺も一緒にメシを食い、酒を飲む。

久里と俺のことはまったく気づいていないように思える。

久里が話題になることもない。もっぱら、千草の店のことばかりだ。

今にも雪が降りそうな朝、出勤するなり、高橋と鶴巻が俺の腕をつかまえた。

「社長、ちょっと問題が起こりました」

ミャンマーとを行ったり来たりしている小山も走って来た。三人は俺を社長

室に押し込み、秘書の藤井に、

「誰も入れないで」

と鋭く言った。

「何だい、どうしたの」

鶴巻が声をひそめた。

「イラワジ社の代金回収が遅れています」

「え？」

契約時に五千万の手付金は入っているが、残りの全額三億円は、一括して十二月十五日に振り込まれることになっていた。

昨日の十六日、高橋がイラワジ社に確認を取ると、

「当方の取引先からの入金が遅れ、そちらへの支払いも遅れております。他の入金がありますのでもう二、三日お待ち下さい」

と言われたそうで、俺もその報告は受けていた。

今日は十二月十七日、遅れて二日目に入る。

イヤな予感がした。

イラワジ社との仕事は、俺が顧問になる前からすでに始まっていた。俺は顧問を受けるかどうかを考えた際、イラワジ社のことも当然調べた。

同社はミャンマーの大物閣僚であるウータン・ミントウの親族がやっている。その力は大きく、経営状態には何の問題もなかった。

ソフトの納品というものは、作ったプログラムを得意先のコンピューターに入れる、つまりインストールするところから始まる。そして不良個所《バグ》を点検し、それを除去《デバグ》し、正常に稼働するようになって初めて、客先の検収が完了。納品したことになる。

その段階で代金の請求対象になるのだ。

我々は当然これらをクリアし、三週間前の十一月二十六日に納品が完了している。あとは入金を待つだけの状態になっていた。

その後、イラワジ社のグループ企業・マンダレー社からの受注も入り、ソフト開発を始めるところだった。

俺はすぐに高橋らに命じた。

「マンダレーの開発は、とりあえずストップしろ。それで、すぐに小山はミャンマーに飛んで事情を調べてくれ。ウィンモンも連れて」

ウィンモンは、現地採用のエンジニアだが、非常にできる青年だ。日本語力も、日常会話の通訳ができる程度はあった。

高橋は固い表情で言った。

「ウィンモンは現地の家族、友人、仕事仲間とメールやネットで連絡をとりあっているようですが、変わったことは何も出てこないと言ってました。とにかく、至急動きます」

一人になるなり、俺はネットでミャンマーの社会情勢から文化まで、現在の様子を詳しく調べた。

むろん常に調べていることであり、取り立てて問題になりそうな新事実は出ていない。

帰宅すると、トシと千草が夢中でパソコンをのぞいていた。

「お邪魔してます。今、千草ネエの店の壁と椅子の色をね、色々」

「あなたもちょっと見て。まだ店の場所も決まってないんだけど、色によって感じがあまりに違って、想像以上なの。トシ、さっきの椅子の方が好きだな、私」

「この壁にさっきの椅子か……あ、結構シックで、そのくせ明るいね」

「いいわ、これいい」

俺も背後から形だけのぞいてみたが、どうでもいいことだった。頭の中はイラワジ社のことで一杯だった。

ベッドに入ってからも、眠れなかった。

ゴールドツリーが開発したソフトは、すでにイラワジ社のコンピューターにインストールされているので、回収は不可能だ。

他社に転売できる商品と違い、ソフトの多くは客先の要求に合わせて開発、作成している。いわば特注品だ。それを他社に転売したり、買い手がつくことは、まずありえない。

ならばどうするか。

何とかして三億を回収するしかない。

どうやって。

いつの間にか窓の外が白み始めていた。

小山は翌日の夜、ミャンマーから電話をかけて来た。声が固い。

「まだ表沙汰になっていませんが、すぐにメディアにもネットにも出るでしょう。イラワジ社自体が危《あやう》い」

「どういうことだ」

「イラワジ社は、ウータン・ミントウ、例の大物閣僚の親族が経営していますが、黒幕はウータンです。そのウータン、失脚は免《まぬが》れません」

「な、何でだッ」

「金のスキャンダルです。収賄です」

「……当然、他社への支払いも遅れてるな」

「だと思います。現地ではどうもおかしいと噂されてはいたようです」

親族経営陣は、これまで大物政治家の黒幕に頼りきりだったのだろう。まさか、当のウータン・ミントウが失脚する日が来るとは思いもせず、おそらく、政治家としてトップに立つとさえ考えていたのではないか。

「わかった。とにかく、早めに帰国してくれ。森先生も一緒に対策を練る」

俺は翌日、東大時代の同級生に電話をかけた。

岩田《いわた》洋平《ようへい》という彼は、国際業務に強い弁護士で、その世界では大物の一人とされている。

もう十年以上も会っていない岩田だったが、電話で簡単に内容を話した。都合のいい時に事務所に行って相談したいと言うと、

「わざわざ時間を取るな」

と、じっくりと電話で聞いてくれた。

そして即座に、ミャンマーの弁護士を紹介すると言った。

「ウーチョーヘインといって、四十代のバリバリだ。安心して任せられる男だから。通訳は大丈夫か」

「法的な会話は、うちの社員では無理だ。誰か頼めるか」

「ああ、大丈夫だ。現地の弁護士事務所に俺が話を通したら、お前に連絡する。そしたらミャンマーに飛んで、彼と話をしてくれ」

「ありがとう。助かる」

「何かあったら、遠慮なく相談してくれよ」

そう言って、岩田は携帯の番号を教えてくれた後で笑った。

「しかし、田代、お前もスリリングな人生送ってるよな。普通は隠居の年齢だよ」

「その通りだよ。まったく」

「悪くないよ。職場と墓場の間で、刺激的なことのある人生こそが面白いんだ」

「な。年取っても恋をしろなんて言うけどさ、恋のドキドキなんて屁《へ》みたいなもんだ」

「恋？　お前も情けないものと比べるね。あんなものは十代でも二十代でも、生きてるついでにするものだよ」

電話を切ると、笑いがこみ上げてきた。

「生きてるついで」か。

考えてみれば、世の中の何もかもが「生きてるついで」かもしれない。

「職場と墓場の間」に何もない人生が、いかにつまらないか。それは俺の身にしみている。

今回の刺激を必ず乗り越えてやる。そう思うと力が湧いてきた。

明けて二〇一五年二月、イラワジ社は倒産した。

あっという間だった。ウータンの失脚と同時に、屋台骨が音をたてて崩れた。

倒産の報に、カッと体が熱くなった。危い。うちが危い。ゴールドツリーが危い。

もしも三億が回収できなくなったら、間違いなく倒産の危機だ。

いや、本来ならば三億程度ではつぶれない。というのも、ゴールドツリーはこれまで昇り調子で来ており、過去の利益による内部留保金があった。

だが、創業者社長である鈴木が死亡した。彼への退職慰労金を、約一億五千万円支払っている。内部留保金からだ。

こうなると、三億の貸倒れは間違いなく経営基盤を根底から揺るがす。

俺は一刻を争うと、ミャンマーに飛んだ。弁護士のウーチョーへインと対策を講じ、何とか回収しないと大変なことになる。

だが、結局はイラワジ社の資産を売却させ、社長の個人財産をおさえる以外、手がないとわかった。ところが、もともと、IT企業は大きな設備がいらないため、資産と呼べるほどのものがない。

そんな状況の中、うちと同様に回収できない取引先は何十社もあった。社長の個人財産をどうにかしたところで、焼け石に水だとわかりきっていた。受け取る額は日本円にしたら微々たるものだろう。

その上、どれほどの時間と労力がかかるかわからない。

岩田の推薦する弁護士だけあって、ウーチョーヘインは優秀だった。他社に先駆けて動き、手を回していたが、

「あとは任せて下さい。ですが、回収はできないと考えていた方がいい」

と言い切った。

俺もとうに覚悟はしていたものの、ハッキリと伝えた。

「五十万でも百万でも、回収してほしい」

「倒産」という二文字が拭《ぬぐ》えず、帰りの機内ではジャケットを脱ぐ気力さえ起きなかった。

ただただ、若い社員四十人の顔が浮かんだ。艶やかな桃のような肌が浮かん

だ。

あの若い桃たちを失業させるわけにはいかない。何としても、ゴールドツリーを生き残らせるのだ。

帰国したら、複数の金融機関に、つなぎ融資を打診することから始めよう。

とはいえ、元銀行マンの俺は、それがいかに至難かよくわかっている。

すぐに役員会を開き、相談しなければなるまい。

そして、下請会社等への支払いを待ってもらおう。さらに、リース料などの銀行引落としを一時停止し……いずれも、小さな金額だ。だが、それをしていくしかない。

俺は機上で頭をめぐらし続けた。

かつて、大手自動車メーカーが、海外で百億円以上を回収できなくなったことがある。新聞でも大々的に報じられた損失だ。

あの時、当時六十五歳の社長は直ちに撤退を断行した。

役員たちは「少しでも回収してから」と反対したが、社長は「他で取りかえせばいい。ここで三億、五億ケチるな。深みにハマるより、逃げるが勝ちだ」

と断言したと報じられた。

これこそ「散り際千金」だ。

社長は撤退時機を間違わなかった。間違っていたら、傷は大きく深くなっていただろう。

「三億、五億ケチるな」か……。今、あの社長と同年代の俺だが、三億をみすみす損はできない。

大手と違い、三億の損失は命取りだ。

他で取りかえそうにも、小さな仕事が多く、台湾やベトナムの仕事も入金はまだまだ先だ。

何とか五十万でも百万でも回収しなければならない。

三月、社長の給与を五〇パーセントカットし、役員のそれは二〇パーセント削った。

千草には明るく言った。

「海外の取引先ともめててね。支払われるべき金が遅れてるんだよ。いや、向こうは大物政治家がついてるんで、心配はない。だけど、こっちは日本でアチコチに支払いもあるしさ、社長や役員の給与を、まずはそれに充《あ》てようってこと」

こう言い逃れた。余計な心配をさせることはない。

だが、千草はさすがに不安な表情を見せた。

「うちの家計は問題ないけど、会社は大丈夫なの？　それと……社長として色々な面倒に巻きこまれない？　私にはよくわからないけど困るわ」

「それは心配ないよ。給与カットも夏くらいまでだから。お前は店のことに集中して大丈夫。まったく心配はいらない」

俺の力強い断言と明るい表情に、千草が安堵したのがわかった。

給与カットだけは隠しようもないが、詳細をすべて打ち明ける必要はない。そうしたところでどうにもならないし、独立で張り切っている千草の気持を萎《な》えさせるだけだ。

イラワジ社もゴールドツリーも、千草には何の関係もない話なのだ。

四月、鈴木の一周忌がめぐってきた。

一面に青空が広がり、輝く陽ざしと優しい春風が渡る。鈴木が死んだ一年前と同じだ。だが、会社はまったく違っていた。

結局、三億は回収できなかったのだ。

せめて五百万でも一千万でもと、考えうる手はすべて打った。だが、その額にも遠く及ばなかった。

銀行は案の定、何行回っても融資してはくれなかった。

言い方は丁寧だが、内心では「お前のとこなんかに貸せるかよ。よく言うよ」と思っている。当然といえば当然だ。俺も現役時代、腹の中でそうせせら笑っていたので、よくわかる。

疲れ切って帰宅すると、千草が飛びはねるようにして、玄関に出て来た。

「最高の物件を見つけたわ！　もう理想的！」

一刻も早く誰かに言いたかったという表情だ。

「南雪谷《みなみゆきがや》よ。清明《せいめい》学園のある坂、ほら、なだらかな桜並木の。あそこを登り切ってすぐのとこよ」

俺は懸命に元気ぶって言う。

「ほう、高級住宅地だな。いいとこ見つけたじゃない」

「もう最高よ！　何せ名門私立の近くだもの、子供を送り迎えするママたちの目にも触れるし。ああ、何であんなにいい物件に出会えたのかしらァ！」

俺は早くリビングに行き、ソファにへたりこみたかった。

だが、千草はお構いなしに玄関で報告だ。

「トシのおかげよ。すごくいい不動産屋さんを紹介してくれたの。イヤァ、昔から不動産は縁だっていうけど、最高の物件と縁があったわァ。南雪谷、田園調布《でんえんちょうふ》の奥座敷よォ」

ほとんど「ワーイ！」と叫びそうに喜んでいる。

育ち盛りの子供がいたり、教育資金がかかる年代ならば、給与カットは死活問題だ。

だが、うちはそうではなく、退職金も潤沢にあったため、千草は気にならないようで助かっている。

「何よ、あなた。聞いてる？」

突然、千草に肩をつかれた。

「聞いてるよ。奥座敷だろ。うちからも近いし、よかったよ。家賃高そうだけど」

俺はリビングへと向かった。

「あなた、何かあったの？」

「別に何も」

「ならいいけど、支払いが遅れてるとかいう会社の問題、大変なんじゃないの？」

「違う違う。あれは夏までに解決するって」

「なら、いいけど。ねえ、やっぱり仕事がきついんじゃないの？　突然社長になって、一年間働きづめよ。もう六十五なのに」

千草は俺の頬に触れた。

「少し痩せたし」

「会社の問題が解決するまでは、しょうがないよ」

「ま、周囲の反対押し切って、自分で望んだポストだしね」

それを言われると弱い。

「でもね、夏に解決するなら、それを機会に辞めて若い人にバトンタッチしたら？　十分に暮らせるし」

若い人にバトンタッチできるなら、痩せはしない。

会社は完全に危険水域に入っている。

それにしてもだ。ミャンマーの政治家のスキャンダルは、こっちにしてみれば不運としか言いようがない。こっちに問題があったわけでもなく、こっちの不手際でもないのだ。

うちにとって、三億は致命傷だ。

だが、つぶすわけにはいかない。俺を見込んだ鈴木のためにも役員のためにも、何より桃たちのためにだ。

そういきんだところで、目先の資金繰りをどうするかで心身ともに一杯一杯だった。

なのに、全然別のことを考えたりする。

山下のことだ。本郷の「山下メディカル」なる零細企業の社長だ。

俺はかつて、仕事に就ければ何でもいいからと、ハローワークで紹介されて面接に行った。いわばエリートコースを歩いてきた俺には、場末のうらぶれた会社だったが、今にして思う。

山下はよく会社を維持しているものだ。一寸先は闇、板子《いたご》一枚下は地獄という世の中で、よく持ちこたえている。

今さらながら、風采のあがらぬ山下の姿を思った。

俺と役員たちは、倒産させぬよう懸命の努力を続けた。

あらゆる手を打った。

たちばな銀行にも何度も足を運んだ。融資を頼むためだ。同期の西本との出世競争に敗《やぶ》れた俺が、ちっぽけな会社の資金繰りに汲々《きゆうきゆう》としている。頭を下げ、へりくだり、何とか融資を頼む姿は、自分でも見たくないものだった。

倒産に瀕《ひん》している会社への融資など、どこの金融機関もやりはしない。俺の出身銀行だからとて、そこに幾ばくかの情が介在することもありえない。

五月の連休中、緊急に役員会を開いた。もう限界だった。

「みんなにも努力してもらったが、もう会社の状況を社員に伝えざるを得ない」

高橋も鶴巻も、他の役員たちも同意した。

「ここにいる役員たちには、すでに二ヵ月、二割の給与カットをさせてもらっているが、社員たちにもお願いする。給与の遅配、あるいは分割支払いだ。そして夏期賞与は出せないこともだ」

鶴巻はすぐに返した。

「致し方ありません。家賃の高いこのオフィスを出ることも考え、幾つか物件を調べていますが、正直、転居しても意味がないのではとも考えます……」

倒産が予測できる以上、転居で金を使う意味がないということだ。

鶴巻のこの言葉に、誰もが黙った。誰もが同じことを考えていたのだ。

「社長の俺から、連休明けに社員に話す。確かに危険水域を越えたが、まだ倒産したわけではない。社員の士気を削がぬよう、何とか建て直す方向も示そうと思う」

くさい言葉だが、「一丸《いちがん》となる」ことで打破できる場合もある。

そう考えるところまで追いつめられつつあった。

ゴールデンウィークの空の、何という青さ。明るさ。苦しかった。空が灰色なら、暗いなら、まだいい。苦しい時に、どん底の時に、美しい五月はつらい。

帰ると、シャンパンが冷えており、ローストビーフや魚介がふんだんのサラダ、キャビアのカナッペなどが並んでいた。

「何だ、これ」

驚く俺に、千草はシャンパングラスを並べながら言った。

「トシにも電話したんだけど、浜田さんと京都にいたわ」

そして、

「本日、無事に円満にサロンを退職しました。そのお祝いです」

と華やいだ笑顔を向けた。

屈託のない、喜びを隠せない笑顔は、五月の空と同じにつらかった。

俺は役員会の沈痛なシーンを封じこめ、懸命に笑顔を作った。

同時に、定収入のある職場を辞めた妻を抱えることに、不安を覚えていた。

トシと久里の旅行など、どうでもいいことだった。

第十章

九時半、始業と同時に、四十人の社員全員を社長室前のコーナーに集めてもらった。

五月の、まさに薫風《くんぷう》が香る美しい朝だった。

気は重いが、会社が危いことを俺の口から社員に話すべき時が来ている。他からおかしな噂が入る前にだ。いや、すでに入っているかもしれない。

「今日は社員全員に、話しておきたいこととお願いがあります。おそらくもう気づいていた人もあると思うが……ミャンマーのイラワジ社が倒産しました」

幾人かが、驚きの声を上げた。

すでに勘づいていて、表情を変えない者の方が多いようだ。

「同社は大物政治家の家業とも呼べる企業で、安定した収益を出していましたが、その政治家は収賄で失脚しました。みなさんに、マンダレー社の開発を途中でストップしてもらったのも、イラワジグループだからです。マンダレーも操業不能に陥っている。当社が非常に困っているのは……イラワジ社から三億円が回収不能になったことです」

社員らは身動きひとつせず、俺を見ている。

それはにらみつけるとか、突っかかるといった目つきではなく、弱々しく哀し気に見えた。切なかった。

「三億という金は、当社にとって命運を左右する額です。すぐに現地の弁護士と手を打ちましたが、三億の回収は諦めざるを得ません。せっかく、みんなが不眠不休で開発したソフトが、このようなことに巻きこまれて申し訳ない」

俺と役員は、頭を深々と下げた。

その時、十九歳の女性社員がオズオズと訊いた。

「うち、つぶれるんですか」

俺は大きく手を振り、笑顔で言った。

「いや、危険な状態にあることは確かだが、役員を中心に対策を講じている。

過剰に心配する必要はないので、従来通り、仕事にあたってほしい」

だが、社員たちはもはや、不安な表情を隠そうともしなかった。

俺はジョークめかして言った。

「給料も払ってるだろ。心配するな。ただ、お願いというのは……」

言葉を切った俺を、社員たちは息を飲んで見た。

「夏のボーナスは出せないんだ。申し訳ない」

「えー……」

という声が、遠慮がちにあがった。

「本当に申し訳ない。当社は今が勝負どころで、皆さんには何卒ご協力を頂きたい」

俺と役員が頭を下げた時、一人が訊いた。

「あの……今月、五月の給料はちゃんと出るのかなみたいな。ボーナスも出なくてェ、給料も出ないでェ、今まで通り頑張れみたいなこととか言われてもォ、うちらも生活とかあるしィ」

俺は言下に答えた。

「五月の給料は少し遅れるが、ちゃんと出る。ボーナスだけ我慢してほしい」

俺と役員が頭を下げた時、高田というエンジニアが手を挙げた。

「俺、退職します」

すぐに、遠藤というエンジニアも手を挙げた。

「自分も辞めます。この会社、最近、他の会社の仲間とかから、『お前の会社、ヤバくね？』みたいなこと、すっげえ言われてたんスよ。高田もそう言われたっていうしィ、前から誘われてたとこに行きます。スイマセン」

言葉は今時の乱れ方だが、できのいいエンジニアだ。以前に副社長の鶴巻が「この二人は必ず他社から引き抜かれるから、年俸は社長の二倍から三倍出すことを考えてもいいのでは？」と進言している。

高田も言った。

「俺らたまたま同じ会社とかから誘われてたんスよ」

「うちの会社の噂、かなり流れてるのか」

俺は訊いた。

「かなりでもないスけど、うちの社員は結構聞いてると思います。だけど、みんな俺らほどはヤバイとか思ってなかったカンジっすね」

社員たちに動揺が走る中、二人は涼しい顔で、

「今までありがとうございましたーッ」

と床に頭がつくほどお辞儀をした。

ここまで頭を下げられると、バカにされた気になる。

今、社長の俺が現状を明かしたことで、噂の域を越えた。

それによって、社員たちが激しく動揺していることは、十分に見てとれた。

おそらく今、社員たちの頭は次の職場を探さねば……で一杯になっている。

俺の話を聞き、高田と遠藤が退職を口にした今、自分も何とかしなければと焦っている。

俺はその後、社長室に役員を集めた。

「ボーナスのことや倒産の確率を、もっとつっ込まれると思っていたけど、社員にしてみれば、そんなことより就活か」

「でした。それが正しいかもしれません」

「みんなで力を合わせて、必ずゴールドツリーを建て直そうと盛りあげて、心

の一致を見るはずでしたけどね」

「そんな一致を見なくてよかったのかもしれん……。夏までに解決すると言っても、めどは何も立っていないんだ」

社長室とオフィスを区切るガラス戸の向こう、社員たちが幾つかのかたまりになって話しこんでいるのが見える。仕事をしているようではない。就活の話だろう。

千草の方は、着々と開店準備が進んでいるようだった。

夕めしで二人向かいあうと、待っていましたとばかりに報告する。

「もう内装はほとんど終わって、シャンプー台も椅子も鏡もそろそろ入るわ。トシがパリのアンティークみたいな木の看板描いてくれて、これがまたすてきなのよ」

「ほう」

「あの高級感のある地域になじむし、木々の緑の向こうに見える看板なんて、雑誌のグラビアみたいよ」

「で、大丈夫なのか」

「これでも私、結構技術力あるんだってば。勉強もしてるし」

「いや、資金」

「うん、最低の一千万でおさえたから。金融公庫から三百万借りて、あとは手持ちの預貯金とあなたの退職金からで。三百万は返せない金額じゃないし」

「そう。客がつくといいけどな」

「私ね、前のサロンからの得意客、一人も引っ張らなかったの。独立することも私の客には一人も言わなかった」

多くの場合、自分についている客を、自分の新しい店に呼び込むことが経営上大切だという。

「それって、今までさんざん世話になった店から客を横取りすることよね。私、それをやるより、前のサロンに損害を与えない方が、この業界でやるには大切だと思ったの」

そう言った後で、千草は顔をほころばせた。

「先だってね、前のサロンの店長が『様子見に来たわ』って、たくさん差し入れ持って。『千草さんのお客が、誰も独立を知らなくてびっくりした』って感激されちゃった。困ったら、いつでもすぐSOS出してねって。嬉しかった」

「お前、たいした政治家だよ」

突然、千草は箸《はし》を置き、居ずまいを正すとお辞儀をした。

「店長からもトシからも友人たちからも、みんなに言われました。そんなに鷹《おう》揚《よう》に構えてられるのは、ちゃんとしたご主人がいるからだって。経済的にも全然困らないから、おっとりした商売ができて、結局、損して得とってるって。ご主人のおかげ、私もわかってます」

俺はフフンと鼻を鳴らして、照れを隠すしかなかった。

その「ご主人」は今、大変な危機に瀕しているのだ。

梅雨の最中《さなか》、俺と役員たちは雨に濡れながら奔走《ほんそう》し、やれることはすべてやり続けた。

金融機関からの融資は、打診しても打診しても、今もってどこも応じてくれない。

元銀行マンとして、それは当然だとよくわかっている。

だが、諦めず打診し続けた。

下請会社や、コンピューター等の納入業者には、何とか支払いを待ってもらうよう頼みこんだ。

社員の社会保険料支払いの遅延も要請した。

支払い期日が来ている税金等も、何から何まで遅延の要請だ。

また、種々のリース料の銀行引落とし、これも一時停止した。

客先に対しては、すでに納品したソフトの支払いを早めてくれるよう、俺と役員が出向き、懇願した。早めてくれることは、普通ありえない。だが、それでも頭を下げてみるしかないところまで来ていた。

その際、

「メンテナンスは、今後とも会社を挙げて対応します。ですから、何とか支払いを早めて頂きたい」

と、ひたすら懇願した。

だが、受け入れてくれるところはなかった。

それでも、六月の社員給与は遅配にはなったが、何とかきちんと出した。

むろん、俺の五割カットと、役員の二割カットは続いている。

融資を受けられない現状で、これらのチマチマした節約や対策により捻出できる金額は知れていた。

「焼け石に水」という言葉を、痛いほど実感する。

同時に、チマチマと節約し、あちこちで頭を下げまくるほどに、ゴールドツリーに対する信用が失われていくことも実感していた。

その態度を見れば誰だって、「あそこは危いらしい」「ゴールドツリー、うちにも来たよ」「もうダメだな」と噂をする。

そんな状況の中、あの後、十一人の社員が辞めていった。

高田と遠藤を含めて、合計十三の机が物置きになっている。

慰留したが、しきれるものではなかった。社長や役員が金策に奔走しているのを、目のあたりにしているのだ。

俺の疲労はピークに達していた。

四人の役員が誰一人として裏切らず、懸命に走り回ってくれることだけで支えられていた。

この頃、岩田の言葉をよく思い出す。

「職場と墓場の間で、刺激的なことのある人生こそが面白いんだ」

思えば、職場を定年になった後、仕事がしたいのに仕事がなくて苦しんだ。墓場に行くまでの間、ずっとこうかと悩んだ。

六十代は若すぎるほど若いのだ。

やがて、信じ難い縁で、自分でも驚くほどの仕事を得た。天にも昇る気持だったが、この始末だ。

職場と墓場の間で俺を襲った刺激は、面白さを越えている。

七月が来た。

給料はとても払える状況ではなかった。

コンピューターなど購入品の支払いをこれ以上待てないとして、連日連夜、業者が来る。

払いたくても、金がない。こちらが納入したソフトの代金はいくら頭を下げても、支払期日を早めてくれるところはないのだ。

もうダメだな……。

最後まで残ってくれた二十三人の社員と四人の役員に、七月の給与と退職金を支払うのは当然だが、他に何をしてやれるだろう。彼らの再就職を決める力は俺にはない。

すでに覚悟はできていた。

俺が多額の負債を負うことに。

ゴールドツリーは、複数の銀行からの借入金残高が一億五千万円ある。会社が返済できない借入債務は、すべて代表取締役社長が弁済することになっているのだ。

これは銀行との取引約定書で決まっている。

俺がやりたいと言って引き受けた代表取締役社長のポスト、それに付随する義務だ。

「代表」は簡単に就いてはならない重いポストだと、当初から十分にわかっていた。

だが、俺は再び社会で仕事をしたかったのだ。

七月九日の夜、高橋と鶴巻ら四人の全役員を、銀座のカウンターバーに連れ出した。

そこらの居酒屋とは比較にならない値段だが、今日はこういう静かで格のある店がよかった。

「明日、朝一番で社員を集めてくれ」

火のように熱いブッカーズを流し込み、俺は言った。

それだけで、彼らには伝わった。ゴールドツリーの倒産をみんなに言うのだと。

誰もが黙って飲んだ。

もうどうしようもないのだと、手の打ちようもないのだと、誰もがわかっていた。

「よく頑張ってくれて、礼を言う。本当にありがとう」

深々と頭を下げた俺に、鶴巻が言った。

「俺、完全燃焼っていうのを初めて経験しました。今まで、こんなに頑張ったことなかったですから、完全燃焼というものをさせてもらって、これからの力になると思いました」

何とか会社を再建しようと、不眠不休で日本とミャンマーを往復した小山は、目がうるんでいた。

「俺も感謝してます。今まで、田代社長ほど俺に全権を委《ゆだ》ねてくれた人はありません。俺、本当に自信が持てたんです。いつか、田代社長が起業する時は、必ず声をかけて下さい」

俺も目がうるみそうだった。黙ってうなずいたが、起業はない。

俺は六十五なのだ。

すでに「終わった人」なのに、たまたま命を長らえただけなのだ。

「みんなと会えてよかったよ。俺、死ぬ時に思い出すのは銀行時代でもなく、学生時代でもなく、ゴールドツリー時代と、みんなの顔だと思うよ」

湿っぽくなった座を感じたのか、高橋が陽気に言った。

「社員はみんな若いし、仕事を見つけますから心配ないです。俺たちのことも心配ないですから。小山は独身だから何とか食えます、俺たち三人は女房が働いてるから大丈夫」

そして、俺を示した。

「社長の方が心配ですよォ。負債も抱えるし、老後っていうか……」

俺も陽気に答えてやった。

「うちも女房が働いてるんだよ。そうだ、俺を心配してくれるなら、女房の店に客を紹介してくれよ。じきオープンなんだ」

元気にそう言って、サロンのチラシを出した。

今朝、出がけに千草に手渡されたものだ。

ゆっくり見る気分にはなれず、「会社で見るよ」とカバンに突っこんでいた。高橋らはチラシを回して見ながら口々に、

「やっぱ、女房が仕事してると安心だよな」

「家事分担が大変で、あと子供は作れないってあるけどな」

「あるある。一番いいのは独身か」

「田代社長の老後のために、このチラシをコピーして周囲に配りましょー！」

沈黙が恐いのか、黙って飲み続ける俺が心配なのか、みなしゃべり続けていた。

翌七月十日、朝一番に俺は全社員を前にした。

と言っても、役員を含め二十七人になっている。

「今まで頑張ってきましたが、もう無理ということは、皆さんが一番よくわかっていると思います。非常に残念ですが、ゴールドツリーはなくなります。本当に残ったみんなでよくやってくれました。礼を言います。亡くなった鈴木前社長に、申し訳ない気持で一杯です」

不覚にも胸が詰まった。社員たちはうつむき、女子社員が涙を拭いた。

「ですが、ここまで頑張ってくれた社員たちの心と力は、胸を張って墓前に報告します。本当に、本当にありがとう。これほどの君たちに、いい思いをさせてやれない社長であったことを、改めてお詫びします」

深く頭を下げると、高橋が言った。

「倒産は社長のせいではありません。社長が鈴木であれ誰であれ、今回のような不運に襲われれば、倒産しました」

「いや、俺の力不足だ。みんなの今後については、何かの力になりたいと考えているが、果たしてそれができるかわかりません。ただ、何がしかのきっかけでもあげられないかと、そう思っています」

給料の遅配のあげく会社は倒産し、再就職のアテもないまま、放り出される二十代、三十代。俺の話を聞く彼らの頬は、こんな悲惨な状況下にあっても、やはり艶やかな桃だった。

こんな子たちを路頭に迷わせるのだ、俺は。

「みんなには、七月の給与とほんの少しだが退職金を支払います。本当に今までありがとう。ゴールドツリーで共に闘った日々が、皆さんのこれからに少しでも役に立ってくれればと、虫のいいことを考えています」

現地採用のウィンモンが手を挙げた。よく身につけた日本語で、

「私ノ国ノセイデ、皆サンヲツライメニ遭《あ》ワセ、ゴメンナサイ」

と言うと、彼の目に涙があふれた。

「ミャンマーノ人ハ、ミナ真面目デ立派ナ人多イデス。ナノニ、アンナ人モイテ、恥ズカシイ。コレカラモ、ドーカ、ミャンマーヲ嫌イニナラナイデ下サイ」

鶴巻が笑って、

「ウィンモン、大丈夫だよ。日本人だってみんな真面目で立派だけど、中には

とんでもないヤツもいるんだ。どこの国もそうだよ」

長いまつ毛の涙を拳で拭ったウィンモンに、俺は言った。

「あれほどの倍率の中から現地採用されて、大きな夢を持って日本に来ただろうに、本当に申し訳ない。謝るのは社長の俺だよ」

ウィンモンは首を振り、涙を拭き続けた。

ああ、俺が若かったなら、俺がせめて四十代だったなら、ここにいる全社員を基礎に会社を起こすのに。

俺はもう六十五なのだ……。

そして、この日から全業務をストップさせ、事務所の明け渡し作業に入った。

事務所は七月末日に閉鎖する予定だが、俺はそれ以降も三、四ヵ月は事後処理をしなければならない。銀行からの借入金一億五千万円の返済をはじめ、ほとんどが金にちなむことだ。

もう千草に秘密にはしておけない。

俺はこの期に及んでも、まだ千草には何も話していなかった。

千草は給料の半減や遅配で当然不審感は抱いていたはずだ。何度も「会社、大丈夫なの？」と訊かれもした。

俺はそのたびに「大丈夫。夏までだ」とシレッと答えていた。

千草はその堂々とした態度にだまされていたと思う。

会社の負債総額は、約二億五千万円だった。

「銀行からの借入金　約一億五千万

社員への労働債務（含・会社負担分の社会保険料）約三千万

リース料を含めた未払い債務（下請会社及びコンピューター等の備品代金の未払い分）　約七千万」

これをどう賄《まかな》うか。

俺の私的な資産はすべて売却するしかない。

ただ、自宅は千草の名義のため、返済資産として売却は必要ない。銀行もこの要求はできない。千草の店についてもだ。

しかし、預貯金、ゴルフ場の会員権、有価証券など、千草名義のもの以外は何もかも手放すことになる。

俺の個人財産は、一億三千万くらいあるだろうか。

ゴルフの会員権はせいぜい百万程度として、それ以外だ。

「個人の預金　　　　約三千万
個人の投資信託　　　約五千万
自由保険の満期返戻金《へんれい》　約五千万」

加えて、客からの売掛金一億三千万がある。これを外注先への未払い金七千万の支払いと銀行借入金一億五千万のうちの六千万の返済に充てよう。

社員への労働債務は、個人の預貯金から三千万を出し、支払うしかない。

こう考えると、個人財産の残りは一億ということになる。

ここから、俺が銀行へ九千万の返済をする。

俺の手許に残る個人財産は、一千万か。

社長になる前は一億三千万あった財産が、一年後の今、一千万か……。

ただ、二〇一〇年秋に三百万円で外国株式を買っていた。

一ドル八十円の頃だ。現在の円相場を百二十円とすると、売れば値上りも含めて五百万になる。

これは国内では誰も知りえない財産であり、返済先の銀行にも言わない。

とはいえ、それを加えたところで、一千万が千五百万になった程度だ。

これを千草にどう説明したらいいのか。

夫婦が共に八十歳まで生きるとして、二人の合計年数はあと三十四年ある。年は取るし、病気もふえてくるだろう。

一億三千万円の後盾《うしろだて》が、千五百万円になった衝撃は大き過ぎる。

だが、俺は妙に冷静に、この事態を納得していた。

今後、どれほどひどい暮らしになるか、それはわかっていた。

しかし、もはやそれを引き受けるしかないのだ。

仕事であれ病気であれ何であれ、最大限の努力をした後で、「しかない」という事態に入ったなら、それを引き受ける方が安寧だ。

俺はそう思っている。

そう、散り際なのだ。

千草の収入は、まったくアテにならない。独立したばかりのサロンで、それも還暦の奥さま美容師に、そう収入が見込めるわけもない。

何よりも千草をアテにしてはならないと思うのは、俺が彼女の老後を不安定にしたからだ。

一億三千万の資金で平穏に楽しめる老後を、俺が奪った。

彼女の収入は、ビタ一文たりともアテにしてはならない。

もっとも、たちばな銀行時代に掛けた企業年金と厚生年金とで、年間五百万円ほどは受け取れる。千五百万の財産と合わせて、生活は十分にできる。

今までのような贅沢はできないが、人並みには暮らせる。

俺は額を知らないが、千草個人の預貯金もあるだろう。

ただ、それはサロンの開店資金に回っているかもしれない。申し訳ないと思う。

こうして筋道立てて考える一方で、状況をすべて千草に言わねばならぬと思えば思うほど、毎日の帰宅が憂鬱《ゆううつ》になっていく。

その日、倒産にからむ残務について森の事務所で遅くまで話し、帰宅したのは十一時を回っていた。

リビングに入るなり、千草が言った。

「あなた、会社つぶれたのね」

誰に聞いたのだ。

機先を制され、俺は棒立ちになっていた。

「今日、若いお嬢さんが二人来たの。準備中の私の店に。二人ともゴールドツリーの社員だって。きちんと名のって、とてもちゃんとしていた。太田《おおた》さんと瀬川《せがわ》さん」

二十一歳と二十歳の社員だ。

俺には何も言わせず、千草は抑揚のない口調で言った。

「二人は腹が立ったって。自分たちにボーナスも払えずに倒産したのに、社長の奥さんは店を開くのかって。自分たちの七月分の給与と退職金は本当に出せるのかって。店を売ってでも出すべきではないかって。それで店を見に行ってみようってなったらしいわ」

二人は最初、店のまわりをウロウロし、様子を見ていたという。

千草が不審に思い、

「オープンは七月二十日なんですよ。ぜひいらして下さいね」

と声をかけ、チラシを渡した。

二人は、すでに持っているチラシのコピーを見せ、

「この地図見て来たんです。私たち、ゴールドツリーの社員です」

と名乗ったという。

千草は店内に招き入れ、お茶を出して歓迎したところ、倒産を聞かされた。

「二人は腹が立ったと言いながら、喧嘩ごしでもないし脅すわけでもないの。心細そうに『地方から出て来て生活しているものですから、お金がいるんです……』と、うつむくのよ。私は正直に今まで何も知らなかったと謝って、主人ときちんと話すと答えたわ」

あのチラシか。高橋か誰かがコピーして配ったのだろう。

「すごまれるよりもつらかった。安い量販店の服を着た若い子が並んで、心細そうに」

「うん……。七月分の給与と退職金は間違いなく払う。きちんと払う」

「どうやって」

答えられなかった。

「倒産はお金が回らないからでしょ。彼女たち、三億の損失だって言ってたわ。お金がないのに、どうやって払うの」

「それは……」

つい上目遣いに見る俺を、千草はピシャリと制した。

「待って。この家とか私の店とか、取られるのはご免よ。店のオープンは再来週よ、再来週」

俺は大きく手を振った。

「この家は、お前の名義なので取られない。店もだ。お前のものに被害が及ぶことは一切ない。倒産は妻には何の関係もないことだと、銀行もわかっている。店も予定通りにやってくれ」

千草に一瞬、安堵の表情が浮かんだ。

実際、メガバンクは個人の生活権をおびやかすような、そんな取り立てはしないことが多い。

「ゴールドツリーは、銀行に最終的にどのくらいの負債があるの？」

「九千万」

「九千万⁉　えーッ、九千万円⁉」

「ああ」

「……それ、社長が全部かぶるの？」

「かぶる」

今度は千草が声を失った。

彼女の顔が青白くなっていくのが、ハッキリとわかった。

「どうやって九千万も出すのよ。無理よッ」

「無理でも出すしかない」

「何を言ってるのッ！　私たちの老後どころか、明日からの生活にも困るわ。あなた、銀行マンだったんだし、偉い人もたくさん知ってるでしょう。少しでも減額できる方法、あるでしょ」

「銀行のコンプライアンスはものすごく厳しくて、いくら役員クラスを知っていようが、減額なんてありえない。もしも誰かが私的感情で行動したら、株主代表訴訟になるよ」

「何を冷静なこと言ってんのよ！　これ以上は払えないからって、銀行に泣いてもらうこと考えてよ！　無理よ、九千万なんてッ」

ここはもう、スパッと言うしかない。

「泣いてもらえない。できない」

千草は金切り声をあげた。

「何、威張《いば》ってんのよーッ」

「銀行が泣いてくれるのは、社長個人の財産を何もかも返済に回して、それでも不足する場合だけなんだ」

千草は目を見開いた。

しばらく黙り、かすれた声で言った。

「うちの……個人の財産を……全部処分するってこと？　私名義以外のものは全部」

俺は大きく息を吸い、頭を下げた。

「そういうことなんだ。本当に申し訳ない」

「信じられない……全財産、取られるの……？」

俺は、一億三千万の個人財産が千五百万になることを、すべて話した。

「本当に申し訳ないと思ってる。この年になって、女房の生活までどん底に落とし……本当にすまない」

千草は腑《ふぬ》抜けたようにぐにゃりとソファに座ったまま、動けなくなっていた。

俺は目を落として、食卓の椅子に座っていた。

千草はつぶやいた。

「あんなに止めたのに……言うこと聞かないで社長やって……それで……これ？」

翌朝、千草はいなかった。

心のどこかで予測していたような気がして、俺は驚かなかった。

置き手紙の類もなく、洋服ダンスから衣類を持ち出した形跡もなかった。いずれ、俺がいない時に来て、必要な分だけ持ち出すのだろう。

コーヒーをわかし、ハムエッグを作り、パンを焼いた。

今日も残務整理のために出社するが、その前に道子に電話を入れておくべきだろうか。

入れたところでどうなるというのか。俺は別居も離婚も考えたくないが、決定論を握っているのは千草だ。

焼きすぎて口に突き刺さるようなトーストを、コーヒーで流し込みながら思った。

千草が言うように、こうなったのは、あれほど止められながらも社長になった俺のせいだ。

穏やかに枯れていけばいいものを、どうしても仕事がしたくて、どうしても第一線に返り咲きたくて、断ることなど考えもしなかった。

十二分にやれる自信はあったし、事実やって来た。若い人間に任せ、俺は後ろにいるというスタイルもうまくいっていた。

だが、俺は「終わった人」として散り際をわきまえなかった。

俺の負担金一億二千万は、その罰かもしれぬ。

今、痛いめに遭って、思う。

十代、二十代、三十代と、年代によって「なすにふさわしいこと」があるのだ。

五十代、六十代、七十代と、あるのだ。

形あるものは少しずつ変化し、やがて消え去る。

それに抗うことを「前向き」だと捉えるのは、単純すぎる。

「終わった人」の年代は、美しく衰えていく生き方を楽しみ、讃えるべきなのだ。

今さら気づいたところで、俺の負担金一億二千万はどうにもならない。社員への債務三千万は個人の預金から支払う。しかし、それでもなお銀行借入残金の九千万は残る。いわば俺の負債だ。

昼どき、残務整理中の事務所から、道子に電話を入れた。

倒産のことや、負債のことをすべて話し、

「今朝、ママが消えててね。出て行ったんだと思う。もし道子に連絡があったら、ママの言う通りにするからと伝えて」

「うん、わかった」

何ら驚かない様子から、道子はすでに千草と話していると思った。もしかしたら、道子の家にいるのかもしれない。

「倒産しそうだということは、もっと前からわかっていたんだけど、ママに言ってもしょうがないと思って言わなかったんだ。ずっと黙ってて、突然会社の女の子から聞かされたんだから、ママは怒ってるよな」

道子は鼻で笑った。

「何、ロマンチックなこと言ってんの。ママが怒ってるのは九千万のこと。それだけだよ。夫婦なのにずっと黙ってたとか、妻って何なのとか、それはよくできた読者投稿だよ。ママはお金のことだけを怒ってんの」

ミもフタもなかった。

千草からは五日たっても、電話一本なかった。だがやはり、俺のいない間に服や靴は取りかえに来ているようだった。

トシからはよく電話があり、千草のようすを知らせてくれた。道子のところではなく、ホテルにいるという。

「ホテルから店に出てるよ。開店が近いから張り切ってて、何の心配もない」

そう聞くだけで安心した。だが、「張り切ってて、何の心配もない」とはずいぶんな話だ。

千草は離婚を考えているだろう。もしもそれを切り出されたら、千五百万をすべて渡して別れるつもりだ。

年金だけで暮らしている人は多い。俺にだってできる。

「トシ、浜田さんとは続いてるか」

「ああ。続いてるよ。じゃ、またかける」

ずっと久里のことなど思い出しもしなかった。この状況で、当たり前だ。岩田の言うように、恋など生きてるついでのランクだと実感する。

帰りの電車内で、久々に洗足池前の喫茶店に寄ってみようかと思った。啄木を読んだのも、鈴木に顧問の受諾を伝えたのも、あの喫茶店だ。

池上線《いけがみ》に乗ると、浴衣《ゆかた》姿の子供がいつになく多い。お祭りか？と思い、気づいた。今日、七月十六日は洗足池の灯籠《とうろう》流しだ。

小さい道子を連れて、そして最近は千草と二人で、ほぼ毎年見に行っていた。

俺は喫茶店をやめて、池に向かった。

洗足池は中原《なかはら》街道沿い、洗足池駅前にある。日蓮上人《にちれんしょうにん》が休憩したと言い伝えられ、広大な池と木々が春夏秋冬に美しい。

池には、すでに六百挺はあろうかという灯籠が、ゆらゆらと水面に揺れていた。岸辺では、浴衣姿の子供たちが小さな手を合わせ、大人たちは暗い池に映える灯を見つめている。

俺も灯を目で追い、「鈴木、申し訳ない。お前の大切な会社、つぶしちゃったよ」とつぶやいた。本当に、申し開きできないことをした。どう詫びたらいいのか。

池を埋めつくす灯のどれかに鈴木は宿って、あの世に帰っていくだろう。

俺を許してくれるだろうか。

灯はいつ果てるともなく、揺れ続けた。

俺は突っ立って眺め、唐突に親父を思った。古いコートを着て、盛岡の雪道を出勤する猫背の後ろ姿だった。

何のいいこともなく、まじめにまじめに学究生活を続けただけの親父。

その孤独に誰が気づいたか。誰も気づかなかった。

孤独は誰とも分かちあえないものだ。

俺は今になってやっとわかり、他人の孤独にもやっと思いが至る。

コンビニ弁当を買い、家に戻ると、管理室が宅配便を預っていた。お袋からだった。

誰もいない部屋の灯をつけ、小さな荷物を開ける。中から、岩手日報《いわてにっぽう》にくるまれた包みが出てきた。

お袋が夏になると漬けるキュウリと、水まんじゅうだった。これは盛岡の夏にだけ出る菓子だ。

美雪の手紙がついており、

「お兄ちゃん、お変わりありませんか」

ときた。大変な変わり方だよ。

「岩手出身の歌手が、『季節が都会ではわからないだろと　届いたおふくろの小さな包み』と歌っていましたが、うちのお袋さんもそんな気持のようです。さんさ踊りの稽古《けいこ》で町中に太鼓や笛が響きわたり、こっちではキュウリや水まんじゅうを食べなくても、夏が来たとわかります。ではね。サッコラチョイワヤッセー！」

「サッコラチョイワヤッセー」か……。「さんさ踊り」では、この掛け声で全市民がのどを嗄《か》らす。

「サッコラ」は「幸呼来」と書く。

一万個もの太鼓に合わせ、男も女も子供も「幸呼来」「幸呼来」と、盛岡中心部を踊り歩く四日間だ。

そうか、故郷はさんさが近いか。

俺は岩手日報を読みながら、コンビニ弁当を食べた。

お袋のキュウリをかじった。

残務整理は着々とカタがついてきた。

予定通り、俺が千五百万の財産持ちになれば、すべては終わる。

今も繰り返し銀行に足を運んでいるが、減額の交渉であるはずはない。返済の方法を慇懃無礼に突っこまれたり、もっと換金できる資産はないかと問われたり、銀行主導だ。

俺は今、とことん悲惨な状況にあるのだ。

その中で、「ああ、六十五でよかった」と思っている自分に気づいた。

平均寿命まで生きても、あと十五年かそこらだ。そのくらいなら、たとえ社会的に葬《ほうむ》られたところで、耐えられる。

もしも、三十代や四十代なら、この先四十年も五十年も、棒に振ることになる。取り返しがつかない気にもなるだろう。

先が短いということは、決して不幸とばかりは言えない。

これから道が開ける年齢でないことに、俺は安堵を感じていた。

と同時に思った。

人生において、生きていて「終わる」という状況は、まさしく適齢でもたらされるのだと。

定年が六十歳から六十五歳であるのも、実に絶妙のタイミングなのだ。

定年という「生前葬」にはベストの年齢だ。

あとわずか十五年もやりすごせば、本当の葬儀だ。

先が短いという幸せは、どん底の人間をどれほど楽にしてくれることだろう。

いや、その幸せはどん底の人間でなくても、六十過ぎにはすべて当てはまる。「先が短いのだから、好きなように生きよ」ということなのだ。

嫌いな人とはメシを食わず、気が向かない場所には行かず、好かれようと思わず、何を言われようと、どんなことに見舞われようと「どこ吹く風」で好きなように生きればいい。

周囲から何か言われようが、長いことではないのだ。「どこ吹く風」だ。

これは先が短い人間の特権であり、実に幸せなことではないか。

俺は若いうちにひどい目に遭わなかったことを、つくづくありがたいと思った。

七月二十日、梅雨が明けるなり強烈な夏の陽ざしが照りつけた。

その中で、「美容室ちぐさ」はオープンした。

千草が出て行って九日、俺はトシや道子に様子を確認してはいるが、本人とはまったく話していない。

こうなったのはすべて俺の責任であり、千草には一点の瑕疵《かし》もない。であればこそ、別居であれ離婚であれ、あるいは元の生活を願うのであれ、俺が動いてけじめをつけなければならない。

それは十分にわかっている。わかっているのだが、正直、面倒くさいなァという気があった。

千草は大切な、代わりのいない妻ではある。そこに嘘偽《いつわ》りはないのだが、いなければいないで楽だなァという気持にも嘘偽りはなかった。

一人がこんなに楽で、せいせいするものとは思わなかったのだ。

もっとも本当に離婚して、狭い小さなアパートに独居するようになれば、そうも言っていられないだろう。だが、スッカラカンの一歩手前になり、その生活に腹を決めた今、何だか妙にスッキリしている。

妻に気兼ねしなくていいことにもだ。

決してヤケになっているのではなく、野垂れ死ぬのも悪くないと思い始めている。

もしもそうなれば、人は俺を「孤独死」だの「エリートのなれの果て」だのと噂するだろう。だが、何を言われようと、死んだ俺にはどこ吹く風だ。

離婚していれば、千草にも迷惑はかかるまい。

だが、いつまでもこうしているわけにはいかない。俺は負債について銀行と話した後、「美容室ちぐさ」に足を運ぶことにした。

清明学園のある坂道は、夕陽が夏木立を照らし、部活の中学生たちが掛け声を合わせながら走り抜けて行く。

千草の店は坂を登ってすぐの、閑静な住宅地にあった。

周囲はやはり緑が多く、夏の花々が垂れさがるように覆いつくす家もあった。

トシのデザインはさすがで、店はそんな景観の中に溶けこんでいる。看板もごく小さく、植え込みに隠れるような入口は、見落としてしまいそうだった。

そっとのぞくと、店内は祝いの胡蝶蘭であふれ、トシと道子の姿が見えた。

どう入ろうかとためらっていると、女性客を送り出すため、千草が外に出て来た。俺は反射的に植え込みに姿を隠した。隠れる必要はないのに、情けない。

千草がにこやかに店に戻るのを見て、生き生きしていると思った。

女たちはよく「キラキラしている」という言葉を好んで使うが、気持が悪い。だが、千草は「キラキラ」していた。やっぱり、こいつはきれいだ。

そして、千草もきっと一人が楽だと知り、せいせいしているのだ。そう思うと気が楽になり、俺はドアを開けた。

すると、キラキラ本人が真っ先に、

「あらァ！　来てくれたの。ありがとう」

と声をあげ、嬉しそうにかけ寄ってきた。

驚いた。

考えてもいなかった。

「今、やっと最後のお客が終わったとこ。よかった。座って」

待ち合いコーナーのソファもこげ茶色のシックなもので、壁には草の絵が掛かっていた。

「壮さん、聞いてくれよ。ソファの色に合わせて絵を描けって脅迫されてさ。

それも名前のように千の草々を描けって。ソファを選んだのは俺だから責任あるんだってさ」

トシはまったく嫌そうでなく、むしろ嬉し気にそう言った。

「ビールで乾盃だね」

道子が、冷蔵庫から缶ビールを出してきた。

「いい店だな。場所もいいし、内装も外装もいい」

「でしょ。がんばり甲斐があるのよ。とりあえず、予約も順調だし」

「ママったら、娘の私からも孫たちからも正規の料金取るって言うのよ」

「当たり前よねえ。生活かかってんだから」

一瞬、空気が静止した。

「俺のせいで、千草の老後の楽しみと生き甲斐が、老後の生活の糧《かて》になってしまったよな。申し訳ないと思っている。いずれきちんと話し合い、できることをしたいと考えていた」

トシがビールを飲み干し、立ち上がった。

「俺はそろそろ」

道子も立ちながら、訊いた。

「トシちゃん、浜田さんと約束？」

「いや、別の女と約束」

「これだ。私は子供と約束があるから」

二人は気をきかせたらしく、出て行った。

千草とソファに並び、かなり長い沈黙があった。

「好きなようにしていいよ。離婚でも別居でも」

千草は返事をしない。

沈黙が続いた。

外は西陽が落ち、夏木立の空が暮れていく。

こんな夕暮れに、東京會舘で久里とローストビーフを食べたことを思い出した。

「私、今回のこと許してないわよ。九千万の負担は常識じゃ考えられない」

その通りだ。

「あなたは夫婦で長年かけて積み上げてきたお金を、一瞬で全部使った。そのお金は半分は私のものだったのよ」

その通りだ。

「この店を出すための返済計画も、大きく狂ったし」

千草はブラインドを降ろし、店の灯を落とした。

待ち合いコーナーだけが、スポットライトに浮かび上がった。

「明日から戻るわ。家に」

なぜだ。

「ずっと一人で考えたんだけど、別れると寝覚めが悪い気がしてね。外に女を作ったとか、家庭内暴力だとか、ギャンブルだとか、そういうことならサッサと別れる。でも、それとは違う」

そう言われて、かえって申し訳なさが突きあげてきた。

俺が勝手をしたという意味では、別れるに十分な理由だ。

「別れないのは私のためよ」

「どういうことだ……」

「長く一緒にいた縁をブツッと叩き切ったら、私の気分が悪いもの。今後、介護やあなたの世話をする気はない。でも、離婚という形は取りませんから」

電話が鳴った。

「美容室ちぐさでございます。はい、オープンから三日間は六時に閉めますが、その後は八時まで営業致しますので。ご予約ですか。ありがとうございます」

嬉しそうに電話を受けている千草を見ながら、この結論は強烈な仕返しだと思った。

第十一章

倒産の後処理は続いていたが、大手町のオフィスは七月末で明け渡した。副社長の高橋と鶴巻はまだ俺と処理に当たっていたが、二人を除き、社員たちも七月で散った。社員は最終的には十八人になっていた。

俺は最後の日、十八人に七月分の給与と、気持だけの金一封を渡した。退職金とはとても呼べない額だが、個人の預貯金から出した金だった。

大半の荷物や什器《じゅうき》が運び出されて、床に窓からの陽が射す最終日、社員たちは神妙な面持ちで金一封を受け取った。

「みんなに礼を言う。最後までがんばってくれて、本当にありがとう。君たちと過ごした一年余りは、僕の宝だ。だけど、こんな結果になったことだけは、詫びても詫びきれない。ミャンマーの状態を見破れなかったのは、僕の能力の欠如。申し訳なかった」

頭を下げた時、まだ二十五歳の男子社員が言った。

「社長、もういいっスよ。それよか今夜、社長を励ます会をやろうって、もう店を予約してあるんスよ。な」

「な」とみんなを振り返ると、大きな拍手が起きた。高橋があわてたように言った。

「社長、居酒屋ですからね。安い居酒屋」

「ありがとう……。だけど、俺が励まされちゃ世話ないな」

「いえ、みんなわかってるんです。社長がどれだけ頑張って、どれだけ負債抱えて、どれだけ俺たちのためにやってくれたか。よくわかってます」

十八人が一斉に小さくうなずくのを見て、胸がいっぱいになった。若い子たちがなけなしの金を集めて、励ましてくれるのか……。

俺を「励ます会」は、新橋の居酒屋の個室だった。個室といっても、衝立で区切った一角だ。

俺は涙を見せまいと必死で、つい無口になる。

彼らは励まさねばと思うのか、

「またいいことありますよ」

などと、ありきたりなことを言うのが可愛い。

だが、俺は彼らの若さに涙をこらえていたのだ。

一人三千円も出せば飲み放題という安い居酒屋で、若い男も女も桃のような肌と濁りのない赤い唇で、「うまい」「うまい」と食べ、飲む。

まだ先の長い、まだ五十年以上も先のある若い桃たちを、俺は放り出したのだ。後は知らないから勝手にやれと言うのと同じだ。

油の回ったような天ぷらや、乾いて反ったような刺身をきれいに食べる桃たちを見ながら、俺はますます無口になっていた。

千草の店は順調だった。

開店当初はもの珍しさで客が来ても、そう続くまいと思っていたのだが、十月に入った今も、新規の客が増えているらしい。

「よかったな。お前の誠実な接客ぶりと、あとはやっぱり技術《うで》のおかげだろうな」

俺はいつも、媚《こ》びるような追従《ついしょう》を口にする。九千万の負債を思うと、まったく頭が上がらない。

千草は追従のたびに、無表情に答える。

「店の場所がいいから」

会話は続かず、ただ黙々と食事をする。向かいあっていながらの沈黙に耐え切れず、それを破るのも必ず俺だ。

「何か手伝うこと、あれば言ってくれよな」

「特にない」

また黙々と食事をする。

夫婦関係は破綻しなかったが、これでよかったのだろうか。俺にとっても、千草にとってもだ。

いっそ、俺は四畳半一間の安アパートに移り、千草にできる限りのことをして別れる方がいいのではないか。その方が千草も楽だろう。正直なところ、俺は楽だ。まったく頭が上がらない状態で、こうしているのはつらい。

男にとって、結婚生活とは何なのかと思うことがある。

俺たちの場合は、俺が悪い。妻とギクシャクするのは当然だ。

だが、一般的に考えても、家庭での主導権は妻が持つ。妻も外で働き、夫も家事分担をしていても、多くの場合、家計の柱は夫だ。そうやって身を粉にして家族を養い、やっと「終わった人」として家にいるようになると、邪魔にされる。

特に娘は母親とツーカーだ。父親がずっと家にいると「うざい」の「きもい」のと面と向かって言うと、よく雑誌にも出ている。

男にとって、会社勤めと結婚は同じだ。会社では結果を出さない人間は意味がないとされ、追いやられる。家庭では年を取ると邪魔にされ、追いやられる。同じだ。

結婚が男にとっていいものかどうか、俺にはわからない。いや、女にとってもだ。

俺は次に生まれて来たら、結婚はしないかもしれない。

ゴールドツリーの残務は、十一月にはすべて終了する予定だ。

それから後、俺はまた定年直後のような生活に入る。もうジムに行ったり、大学院に行ったりする金銭的余裕はない。

だが、かつてのように仕事を熱望することはない。ゴールドツリーのおかげで、俺は成仏したのだ。千草をひどいめに遭わせてしまったが、サラリーマンとして成仏できた。

これからは主夫として、家事全般をこなそうと思う。金もかからないし、それが妻へのせめてもの償《つぐな》いだ。

それにしても、千草が働いているのはつくづく有難い。経済的には微々たるものだが、顔をつき合わす時間が少ない。何よりだ。

夜、一人でテレビを見ていると、携帯電話が鳴った。二宮からだった。

「どうした？　久しぶりだなァ。今度は東京で世界戦裁くのか？」

二宮は倒産を知らない。電話の向こうで、弾んだ声をあげた。

「いや、世界戦じゃないよ。あさって、盛岡に行かないか。知ってんだろ、南部高の決勝進出」

「決勝？　何の？」

「知らないのかよ。来春の甲子園、ありうるぞ」

「ホントか？　岩手県大会の決勝に出るのか」

「そうだよ。もうOBもOGも大騒ぎだよ」

俺は倒産やら千草のことやらで、高校野球なんてチェックもしていなかった。

それに、全国でも名高い進学校が、県大会で勝ち進み、甲子園もありうるなんて予想だにしていない。

「羅漢、一緒に応援に行こうよ。決勝はあさって十月五日の昼十二時三十分。県営球場だ。それはいいんだけどさ、問題は決勝の相手だよ」

「どこ」

「水沢《みずさわ》学院」

「アター。ちょっと格が違うな」

水沢学院は、プロ野球のスター選手を輩出している名門校だ。

「だから、南高《なんこう》としてはせめて応援は派手にやろうってんで、校友会がすごいよ。俺らの同期もかなり集まるらしいから、同期会もできるし」

十月五日はまだ残務整理の最中だが、一泊二日なら行ける。今はつい新幹線代もケチりそうな気分だが、行きたかった。

「羅漢、社長業が忙しくて無理か？　ま、急だもんなァ」

俺は遮るように答えていた。

「行くよ、行く行く。南高がもし甲子園に出たら、東大に五百人入るよりすごいよ」

「だろ。じゃ向こうで会おう」

この電話一本で、心の中が故郷でいっぱいになった。

それにしてもだ。南部高でも有名な秀才だった俺が、エリートだった俺が、よりによって尾羽打ち枯らして帰省するのか。

故郷に錦を飾りたかったなァと思いつつも、岩手山が浮かんだ。北上川が流れた。お袋の盛岡弁が聞こえた。

帰宅した千草に、俺はつい興奮して言った。

「あさって、盛岡に行く。春の甲子園に出られるかもしれないんだよ、俺の高校。県大会決勝進出だよ、決勝」

「そう。気をつけて。着がえてくる」

千草は寝室に消えた。

岩手山も北上川もお袋の盛岡弁も……しぼんだ。

十月五日、朝九時八分東京発の「はやぶさ」9号に乗り込んだ。

グリーンではなく普通車に乗ったのは、久しぶりだ。もう思い出せないほど久しぶりだ。

列車が新白河《しんしらかわ》を過ぎ、あたりの風景が東北らしくなってくると、それだけで胸が高鳴る。

窓にくっつくほど額《ひたい》を寄せ、外を見る。

東日本大震災から一ヵ月半ほどたった時、千草に言われてお袋の様子を見に帰ったが、日帰りだった。

当時、俺は子会社の片すみで定年を待つばかりの身であり、一泊でも二泊でもできたのだが、しなかった。

知っている顔と出くわすのも嫌だったし、近況を訊かれるのも嫌だった。

もっとも、いつ迄も俺のことなど覚えている人もおらず、いたとしても震災から日がたっていない。俺に関心を抱くどころではなかっただろう。なのに、元エリートは幾つになっても自意識過剰なのだ。

「はやぶさ」が仙台を過ぎ、一《いち》ノ関《せき》、水沢江《みずさわえ》刺《さし》、北上《きたかみ》、新花巻《しんはなまき》と通過するに従い、窓が開かないのに故郷の匂いが濃くなる。俺は力が入って、試合を見る前に疲れそうだった。震災の後に帰った時は、こんな気持にならなかった。今は失うものが何ひとつないからだろうか。何もかも失うと、故郷だけが残るのかもしれない。

石川啄木の、

「汽車の窓　はるかに北にふるさとの山見え来れば　襟を正すも」

という歌を思い出した。

啄木は明治四十年に故郷の岩手を出て以来、二度と戻れぬまま死んだ。だが、心はいつも岩手を向いていたという。この歌は、帰れない故郷を思い、帰る自分を想像し、異郷で作ったのだ。

盛岡駅のホームに降りるなり、俺は「盛岡　もりおか」と書かれたプレートを見つめた。

　帰って来た。

　この字を見るだけで、帰って来たと思う。

　岩手県営球場に着いたのは、十二時前だったが、すでに両陣営とも応援席は満員だ。

　テレビや新聞の取材陣も多く、「プロ野球のスター選手を輩出する名門水沢学院vs.全国屈指の進学校南部」の構図が売りらしい。

　この混雑では、とても二宮を見つけるのは無理だと思っている時、

「羅漢！　こっち」

と声がした。同級生だった根津《ねづ》、ネズミというあだ名のヤツだ。

「羅漢、久しぶりだなァ」

「席とってあるぞ、羅漢こっち」

　他からも声がする。見れば、同級生の一団だ。二宮も手を振っている。

　俺も「オー！」「オー！」といちいち声をあげ、誰彼かまわず握手する。名前を思い出せないヤツも多かったが、俺は帰って来た。また、そう思った。

席に座るなり、イッチャンと呼ばれていた市川《いちかわ》が冷えた缶ビールをくれる。

「オ、昼間から飲むのか」

「だから、旨《うめ》のす」

盛岡弁だ。

その時、濃紺に白く「N」と染め抜かれた校旗が、客席に向けられた。この「N旗」は、旧制南部中学時代からのシンボルだ。

観客は何も言われないのに、全員が一斉に立つ。

羽織袴《はかま》に破帽《はぼう》という応援団長が、あたりを圧するように進み出る。これも旧制南部中学時代からの、バンカラな伝統だ。

共学になり、可愛らしい女子チア軍団の華やかさも加わった。しかし、今時珍しいバンカラ団長の「忍《ウス》」の挨拶で、力強いエール交換は昔のままだ。

そして、観客はN旗をあがめるかのように見上げ、全員で校歌を吠えた。

とり肌が立つ。

もう何十年も歌っていない歌詞が、つかえることなく出てくる。

俺が東京で置かれている状況が、何だかどうでもいいことのように思える。

試合はとても勝負にならなかったが、応援席はヒットが一本出るだけで、勝ったような騒ぎだ。

七回裏、七対〇という大差ながら、二死三塁になった。応援席は総立ちで、応援団長のもと校歌を咆哮《ほうこう》する。

誰の顔にも十七歳の面影がある。面影は、現在の年齢と過ぎた日々を顕《あら》わにする。

こいつらもみな「終わった人」として、これまでの世界から剝《は》がされ、若き日の校歌を歌いに集っている。

その回に一点を返したものの、結果は十対一という大敗だった。それでもスタンドは「あの水沢学院から一点取った」と歓喜に揺れた。

終了後、近くでちょっと一杯の同期会をやり、夜は二宮らが声をかけたメンバーと飲むことになった。

俺は心躍る思いで、お袋が待つ家に向かった。

家は大沢川原《おおさわかわら》という町にあり、JR盛岡駅から歩ける距離だ。再開発でだいぶ変わったが、俺が高校生の頃は鍛冶《かじ》屋、畳《たたみ》屋などが並んでいた。古い旅館の大正館《たいしょうかん》も、すっかり新しくきれいになっている。その中で、塩釜馬具《しおがまばぐ》店は残っていた。佐藤《さとう》ロープ商会と坂本《さかもと》刃物農具製作所もあった。悠然と残っている姿に、泣きそうになる。

実家も建てかえており、俺が育った家ではない。

だが、町や家が変わっても、このときめきと嬉しさは郷里《くに》以外では得られないものだ。

お袋は、いささかおぼつかない足取りながら、玄関で出迎えてくれた。

「ニュースで見やんしたよ。負けだってな」

「ああ。すたども、よく一点返したと思わねが？」

妹の美雪が、隣りで笑い出した。

「何、兄さん、もう訛《なま》ってる」

そういえば、スタンドでもみんな訛っていた。二宮も、大阪在住四十年という渡辺《わたなべ》もだ。郷里に足を踏み入れるなり、そうなるのだろう。

茶の間のテーブルには、すでにホタテの刺身とキノコの炒め物、岩手短角牛の味噌漬焼、それにじゃじゃ麺、ビールが並んでいた。

「兄さんのために、今朝から張り切ったんだよ、母さん」

お袋がクーラーを嫌うため、この家には一台もクーラーがない。真夏でも、扇風機と縁側から入る風である。建てかえても昔ながらの濡れ縁を作り、今はそこからいい秋風が入ってくる。

「ホタテも短角牛も旨《うめ》なァ。東京のスーパーとは味っこがまるっきり違うよ」

「そだべ。小さい時の味っこと同じだえん」

お袋はゆっくりと立ち上がった。

「食べ終わったら、父さんの墓参りさ行きやんすべし」

そう言って出て行ったのを確認すると、俺は小声で美雪に打ち明けた。

「母さんには言うな。会社つぶれた」

「えーッ!!」

叫んだ美雪を慌てて制し、台所の方へ目をやった。美雪が庭を示した。墓に供えるつもりなのだろう。お袋は花を切っていた。

俺はこれまでの状況と、九千万の負債のことを話した。

美雪は驚きを通り越して、ぼんやりしている。

「九千万って……額が大きすぎてピンと来ねな……」

「俺もだ」

「それ、兄さんが払うしかねの？」

「うん」

「……義姉《ねえ》さん、何て？」

「絶対許さねど。そう言って、家を一度出て行った。今はとりあえず普通に暮らしてるんだっとも……」

「うまくねべ？」

「んだな」

「当たり前《めぇ》だ……」

美雪は沈痛におし黙った。やがて何か言いかけた時、花を持ってお袋が入って来た。

「三人で行ったら、父さん喜びやんすべ」

「俺、墓参りの後で、久しぶりに岩山《いわやま》さ行きてな」

岩山は、盛岡の市街地や周囲の山並みを一望できる丘陵だ。

「良がんすねえ！　何だか嬉しなっす、壮介がいるずど」

ぼんやりと座っている美雪を、俺はつついた。

美雪はハッとして顔を上げ、花を指さした。

「母さん、まんつ花を水に入れた方が良《い》がべ」

「あや、そでがんした、そでがんした」

お袋が出て行くなり、美雪は真剣に俺を見た。

「帰ったら義姉さんに言って。母さんの世話代を減額すっから。おら方《ほ》の夫はまだ現役だし、今後、母さんが動けなくなったら、その時は相談すっとも」

「減額なんて、心配することねよ。みんな美雪に押しつけてるんだから。おら方は年金もあるし、普通には暮らせるって」

「すたども……」

「この後、何かあったら相談すっとも、今は心配するな」

美雪は小さくうなずいた。

「母さんはこの頃、新しい情報が頭に入って行かねえ時があってな。たぶん、兄さんはまだたちばな銀行にいると思ってるべよ」

「あや、そう！　それはありがてな」

「うん、こういう時は親の頭が鈍くなってて良《い》がったと思うのす」

悲しいことだが、それは確かだった。

美雪の運転で岩山の展望台に着いたのは、夕焼けの頃だった。

杖をつくお袋を守るように、俺と美雪が両側に立つ。

目の前にドーンと岩手山がそびえていた。

俺が小さい頃と何ら変わらぬ姿で、何ごとにも動じないように泰然とそこにあった。

西に岩手山、東に姫神山《ひめかみさん》、その間を北から南へ流れる北上川。石川啄木は処女詩集『あこがれ』の献辞に、

「此《この》書を尾崎行雄氏に献じ併《あわせ》て遥に故郷の山河に捧ぐ」

と書いた。

「こんないい山と川、他にはないよな」

俺がつぶやくと、お袋が大真面目に言った。

「誰だって、日本中の人が故郷の山をそう思うのす」

美雪も大真面目に言った。

「川だって、新潟の人は信濃川《しなのがわ》。長野の人は千曲川《ちくまがわ》、京都の人は鴨川《かもがわ》、高知の人は四万十川《しまんとがわ》……みんな自分の川だと思ってな。これほどいい川はないと思うべよ。面白《おもしえ》もんだな」

故郷とはそういうものなのだろう。どこの誰でも、「ふるさとの山に向ひて　言ふことなし　ふるさとの山はありがたきかな」なのだろう。

刻々と暮色が濃くなり、岩手山と姫神山が黒いシルエットに沈み始めた。その手前に広がる盛岡の町。しだいに家々に灯りがともる。空が暗くなるにつれ、その灯りが次々に増えていく。

俺はこの町で生まれ、この町に育てられたのだ。親父とお袋と妹と、この灯りのどこかで生きてきたのだ。

明日を思い煩《わずら》うこともなく、親に守られて、ぐっすり眠ってもりもり食べて、生きてきたのだ。

隣りを見ると、お袋は丸くなった背中で暮れていく町を見つめていた。小さくなったと思った。

町に目をやったまま、お袋が突然言った。

「帰《け》って来ればよがんす」

俺は美雪をにらみつけ、「言ったのか」と目ですごんだ。美雪は「言ってない言ってない」と必死に手を振る。

お袋は眼下の町から目をそらさず、穏やかに言った。

「何十年も他さ住んでいたたって、郷里《くに》っつものは、ちゃんと居場所を作ってくれるもんでござんすンだよ」

お袋は何もかも察しているのではないか……と思った。

美雪はなおも「言ってない、何も言ってない」と手を振る。俺は「わかってる」と目で言い、お袋の丸くなった背に手を回した。

俺を入れて八人の「ミニ同期会」の場は、「もりおか啄木・賢治青春館」近くの「アッカトーネ」というワインバーだった。

若いオーナーソムリエがいる洒落《しゃれ》た店で、岩手の食材を使った料理もうまいという。昔はなかった店だ。

定刻より早めについた俺が、

「前期高齢者のオヤジたちだから、てっきりどっか居酒屋に集まると思ってたよ」

と笑うと、吉川《よしかわ》という元ラグビー部員が、店のオーナーソムリエを示した。

「若《わ》げんだが俺の先生だ。俺さ、ワインの勉強して、去年ついに取ったのさ。ソムリエの資格」

驚いた。

吉川は高校時代、頭よりも体で目立ち、ラグビー一筋の生徒だった。俺とは接点がなく、顔を覚えている程度だ。

南高から仙台の私大に入り、盛岡に戻ってホテルに勤めたのだと、ワインを選びながら言う。

「俺、生まれ育ったここ離れたくねくてな。みんな東京だ、仙台だって出はったども、少しでも若げヤツ残らねば……と、ま、危機感だな。何よりも、俺は盛岡が好きでな」

　吉川はホテルで得た人脈や、接客術などのノウハウを生かし、四十二歳で独立。レストラン経営に乗り出したそうだ。

「いい料理人たちに恵まれてさ、今は遠野、一関《いちのせき》さも店がある。盛岡の二店舗と合わせで、地産地消と雇用にぺっこばがりだっとも役に立ってるべ」

「たいしたサクセスストーリーだな」

「いやいや、さんざん言われだよ。吉川はバカだから、東京さ出はれねんだどな」

　確かに、そういうことは言われそうだ。だが、高校時代はラグビー以外に何の能もなかった吉川がソムリエか。何店舗ものレストランのオーナーか。

　やがて、続々と六人が入ってきた。

　大阪在住四十年の渡辺、東京在住の俺と二宮。あとの五人はずっと地元か、Uターン組だった。

　卒業以来、四十七年ぶりに会った及川《おいかわ》は、「盛岡セントラル国際病院」の副院長になっていた。高校時代から優秀で、東北大の医学部に現役合格したところまでは知っている。

「東京と仙台の病院にもいだっとも、俺、岩手の地域医療やりたかったから戻ったのす。今の病院はもう十七年さ」

専門は呼吸器外科で、名医の誉《ほまれ》が高いらしい。

「及川もこっちさ戻った時、色々言われだよな」

吉川が言うと、及川は大笑いした。

「言われだ、言われだ。手術が下手くそで患者六人死なせだから、盛岡さ戻されたとかさ。どっから六人だって数字出はって来るんだか、最初は落ち込んでさ」

「どうやって噂を消したんだ」

「真面目な話、俺の医者としての能力だな。できるヤツだとわかると、噂はあっという間に消えださ。羅漢はどうしてた。元気そだな」

元気なわけがない。

ふと、思い出したのは、俺たちが大学受験をする頃にさんざん言われた「都《みやこ》落ち」という言葉だ。

これは、東京の高校生が地方大学に入学することを言う。北大から九州大までの旧七帝国大学や医学部を除き、「都落ち」は東京の高校生にとって恥ずかしいことだと聞いた。つまり、地方をバカにしていたのだ。

逆に、地方の高校生や大学生たちは「都入り」とでもいうか、東京の大学や企業をめざし、意気揚々と故郷を後にしたものだ。確かにあの頃、地元に残る人間は東京に出る人間より下に見られていた。

俺はまさに鼻高々の「都入り組」だった。

だが、ソムリエの吉川も、三十そこそこでUターンしたという大学教授のイッチャンも、名医の及川も、若い時から地元志向だったということか。地元に根を張り、成功している。

今になると、地元志向で地元の活性化に終生尽くし、成功するという生き方もあったのだと気づかされる。

二宮は嬉しそうに、みんなに言った。

「羅漢はたいしたもんなんだよ。メガバンクでトップランナーで、今はIT企業の社長で最前線さいるずもの。生き馬の目を抜く東京で、それも最先端のI

T業界だろう。そこで、四十人の若げヤツらまとめるなど、普通はできねって。このトシでさ」

「まあな。色々あるけど」

と誤魔化すと、ネズミというあだ名の根津が割り込んできた。

「ホントに人生ってわかんねよな。羅漢みたいな成功者もいるけど、同じ教室で勉強していても、人生色々なんだよ。ここにいるみんなは俺の惨状、知ってるけどさ」

ネズミは東京の大手家電メーカーで、役員を目の前にして子会社移籍を命ぜられたという。俺と同じだ。俺と違うのは、そこの常務を経て雇用延長を受けたことだ。

ところが、会社に行っても仕事がない。そういう人間ばかり三人が一部屋に入れられ、新聞を読んだり、若い社員に頼まれて書類を整理していたという。

「それでも給料は出るわけだよ。現役時代の何分の一かだってもさ。何だかバカにされてる気がして半年でやめた」

その後が悲惨だったという。

「俺……朝から居酒屋に通ってたんだ」

「え？　朝から？」

「ああ。朝の居酒屋は定年したオヤジのサロンだよ。混んでるよ、いっつも。バイトのオネエチャンに『今日のお勧め、何？』なんて訊いてな」

「毎日、朝から飲んだのか」

「ああ、毎日。現役時代は毎日『朝まで飲んで』、定年後は毎日『朝から飲んで』だ」

男にとって、「まで」から「から」へは、天国から地獄だ。

「チューハイでも熱燗《あつかん》でも、毎朝八時には飲む。別に酔っても誰《だ》っても困らね立場だし。女房は東京のテレビ局の幹部で、もう俺には関心ないし、昼頃に千鳥足で帰って、昼寝の毎日だ。そんたな時に、こいつから電話かかってきてな」

と、工藤《くどう》を指した。

工藤は東日本大震災をきっかけに大手生命保険会社を辞め、盛岡にUターンしていた。復興のためにNPO法人を立ち上げたいと、居ても立ってもいられなくなったという。

そして、力を貸してほしいと、東京で酒びたりのネズミに電話をかけた。

工藤は三陸の魚介マリネをつまみ、苦笑した。

「ネズミが酒びたりだなんて考えもしてなくてさ。ただ、こいつ、高二の時、留学試験に通って、一年間アメリカに行ったろ」

「そうそう、みんな憧れたよなァ」

「それを思い出してさ。NPOは外国や外国人との接触も多いし、定年して多少は暇かと思ってな」

ネズミは工藤の申し出を受けた。

「俺だって、いつまでも居酒屋通いはしてられないと焦ってはいたのす。これは立ち直るいいきっかけだと思ってな」

その後、ネズミは月に一度盛岡に来て手伝っていたが、一昨年、Uターンした。

「だんだん、盛岡と東京が半々になってな。そうすると、やっぱりこっちがいいんだよ。不思議なもので、若い時にマイナスに思えたことが、年取るとプラスに思えてくるのす。隣近所のつきあいとか、静かでのんびりしてることとか、何でも知られてることとか」

ネズミの妻は、東京を離れる気はないと、スパッと断ったという。

「で、どうした？」

「ハンコおした離婚届、渡されたよ。出してないけど、離婚と同じだな。酒びたりの俺に嫌気もさしてたんだろ。子供二人は独立してるし、こっちに一人で来た」

アメリカ帰りの、憧れだったネズミが、高校時代にはまったく目立たなかった工藤に助けられた。

人生とは、本当にわからない。

ネズミが茶化すように言った。

「工藤は『残りの人生を郷里《くに》の復興と、被災者のために尽くす』って青臭いこと言うんだよ。正直、小っぽけなＮＰＯに何ができるもんかよと思ったけど、あの気合いには負けたな」

工藤はネズミと南高ＯＢを中心に、「リボーン岩手」を立ち上げた。「リボーン」、生まれ変わるとか再生という意味だ。

工藤は、

「俺も東京の会社で雇用延長はできたけど、断ってUターンして、年金暮らしだ。女房は山形の人間なんで、『ま、東北ならいべ』ってついて来たよ。今じゃ、リボーンの戦力だな」

と言って、遠慮がちに俺を見た。

「羅漢、お前はまだ第一線の社長だから、時間がないのはわかってる。でも、もし時間ができたら手伝ってくれよ」

今の俺には、盛岡を往復してボランティアをする金銭的ゆとりはない。

「羅漢は銀行マンだったから、経理は強いだろ。いや、現役社長に頼めることじゃないけど、たまにでも見てもらえるとなァ」

ネズミは飲んでいる面々を指さした。

「ここにいるヤツら、みんな手伝ってんだよ。二宮は定期的にボクシング教室やって、ジイサンバアサンまでグローブつけて生き生きしてるよ。渡辺はやっぱり大阪から定期的に来て、子供たちの学習支援の教師だ。あいつ、大阪で小学校の校長だったから」

「羅漢には、暇がある時に講演会っていうか、何か成功体験みたいなこと語ってくれるとか、それだけでもいいんだ。考えてくれよ」

「謝礼は出せねけど、夜の飲み会は任せれって」

手伝いたかった。定期的に故郷に戻り、こいつらと仕事をするだけで、生き返れそうな気さえした。

だが、俺が「考えてみるよ」とか「暇ができたら必ず」などと型通りの返事すらしないことで、少し重い空気が流れた。

ソムリエの吉川が察し、ワインを注ぎながら言った。

「工藤もネズミもつめ寄るなって。ナーニ、社長業を辞めてからで良《い》がべ。南高OBの若《わ》げヤツも増えでるがら、羅漢、いつでも良がんすよ」

工藤とネズミも気づかされたのか、

「ごめん。現役の間はきついよな、確かに」

とあわてた。気を使わせて、いたたまれなかった。

ああ、こいつらに俺の現状を全部話したい。どんなに晴れ晴れするだろう。

こうしてみんなと一緒にいながら、俺だけはあまり酒も進まず口数も少なかった。自分のことを隠しているため、どうしても聞き役になる。自分に話が振られないようにしている。

誰もが自分の浮き沈みをケロッと話せる年齢になり、助けあっているのに、俺はできなかった。

将来を嘱望された男ほど、美人の誉が高かった女ほど、同窓会に来ないというのはよくわかる。

ネズミがとってつけたように、話題を変えた。

「羅漢、16番のこと覚えてるか？」

16番、懐しいあだ名だった。

そう呼ばれていた川上喜太郎《かわかみきたろう》と俺は、高校時代の三年間、常にトップを争い続けていた。あだ名は、巨人軍の往年の名選手、川上哲治《てつはる》の背番号だ。

何があっても動じない「十六羅漢」から「羅漢」と呼ばれた俺と、「ダブル十六」の秀才ぶりは、教師の間でも評判だったのだ。

「16番、羅漢に会いたがって会いたがって、何とか時間作ろうとしたども、わがねがった」

16番は確か京大の理学部に行ったはずだ。大学教授かどこかの研究所のトップか知らないが、まだ「終わった人」ではないのだろう。

「16番の店、近いから五分でも十分でもと誘ったども、留守番のアテがつかねって」

「店？　16番は盛岡で何か店をやってるのか？」

「ヤツの親父がやってたカメラ屋だよ」

「……16番、あのカメラ屋継いでんのか」

「そうだよ」

「あの場所か？　昔の」

「そうだよ」

それは下《しも》ノ橋町《はしちょう》の古い店で、奥が住まいになっていた。なぜ、京大の理学部を出てあの店を継いでいるのだ。

俺は反射的に立ち上がっていた。

「ちょっと16番のとこに顔出してくる」

「オー、喜ぶべな。こっちは日付が変わってもやってるがら、ゆっくり戻って来ればいい」

俺は勝手知ったる夜道を、十分ほど歩いた。

商店街の一角に「川上カメラ店」は昔のままにあった。だが、こんなに小さかったか？　と思うほど、店は小さかった。

正面はシャッターが降りている。勝手口へ回り、古びたドアをノックする。

中からドアを開けたのは、16番の父親だった。見覚えがあった。

「羅漢！　来てけだのか。あがれ、あがって」

父親は大声をあげ、俺に抱きつかんばかりにして喜んだ。

何か……変だ。まさか、16番本人か？　嘘だろ、このジイサンが……16番か？

「羅漢、卒業以来だべ。よく来てけだなァ。ほれ、まんつ座って」

頭はすっかり禿げあがり、顔には深いシワが刻まれ、16番の父親にしか見えなかった。膝の出たズボンによれた甚兵衛《じんべえ》が、さらに老人くさく見せている。

勝手口から続く台所には、食堂テーブルと椅子があった。

そのひとつに座っている老人が、夕食らしきものを食べていた。ごはんをかっこみ、味噌汁を飲み、煮物を休むことなく口に入れる。こっちが本物の父親らしい。

16番が話しかけた。

「父さん、羅漢が来てくれたでがんすよ」

やっぱり、そうか。俺は気持を整え、頭を下げた。

「お父さん、覚えておられないでしょうが、高校の時によく現像をお願いした田代です」

父親は俺の方を見ることもなく、無表情で食べ続けている。

「親父、認知症が進んでさァ。徘徊もあるし、危険なこともわがらねくなってて、目を離せねのす。昼はデイサービスさ行くんとも、夜は俺も出はられねんだよ」

16番は冷蔵庫からビールを出して来た。

「親父、メシ食ったことをすぐ忘れて催促するんだ、何回もな。俺はそのたんびに食わせてるのす。ナーニ、九十を越えてるんだから、今さら我慢させることねがべ。な、父さん」

台所の奥に、畳敷きの和室があった。介護用らしきベッドが見える。

「羅漢、お前《め》さん全然変わらねな。乾盃！」

16番はビールグラスを挙げた。

「俺はすっかり変わったべ」

「え……いや、そんなことないよ」

「いいがら、無理することねって。変わるようなこと、色々あったがら」

そう言って笑顔を見せた。一瞬、京大をめざしていた十七歳の表情が甦った。

聞けば、五十三の時に妻と一人息子を失ったという。交通事故で、息子は二十六歳だった。

「俺は天文学の研究所で研究生活ができていて、幸せだったし、息子は父親と同じ道行きたいって言って、やっぱり京大で宇宙物理やってたな。大学院生だった」

「そうか……」

「すっかり生きるのがイヤになって」

「……うん」

「家族に死なれると、続けてきた研究も名誉も地位も、どうでもよくなるもんだな。世間ではゆるくねごどあると、ますます研究さ没頭するとか言われるっとも、あれは嘘だ。ああ、俺は終わったと思った……」

そんな時、盛岡で独居する父親に認知症が出たという。七十八歳だった。

「ちょうどいいからとUターンしたのす。ヘルパーとかデイサービスとか、色々と助けてもらいながら、ずっと在宅介護さ」

何度目かの夕食を食べ終えた父親は、さっきからずっと台所と和室をウロウロしている。

すると突然、16番は立ち上がり、

「危ねッ！　ダメだよ、ダメッ」

と叫ぶと、父親にかけよった。

父親はガスコンロのスイッチを回そうとしていたらしい。

「羅漢、お前《め》は幸せそうだな。見ためが若《わ》げってだけで、苦労さね人生だったんだべなってわかるよ」

「いや、俺もひどいことあるのす、色々……」

16番はもう一本ビールを開け、乾き物を出して来た。

「すたども16番に比べれば、俺の色々なんて屁みたいなもんだ。本当にそう思う」

「そうか。何ぼでも比べて元気つけろ」

「大変だったべ。お前《め》さんが元気出すのはさ」

16番は深くうなずき、黙った。

やがて、ビールを干した。

「及川がここに乗り込んで来て、自分の病院さ引きずって行って……しばらく心療内科にかかってらった」

「そうか……」

「そのうち、死んだ女房の口癖思い出してさ。俺が何か落ちこんだりして、昔は良《い》がっただのって嘆いたりするたんびに、女房は東京の下町の女だからべらんめえで叱るのす。『ああ、しゃらくさい。思い出と戦っても勝てねンだよッ』てさ」

俺は黙った。16番も無言でビールを飲んだ。

ああ、俺は定年以降、思い出とばかり戦ってきたのではないか。思い出は時がたてばたつほど美化され、力を持つものだ。俺は勝てない相手と不毛な一人相撲《ずもう》を取っていたのではないか。

16番は、まだ歩き回っている父親に目をやった。

「初めは親父のことも情げなくてさ。昔のちゃんとした姿ばっかり思い出してな、なしてこんたになったべと思ってな。だっとも、親父の思い出と戦っても勝てねのさ。同じように、女房や息子と幸せだった日と戦ってもさ」

ずっと室内を歩き回っていた父親が、

「ごはん」

と寄って来た。

16番は鍋の煮物と一口のごはんを並べた。父親はゆっくりと食べ始めた。

「奥さんの言葉を思い出して、立ち直ったか……」

「いや、今も立ち直ってはいね。だっとも俺、親父の介護ねがったら、こっちさ帰ってねがったら、後追い自殺してたかもしれね。何もわげわからね子供になった親父が、何だか可愛い時もあってな」

「思い出に勝ったってことだ」

「そうか、そうだな」

16番は声をあげて笑った。

「あと、工藤のおかげもあるな」

「工藤? まさか、お前までNPO手伝ってんじゃないだろな」

「手伝ってるよ。工藤がな、使える能力は何でも岩手のために使うってな、俺さ言って来たんだよ。天文講座やれってさ」

「ハァ……。やり手だなァ、工藤」

「人は変われるんだな。高校時代は、居たか居ねかもわからねがった工藤が」

天文講座は父親がデイサービスに行っている間、月に一回だという。

「年に四、五回は夜に星空の下でやるのさ。震災で沿岸から避難してきた漁師たちが『先生、俺だち必ずまたこの星、海で見ます』って手握ってくれたりすると、『そうだよ、必ずやり直せるがら』って、俺も偉そうに言ってさ」

夜の講座の時は、近所の人が交代で父親を見てくれているという。

「一人で東京さいたら、死んでたな、俺」

父親の食べこぼしを拭く16番に、啄木の歌が重なった。

「小学の首席を我と争ひし　友のいとなむ　木賃宿かな」

この歌を啄木はどんな気持で詠んだのか。

カルチャースクールの授業では、「自分と首席を争った友は、故郷で安宿を営んでいる。さすらいながら歌など作っている自分に比べ、郷里に根づいて地道に生きている友に、ふと劣等感を持った。そういう解釈もできる」と言っていた。

だが、あの時、俺はそう取らなかった。

その友と啄木は、首席を争う神童だったのに、今は貧しい歌人と田舎の安宿の亭主。俺は「人生ってわからないものだな、悲しいものだな」と歌っているととらえた。

今、俺と川上、ダブル十六はそんなものだ。神童と言われようが、将来を嘱望されようが、会社をつぶし多額の負債を抱えた俺と、認知症の父親を介護しながら小さなカメラ屋を営む川上だ。

だが、「地道に生きる友に劣等感を持った」という解釈も確かにあると、16番と会って初めて理解できた。

一時間ほどいて、俺は立ち上がった。

「盛岡に来たら、また寄るよ」

「お前《め》さんは忙しんだから、まんつ東京の仕事ちゃんとやれ」

そう言って父親の手を引き、勝手口から表通りまで送って来た。

「羅漢、来てけでありがと」

「また来るがら。お父さん、お邪魔しました」

父親は無表情だが、澄んだ目で夜空を見上げている。

「親父、星が好きなんだよ。まだ認知症がここまで進んでなかった時に、俺が教えたのを覚えてるらしのさ」

「16番、元気で頑張れな」

「ああ。羅漢もな」

俺はほとんど灯の消えた商店街を歩き出した。

振り返ると、禿げた息子が父親に夜空を指さしていた。古びたカメラ屋の前で、エリートだった息子は何もわからなくなった父親に、星を教えている。息子は笑顔のように見えた。

俺はまた、歩き出した。

思い出と戦っても勝てない……か。

「アッカトーネ」に戻ると、まだ全員がいた。さっきより声が大きく、かなりできあがっている。

「よ、羅漢お帰りーッ！」

「16番、喜んだべ」

「親父ごと連れて来ればいがったのに」

騒々しいみんなよりさらに大きな声で、俺は、

「ちょっと聞いてくれ」

と、立ったまま言った。

「俺、実はもう社長じゃないんだ。会社は七月に倒産した」

静まり返った。みな「羅漢が一番幸せ」と思っていたのだ。

「今も残務整理の真っ只中だ。俺は九千万円の負債を、個人で背負うことになった」

全員が「九千万」に声を失い、酔いも醒《さ》めたように見えた。

「南高が決勝に出ることも全然知らなかったんだ。ひたすら金策にかけずり回ってたから」

この負債を背負うに至るまでの経緯を、包み隠さず話した。

定年後、仕事をしたくて焦ったことも、俺の場合はカルチャースクールや趣味では満たされなかったことも、ハローワークに行ったこともだ。零細企業の面接に行ったことまでも話した。

「俺は小さい時から優秀だと言われて、実際優秀だった。だから見栄なんだろな、子会社に行かされたことも何もかも、昔の仲間にはバレたくなくて、盛岡には四十九歳以降一度しか帰ってない。大震災の時に日帰りだ。だから今回、二宮に誘われて行く気になった自分が信じられなかったよな。わざわざ尾羽打ち枯らしたどん底の時に、よく行く気になったもんだって」

こんな気持まで全部話した。

もう、16番やここにいるヤツらのように、突き抜けていい年齢なのだ。思い出から解放されていい年齢なのだ。

「今日、N旗を前にみんなで校歌を吠えて、年取ったお袋と妹と岩手山を見て、北上川を見て、こうしてお前《め》らの状況を知って、つくづく郷里《くに》っていいもんだと思ったよ」

ネズミが、誰にともなく言った。

「わかるよ。俺、酒びたりで荒れてた時、工藤から盛岡の話されて、自分に啄木の歌が重なったんだよ。『やまひある獣のごとき　わがこころ　ふるさとのこと聞けばおとなし』。帰ろ、郷里さ帰ろ、と思ったな……」

「そうか。俺、今の自分が情けなくてな。もっと日本を動かす人間になれると思ってらったから」

吉川が手を振った。

「ここにいるヤツら、みんなそう思ってらったべよ。すたども、人の行きつくとこは大差ねのす。お前《め》さんだけでねって」

ネズミがおどけて、

「そだ、そだ。俺を見ろって。南高始まって以来とまでは言わねっとも、この秀才が今じゃ工藤の使いっ走りだ」

と言うと、吉川が叫んだ。

「ネズミが実質番長だべじゃッ」

俺はみんなに笑顔を向けた。

「九千万の負債で青息吐息、女房とはギクシャクってこと、東京では誰にも言っていない。二宮にさえ、言う気になれなかったんだよな」

そして、工藤に向かい、片手で拝むまねをした。

「そんな懐《ふところ》事情なんで、ボランティアはできね。職業柄、経理は強いし、東大法科の話だの、メガバンク時代の成功体験なら、何ぼでも話せるども、今はこっちが力づけてもらいてくれでな」

俺はそう言って笑ったが、誰も笑わなかった。

「すたども、心配はいらねよ。財産をなくしても、生きていがれるんだから」

「そだそだ！　株と同じで、人にも底値の時がある。お前は今それだ」

「そだ、羅漢！　お前《め》は動じね」

「ああ。思い出と戦うほどバカじゃねって」

俺はそう叫びながら、ハッキリとそれを自覚していた。

イッチャンが突然立ち上がった。そして、さんさを踊り始めた。

みんなが「サッコラチョイワヤッセー！」と声を掛ける。

「羅漢に幸呼来《さっこら》、幸呼来！」

沖縄の人は何かあるとこうして踊るが、盛岡では初めて見た。

季節外れの「幸呼来、サッコラ」の大合唱の中、俺は「帰って来た」とまた思った。

第十二章

十月六日、予定通り九時台の新幹線で帰ろうと、盛岡駅へ向かった。

お袋は朝早く起きて銀鱈《ぎんだら》を焼き、豆腐とネギの味噌汁で朝めしを作ってくれた。

「体を大切にしやんすンだよ」

そう言って、玄関まで送って来た。

「母さんも無理するな。すたども、息子にめしまで作って、自分でもたいした八十九歳だと思ってやんすべ」

お袋は可愛い顔で、声をあげて笑った。

盛岡駅へと歩きながら、故郷に帰って来たいと思った。

ここに住み、確実に衰えていくお袋と暮らし、故郷のために工藤たちのＮＰ

〇を手伝う。東京より物価の安いここでなら、お袋と俺の年金で最低限の暮らしはできる。

俺は息を吹き返すだろう。

思い出と戦うようなバカなことを、本心から笑い飛ばせるだろう。

だが、帰って来ることはありえない。俺は千草に一生をかけて贖罪をしなければならない。

千草が盛岡で暮らすはずはなく、俺が主夫となって支えていく。それしか贖罪の方法が思い浮かばない以上、とことんそうするしかない。

俺にとって、それは本格的に「終わった人」になることを意味していた。家事と留守番をやり、ギクシャクしている妻の顔色を見る「余生」だ。

俺を必要としてくれる故郷に戻りたかった。

新幹線の中でも考え続けた。

もしかしたら、千草にとっても俺と離れる方がいいのではないか。自由に生きられるし、顔をつきあわせないですむ。

だが、俺だけが郷里《くに》に帰るのは、あまりにも無責任だ。

俺はいわば無期懲役の身だ。東京で主夫をやって余生を過ごすことが、刑期をまっとうすることなのだ。わかっている。

夜八時半、千草が店から帰って来た。当初は六時までだった営業が、今は八時までになっている。

「予約の少ない日もあるけど、そこそこ順調よ」

と言っており、疲れも見せない。仕事をする妻を裏からサポートすることが、俺の仕事なのだ。わかっている。

俺はテーブルに、盛岡駅で買って来た駅弁を二つ出した。

「三陸の海鮮弁当ね。おいしそう。私、おつゆを作るわ」

「いいよ、お茶で」

「すぐできるから」

「いいって。疲れてるのに動くな」

俺はいつでも低姿勢だ。

千草はサッとつゆを作り、並べた。

「悪いな、ありがとう」

二人で駅弁の夕食を食べる。

本格的な主夫になったら、ネットやテレビで料理を学ぶしかない。

「ネットで見たけど、南部は甲子園に行けなくて残念ね」

「でも、みんなと会えてよかった。久しぶりに町歩きもしたし」

「お義母《かあ》さん、喜んだでしょう」

「息子の顔よりも、千草がもたせてくれたマカロンに一番喜んでた」

「あらァ！」

千草は声をあげた。

「たまの故郷、いいでしょ」

ギクシャクはしているが、最近は話を続けようとしていることを感じる。許しはしなくても、残りの人生を別れずに暮らそうと思っていればこそだろう。

俺も腹を決めた。ここで主夫をやる。もう揺れない。

翌々日、盛岡のお袋から千草宛に、発泡スチロールの箱が届いた。獲ったばかりのサンマと活ホタテが入っていた。美雪の字で「母からマカロンのお礼です。サンマは刺身がイケる新鮮さです」と書いた手紙が入っている。

千草は定休日で家におり、大喜びした。

「ホタテは焼いて、あと炊き込みごはんにしよう。サンマは……私、お刺身作れない」

「俺も。新鮮でもったいないけど焼くか」

「そうだ。トシ呼ぼう。あの酒呑み、魚の扱いうまいんだから」

その夜、道子も子連れで来て、久々の宴会になった。道子の夫は出張中で、子供二人はゲームに夢中で手がかからない。

トシはあざやかにサンマをさばき、刺身にして、たたきにして、つみれ汁にもした。

まだ久里と続いているのだろうか。

もはや思い出すこともない女だが、トシのこの手が彼女を抱き、トシのこの唇が彼女を這《は》ったのかと、つい思うのは止めようがない。

サンマとホタテの宴会は、賑やかに続いた。

するとと突然、酔った勢いか、道子がとんでもないことを言い出した。

「しかし、ママは偉い。というか、普通じゃない。夫は九千万の負債だよ。老後は野垂れ死ぬかもわかんないっていうのに、よく笑って一緒に暮らしてるよ」

「笑ってないわよ。許してないし」

「許さないで、よく一緒にいられるね。トシ、そう思わない？」

「ま、普通は離婚だろうな」

千草が手を振った。

「離婚したって慰謝料も何も取れないし、この家は元々私のものだし、意味ないもん」

「だから、パパを主夫兼将来の介護要員で置いとく方がトクってことか」

俺は苦笑いし、小声で言った。

「パパは主夫も介護要員も自信ないけど……これから努力はするよ」

最近、千草の前では低姿勢に加え、気が小さくなる。そういう自分が非常に不快だ。

「私なら慰謝料ゼロでも別れるね。顔見たくないもん」

娘ながら、ズバズバと言うものだ。

するとトシが、思いもかけぬことを言った。

「いや、そういう相手をそばに置いとくことが、リベンジになるってこともあるからな」

「あるある！　そうか、ママもそれ？」

千草はシレッと、

「許してはいない。でも、リベンジのためそばに置いていたぶろうなんて、ありえないわよ。トシはそういう小説の読みすぎ」

と、サンマのたたきを口に放りこんだ。

俺は苦笑にまぎらして、黙っているしかなかった。

久々の宴会の後片づけは、深夜零時近くまでかかった。

俺は要領が悪い上に、いちいちのろい。残ったつみれ汁を見て、「明日の昼に俺が食うか。それとも朝めしにするか。朝めしのパンと合うだろうか。どうせならホタテの炊き込みごはんも残ってりゃよかったのに」などとグズグズ考えて、進まない。

俺が家事をやると、かえって自分の手間がふえると千草が思っていることは、以前からわかっていた。

だが、今夜も「後片づけは私がやる」と言う千草に、俺は、

「明日も店があるんだし、早く寝て。片づけは気持いいんだよ、やり出すと」

と断った。

別に気持よくはなかったし、かえって迷惑だとわかってもいたが、主夫になって贖罪しているところをアピールしたかった。模範囚ぶりを刑務官に示したいのと同じだ。

十月が過ぎ、十一月になっても、俺は来る日も来る日も鍋を洗い、床に掃除機をかけ、レンジフードや窓を磨き、洗濯機を回した。

スーパーマーケットに行き、クリーニング屋に衣類を渡し、ゴミを出し、家計簿をつけた。料理はインスタントやレトルトを使う。休日は千草が作ってくれた。

その中で、絶対にやらないのがアイロン掛けだった。

洗ったものにアイロンを当てて畳むということをやりたくなかった。なぜだか他の家事より、俺をみじめな気にさせる。

「アイロンだけは、難しくて無理だ」

と言ったが、千草は察しているのだろう。

「自分に一番似合わない仕事だ……って思うとか？」

と言い、自分でやっていた。

この程度の会話はないわけではないが、千草の「わだかまり」は消えていない。それは一生消えまい。ということは、昔のようにはなれない。

今朝もそうだった。出勤時に訊かれた。

「天気予報、午後から雨って言ってた？」

「うん。夜はひどくなるらしいよ」

「そう」

「大丈夫か？　店が終わる頃、迎えに行こうか」

「いい」

「俺ならいいよ。行くよ」

「いい。じゃ」

千草の方から話しかけても、結局は顔も見ないでこういう会話だ。

そんな日々にあって、倒産の残務処理で人と会ったり、銀行に行ったりするのが俺の楽しみになっていた。

家事の匂いがしない大手町や銀座を歩いていると、それだけで心が弾む。年季が明けて吉原《よしわら》の外に出た女郎の気持がわかる。

十一月十五日、すべての残務処理が終わった。もはや新しい世界に散っている高橋ら元役員四人に連絡すると、みんなが同じことを言った。

「慰労をかねて、早めの忘年会やりましょう」

「そうだな、ゆっくり飲みたいね」

「はい。楽しみにしてます」

どの電話もここで終わる。本当に楽しみにしているのなら、その場で日程を挙げるだろう。

これは定型の挨拶みたいなもので、本気で実現させる気はないのだ。俺も十分にわかっているので、日程を出しあおうなどと野暮は言わない。

高橋らにとっても、もうゴールドツリーは過去のワンシーンになっている。それが若さというものだろう。

いや、年齢ではない。ある時期にどんなに喜怒哀楽を共にしても、結局、時間や状況と共に散っていくものなのだ、人の世はすべて。

あの時は高橋とこうだった、あの時は四人と俺とで大手をやりこめた……などと懐しんだところで始まらない。

思い出と戦っても勝てないのだ。「勝負」とは「今」と戦うことだ。

今、俺の相手は家事か……。自嘲して台所に向かった時、電話が鳴った。

盛岡の工藤からだった。

「羅漢、元気か?」

「よォ! 元気に主夫やってるよ。どうした」

「税金の申告や事業計画のことで、ちょっと相談したいことがあるんだよ。資料とか帳簿見ながら話したいんで、盛岡に一泊で来られないか」

思ってもみないことだった。

「往復の交通費と宿泊費は出すから、何とか頼むよ」

「行くよ。交通費だけで十分。実家に泊まるしな」

「助かる！」

電話を切ると、早くもウキウキしてきた。盛岡に帰れることもだが、俺の力を必要としてくれる人たちがいることと、事業計画だの税金だのという言葉に燃えてくる。

ごはんを炊き、レトルトカレーを準備している間も、鼻歌が出そうだった。

「パパ、ご機嫌ね」

そう言って千草と一緒に帰って来たのは、道子だった。

「今日、ママの店にカットに行ったの。子供はお泊まり保育でいないから。ママったらさ、ほんとに正規の料金取るんだよ」

「当たり前だろう」

俺は笑って、道子の分もカレーを準備した。

「パパ、サラダとかマリネとか色々買ってきたよ。いっつもレトルトカレーと冷凍チャーハンだって聞いたからさ。ビールも買ったよ。最近、安い発泡酒みたいだから」

テーブルには、できあいの料理ばかりが並んだが、どれもうまい。

俺は久しぶりに本物のビールを飲みながら、わざと思い出したかのように言った。思い出すどころか、ずっとそのことでウキウキしていたのにだ。

「そうだ、千草、あさって一泊で盛岡に行っていいかな」

千草は一瞬ムッとした表情を浮かべた。俺は何だか焦り、

「いや、ダメなら別の日でいいんだ。高校の友達がNPOやってて、交通費は出すから、税金の申告やら色々と相談にのってくれって。いや、あさってじゃなくてもいいんだけど、行っていいかなと思って」

千草はニコリともしなかった。

「あなたの用でしょ。あなたがいい日に行ってよ。いちいち私に『行っていいか』なんて訊く必要ありませんから」

座に冷気が立ち昇った気がした。

千草は苛立ったように食べ、道子は黙った。俺はなぜだか、

「ごめん」

と謝り、シマッタと思った。「謝る必要ないわよ」と怒られそうに思ったのだ。

千草は仏頂面を崩さず、道子は黙り、三人で冷気の中でレトルトカレーを食べた。

千草が風呂に入っている間に、俺は片づけをすませ、鍋の汚れを落としていた。

「パパ、私帰る。ごちそうさま」

「一人で大丈夫か、もう十一時だぞ」

「ダンナが駅まで車で来てくれるって」

「そうか。よろしくな」

「さっきから見てたんだけど、鍋、丁寧に磨くんだね。びっくりした」

「汚れや古い焦げは重曹《じゅうそう》で落とすのが一番いいんだ」

「パパ、九千万が後ろめたいのは当然だけど、ママにあんまりヘイコラすることないよ」

「してないよ」

「してるよ。私、ママの苛立ちがわかるんだ。九千万のことはもちろん許せないけど、ママの顔色うかがってヘイコラしてるパパがイヤなんだよ」

「悪いのは俺だから、ついな」

「顔色を見て下手《したて》に出る男を、ママは好きになったんじゃないからね。自信があってグイグイ行く男だったから、好きになった」

「九千万も借金背負って、女房をどん底につき落としてグイグイ行けるか、バカ。この焦げ、しつこいなァ」

俺はさらに重曹を重ねた。

「でも、ママもバカ。パパを主夫なんかにして幽閉するから、ヘイコラしちゃうんだよ」

「お前、国語できなかったのに、幽閉なんて難しい言葉、よく知ってるな」

「知ってるよ。幽閉するから、どんどんママが好きじゃないタイプのパパになるんだよ。パパ、アメリカだったかイギリスだったかの大学の話、知ってる？」

「何の？」

「ダンナに聞いたんだけど、学生を二つのグループに分けて、一方は受刑者、一方は刑務官にして実験したんだって。そしたら片方はどんどん受刑者っぽくなって、もう片方はどんどん刑務官っぽくなって、これは危険だってあわてて取りやめたんだってさ」

「ありそうだな」

「ね。ママはどんどん高圧的になってさ、パパはどんどんヘイコラして」

「ママは高圧的じゃないよ」

「私なら、パパほどの男に鍋磨かせないよ」

「ほう。お前、父親コンプレックスか」

「元々、パパは好みじゃない」

「あ、そ」

「どんどん受刑者と刑務官になっていくのは危険だよ。離婚も含めて一度話しあいなよ。二人とも人生長いよ。パパ、一生鍋磨いてる気？」

道子は冷蔵庫からペットボトルの水を取り出し、帰って行った。

誰が一生鍋なんて磨いていたいものか。まだ四ヵ月かそこらだが、もううんざりだ。だが、これしか贖罪の方法は思いつかない。

離婚という道はある。しかし、少なくとも俺に決定権はない。

いっそ、千草が離婚を望んでくれないものかと思っている自分がいた。そうなれば盛岡に帰り、お袋の面倒を見ながら、また新しい人生を始められる。

しかし、妻の老後をだいなしにしたあげく、子までなした三十五年間の結婚生活を解消したがっている自分を考えたくなかった。

振り払うかのように、今度はフライパンを懸命に磨き始めた。

十一月十七日、俺は跳ねるような足取りで盛岡へ向かった。わずか一泊でも、家事やギクシャクした生活から解放される。

工藤のNPO法人「リボーン岩手」の支援センターは、IBC岩手放送近くのビル内にあった。

震災から時間がたったとはいえ、県内外の被災地から盛岡市に避難している人は多い。「リボーン岩手」は、ボランティアと共に、彼らを継続的に支援していた。

工藤からの税金申告の相談は、俺にしてみれば簡単なことだった。事業計画における銀行との交渉についても、細かく指示を出しておいた。

工藤は喜んだ。

「餅《もち》は餅屋だなァ。これからも交通費と飲み会だけで手伝ってくれよ」

それは俺にとってもどんなに心弾むことか。

盛岡は元々寒いところだが、今日はめっきり冷えこんでいる。だが、冷たい風までが嬉しい。男が故郷に持つ思いは、女のそれより強いのかもしれない。抑えても抑えても、気持が弾む。

飲み会までの時間、足の向くまま適当なバスに乗り、適当に降り、歩く。中津川《なかつがわ》にかかる中《なか》の橋《はし》をブラブラと渡りながら、ふと下を見て声をあげた。

「サケだ！」

流れの中に、とても数えきれないほどのサケが遡上《そじょう》していた。銀色の体は橋の上からもよく見えた。市の中心部を流れる川が、それほどまでに透き通っているということだ。

そうだった。盛岡はサケが帰ってくる町だった。ずっと忘れていた。

通りすがりの人たちは、昔と同じにやはり足を止めて下を見る。買い物途中のオバサンや自転車のオジサンたちもいる。孫に、

「ほら、サケが帰って来た」

と見せている祖母もいる。その時、川辺から子供たちの、

「がんばったねー！」

「がんばったねー！」

という声が聞こえた。小学校一、二年生だろうか。三十人ほどが引率教師と一緒に、川のサケをねぎらっている。

「お帰りーッ」

「よく帰ったねー！」

俺の隣りで見ていた老人が言った。

「毎年、地元の幼稚園で卵からかえして、稚魚を放流してるんでがんす。サケは四年かけて海を回って泳いで、それで生まれた川に戻るって。だから、あのワラシたちが幼稚園の時に放流したサケが、帰《け》って来たんだべ。ちょうど震災の年であんすな」

「そういえば……震災があった年の秋も、帰って来たと新聞で読みました」

「サケは何があっても帰ってくるんでがんすよ。長旅で傷だらけで、それでも故郷がよくて必死にたどりついて……。だから盛岡の人、みんなめんこがって」

老人はそう言うと、杖を鳴らしてゆっくり歩き去った。

眼下の傷だらけのサケは、最後の力をふり絞り、さらに上流まで上って行くのだ。

そして、そこで産卵し、死ぬ。川を上るサケの体に艶はなく、死力を尽くしているのだと橋の上からでも見てとれた。

こうして頑張る先に待つのは終焉《しゅうえん》だと、サケはわかっているのだろうか。俺は、

「よく帰って来たな。やっぱりここが好きか」

とつぶやいた。

翌日、東京に帰ると夕食に「芋の子汁」を作った。

お袋のところに一泊した朝、老人会の旅行で買ったという里芋を持たせられたのだ。重くてうんざりしたが、キノコ類や人参《にんじん》、ごぼう、ネギ、味噌ばかりか、お袋は大慈《だいじ》清《し》水《みず》の湧き水まで汲《く》んで来させていた。それをペットボトルに入れ、フルセットだ。

「豆腐もキノコも水も、うちの近くに売ってるよ」

と、さんざん拒否したが、

「郷里《くに》の料理を、フランスだの富士山だのの水で作ってはうまくねがんす」

と、動じない。お袋の方が十六羅漢だ。

千草が店から帰ってくるなり、道子とトシも呼んで宴会である。俺は「芋の子汁」の大鍋を食卓に運び、

「芋から豆腐から味噌、水まで本場もンだ。俺は汗だくでしょって来たんだからな」

と声が弾む。

「へえ、水まで？」

と驚く道子に、つい、

「盛岡はお前、海からサケが遡《さかのぼ》ってくる清流の町だよ。北上川、雫石川《しずくいしがわ》、中津川と三本の大きな川が町の中を流れ……」

と言い、ハッとおさえた。

故郷自慢は関係のない人たちには嫌われる。彼らにとっては、他人の故郷の山も川もどうでもいい風景だ。聞かされてはたまらない。

「さ、食って食って。トシ、最初はやっぱりビールか？　いっそ、日本酒から行ってしまうか」

俺が陽気に話を変えると、道子が手を挙げた。

「私、日本酒！　パパ、岩手のお酒あったでしょ。あれにして。今、パパが言ったみたいにさァ、三つの川が町の中で合流してる清流の都だもん、お酒もいいんだよね」

道子のヤツ、妙に俺に合わせるじゃないか。嫌いなはずの故郷自慢を、受けいれてくれている。

「ママもトシも、日本酒で行こ！」

道子の「命令」に、すぐに千草は燗《かん》の用意をし、トシは猪口《ちょこ》を並べた。

何だか嬉しかった。

こうやって少しずつ、夫婦関係が修復するかもという予感のせいなのか、故郷の空気を吸って来たせいなのか。

俺は芋の子汁をおかわりしながら、

「うまいよなァ。もう破格にうまいよ。材料のおかげだよなァ」

と声をあげた。

道子はグイグイと盃を重ねている。

「パパ、今日はホントに元気だよね。やっぱ、ちょこっとでも帰ると違うんだ」

「まあな」

「俺たちはみんな東京だから、田舎を持ってる人の気持は頭でしかわからないけど、いいものなんだろうな。遠い故郷ってな」

トシの一言に、思わず言っていた。

「うん。何ていうのか……故郷にいると自信が戻ってくるんだよ。東京での色んなことがさ、取るに足らないことじゃないかって」

その時だった。千草が鋭く言った。

「それ、ずいぶん失礼なセリフね」

俺は意味がわからなかった。何か失礼なことを言ったか？

道子もトシもわかっていないようだった。

「あなた、さんざん好き勝手やって、私にこれほどの迷惑かけて、会話する気にもならない家庭にしておいて、東京での色んなことが取るに足らないなんて、よく言えるわね」

焦った。

俺が「取るに足らないこと」としたのは、倒産と多額な負債の二点だけを指していたのだ。

千草にかけた迷惑や、会話のない家庭を指したのではなかった。それが何より重いことなのに、うかつだった。

「あなた、結局は私への罪の意識なんて全然ないのね。今までさんざんいい暮らしさせてやったからいいだろ、くらいにしか思ってないってよくわかった」

「いや」

と言いかけただけで、ピシャリと遮られた。

「もういい。十分に本音はわかりましたから。取るに足らないことでした」

憮然《ぶぜん》とする千草に、トシが言った。

「俺、そうじゃないと思うよ。壮さんは倒産や借金を免れようと、かけずり回って苦労したことや、住んでいる東京という町が、故郷に帰ったら何か遠い幻《まぼろし》のように思えたって……そういうことだろ」

「ママ、私もそう思って聞いてたよ」

俺は「その通りだよ」と言いたかったが、黙った。誤解される言い方をしたことは確かだし、もうどうでもいい気がした。

千草はトシと道子に鋭い目を向けた。

「当事者じゃないから、あなた達、呑気なものね。道子だって、還暦近くになってママの立場に立たされたら、よくわかるわよ。老後のために、ママがこつこつと貯えてきたお金も計画も、一瞬でパアよ。そこにママの責任は一切ないのよ。私の人生をメチャクチャにしておいて、取るに足らないはないでしょ。もしも、トシの言うように単に倒産と借金という意味だけだというなら、パパは一番重要なことを考えられない欠陥人間。会社で上に立てる器《うつわ》じゃない」

もうダメだなと思った。

いくら怒りに任せた言葉とはいえ、俺の尊厳をズタズタにしてくれた。

次の瞬間、言っていた。

「俺、盛岡に帰ろうと思うんだ」

一瞬の間もおかず、千草が返した。

「私は一緒に行きませんよ。盛岡なんて何の関係もないところで暮らせませんから」

「うん。お前と一緒になんて、最初から考えてなかったよ」

「へえ。最初から一人で逃げることを考えてたわけね」

「お前がもし離婚したいなら、それでもいいよ」

「今度は私に決断を委ねて、逃げるわけね」

千草が口を曲げて笑った。

「いや、俺は離婚はしたくないよ。だけど、こうして残りの人生を送るよりは、お互いに一人になってやり直す手もあると思ってはいる」

「私のためにって言うんでしょ。お心遣い、ありがとう」

皮肉めかしてそう言うなり、

「どうぞお好きに」

と、立ち上がろうとした千草に、道子が鋭く言った。

「ママも根性据《す》わってない女だよね」

そして、言ってのけた。

「そりゃパパのやったことは悪いよ。一切、ママに責任はない。だから、方法は二つしかないってこと。別れるか、元に戻るか。ママに考えてもみなって。ママは一人では食べていけないと思って結婚したんでしょ。どうせならいい暮らしができそうな、東大出のメガバンクの男をつかまえたわけでしょ。もしも、結婚した男が一生、ずっと健《すこ》やかで豊かで、自分を幸せにしてくれると思っていたなら、ママはバカ。妻になれる器じゃない」

千草は固まったが、ここまで言う娘に俺も固まった。

「生身《なまみ》の男だもん、病気もあれば事故もあるよ。他にも色々と何があるかわからないに決まってるじゃない。結婚なんてギャンブルだよ。それに、一人では食べられないから男を取っつかまえた以上、女もかぶらなきゃいけないものは当然ある。結婚はギブアンドテーク。その根性がないなら、別れる。二つにひとつだよ」

千草の唇が震えていた。今まで、己《おのれ》の器をとやかく言われたり、根性なしと言われたりしたことはないのだ。

「道子、そのセリフはパパにもそっくり当てはまるのよ」

「そうだよ。パパだって結婚すりゃ便利だとか、助かるとか思ったはずだしさ。この女なら、対外的にも恥ずかしくないとか、実家もちゃんとしてるとか、絶対に思ったよね。仕事一筋でこられたのもママがいたからだし」

その通りだ。恋愛結婚ではない。見合いして、悪くない条件だからと決めた。だが、今回の一件までは何の問題もなく、大切に思いあってやっていたのだ。

「二人ともさァ、利害があっても、チャペルで『健やかなる時も病める時も』って、神に誓ったわけでしょ。今がパパの病める時ってことだよ。ママ、カバーする気ないなら別れなって。九千万の負債ってだけで、誰もママのこと悪く言わないよ」

トシが初めて口を開いた。

「ま、最低限の暮らしはできるしな。俺も別れた方がお互い楽だと思うよ」

「娘としても、毎日鍋磨かされてるパパ、見たくないよ」

「ヘンなこと言わないでよ。鍋はパパが勝手に磨いてるんで、ママが命じたわけじゃありませんッ」

俺はしっかりと千草を見た。

「離婚は本意じゃないんだ、俺の。だけど、千草にはそれが一番いいと思うし、俺にとっても盛岡に帰ることがいい」

「あら、自分が帰りたいってことが第一でしょ。おためごかしはやめて」

道子が割って入った。

「パパを縛りつけておいても何のトクにもならないでしょ、ママ。もうお互いに解放されなよ。その方がお互いにトクだって。ただし」

道子は俺に断言した。

「故郷に帰れば、再起できそうだって思ってるなら甘い」

そして、せせら笑った。

「男の人って、すぐ故郷って言うんだよね。特に年取ると、故郷に帰りたいって言うのはほとんど男。女はまず言わない。わかってるからだよ」

何をわかってると言うのだ。

「故郷は遠くにあって、遠くから思うからいいってことを、だよ。パパの得意な石川啄木が最初にそう言ったんじゃなかったっけ？　パパ、故郷になんか住んでごらんって。同級生や町の人は、たまに会うから優しくしてくれるの。東京で仕事をしたり、東京から時々やってくるから、特別な目で見てくれるんだよ。どこの地方でも、まだ中央を見る目は特別なんだってば。だけど、戻ってくれば自分たちと同じだもの、誰も特別扱いなんかしてくれないよ」

工藤やネズミや同級生たちが、あの席で俺を特別扱いしていたとは思わない。

だが、東京という中央に対し、特別な意識を持つ人がまだいることは、吉川や及川の言葉からも確かだ。

東京に出る人間は優秀だからであり、地元に残る人間はその力がないからだと軽く見られる。

俺が戻れば、きっとUターンの同級生らと同じように「東京では使えねくて、戻って来たのす」と噂されるだろう。

だが、及川が言っていたように、「能力がある」とわかれば噂は消える。俺はNPOの経理をはじめ、示せる能力がある。

「壮さんが盛岡に帰るの、俺は大賛成だな」

言いにくい雰囲気の中で、トシが笑顔で断じた。

「定年から後の壮さん見てて、この人はソフトランディングできなかったんだと思ったよ」

道子が首をかしげた。

「ソフトランディング？　飛行機の軟着陸のこと？」

「うん。普通、会社は社員に対して、突然『終わった人』にはさせないよ。壮さんだって、メガバンクの上層部にいて、そこから子会社に出向して、その後で子会社に移籍して……という風に、少しずつ『終わった人』への下降が始まっていた。普通はそれで軟着陸する」

その通りだ。俺にも軟着陸の準備態勢は段階的に与えられていた。

「壮さんはさ、それでも復活をめざして、着陸を拒んでいたんだよ」

「その通りだな……。だから、俺は定年になった時、ガツーンと強烈な着陸をした」

「東京でその態勢から立ち直るのは大変だよ。いっそ故郷でゼロから始めるのは、すごくいいと思うよ」

誰も何も言わなかった。

もとより、千草はずっと黙っている。

すると、道子が大きな声をあげた。

「ああ、私が一番の勝ち組ね。私は専業主婦として、夫と子供と一日一日を生きて、毎日がソフトランディングだもん。そりゃ、子供が手を離れたとか、その時々のショックは今後出てきても、専業主婦には強烈な『終わった人感』はないと思う。パパを見てると、つくづく自分が幸せだと思うよ」

そして、千草を見て首をすくめた。

「言っとくけど、ママも楽じゃないよ。仕事のやり甲斐だとか、賞讃を受ける快感だとか覚えちゃって。幾ら自分の店でも、ママだって今に『終わった人』になるんだからね。私、知ーらない」

毎日がソフトランディングの道子は、さめた芋の子汁のつゆをのどを鳴らして飲んだ。

千草は、

「どうぞお好きに」

と言い、部屋を出て行った。

やがて、道子も子供を連れて帰り、トシは残って飲み直した。

「壮さん、結婚ってのもラクじゃないね。男にとっても女にとっても、ろくな話聞かないもんな。我慢して二人でいるか、別れるかしかないのかね。俺は死んでも再婚なんかしないな」

「結婚も人生と同じでさ、行きつくところは大差なくても、その途中ではしてよかったと思うこともたくさんあるんだよ」

「ただなァ、亭主が突然郷里《くに》に帰るって言い出すのは、女房にとっては災害だよな。同郷ならともかくさ」

「俺が帰る場合は、離婚が前提だよ」

俺は「どうぞお好きに」という言われ方で故郷に帰ろうとは思わなかった。離婚するならともかく、喧嘩腰で出て行く気はない。それは受刑者としては脱獄だ。

俺はゆっくりとグラスを傾け、苦笑した。

「道子には罵倒されたけど、郷里《くに》に帰って十五歳からの仲間たちと仕事をすれば、もう一度人生を必ずやり直せるって、根拠もないのに思ってさ」

「壮さんほどの人がそう思うんだから、世の男どもが『郷里に帰りたい』って大合唱するのはわかるよな」

「それと同じで、千草にとっては東京が故郷だ。千代田区九段《くだん》で生まれ育って、あの空気が郷里。俺が久々に見た盛岡の山や川に『ああ、帰って来た』と思ったように、千草は故郷東京にそう思うんだよ」

「俺もだな。どこから帰って来ても、山手線《やまのて》を見るとホッとする」

しばらく俺たちは黙った。

俺の脳裏には岩手山や北上川が浮かんでいた。トシには虫採りに夢中になった北《きた》の丸《まる》公園や靖国《やすくに》神社が浮かんでいただろう。

「俺が郷里でなら立ち直れると確信したように、九千万に叩きのめされた千草に、再び立ち上がる力を与えるのも故郷しかない。東京しかない」

「うん……」

「となれば、俺はここで千草とやり直す。心配するな」

トシはまた「うん……」とつぶやき、黙った。

夜更けまで飲んだトシを送り出し、シャワーを浴びた俺が寝室に入ったのは、午前二時を過ぎていた。

そっとベッドにもぐり込み、枕元の灯を消そうとした時、隣のベッドから千草が上体を起こした。

「あなた、盛岡に帰って」

「え？」

「私、離婚してもいいわよ。その方があなたも帰りやすいでしょ」

千草の目は笑っていなかった。

「お互いにいい年なんだから、生きたいように生きる方がいいわ」

ほのかな灯の下、六十歳の静かな顔だった。

二十四歳からこの年齢まで、他人の女が俺と人生を共にし、一緒に年を取って来た。

「私がどれほど故郷東京が大切か、あなたはわかってるようですから。私もわからなきゃね、あなたの気持。お休みなさい」

トシとの話を聞いたな、と思った。だが、切り口上であり、真に受けて一人で帰るわけにはいかなかった。

俺が「帰る」と口にしたことで、そしてそれに関して道子らが千草をも責めたことで、以後、夫婦の会話はますますなくなった。

さりとて、その後、千草の方から再び「盛岡に帰った方がいい」とは言ってくれない。俺も「帰る」とは二度と言っていない。

二人で暮らしていながら会話がほとんどないと、心が蝕《むしば》まれてくる。眠っている時以外はずっと沈痛な、みじめな気持がどんよりと立ちこめている。

俺は自分のせいでこうなったと思うものの、もはや打開の方法がわからない。

主夫業を頑張ってはいるが、要領が悪くてセンスがなく、ありがたがられているはずもない。みじめさばかりが募《つの》る。

「帰る」と言ってから十日ほどがたち、十二月が近い寒い夜だった。友達と食事してきたと言う千草に訊いた。

「何食ったの？」

「色々」

「寒いからな、鍋とか？」

「色々。お休みなさい」

千草は寝室に消えた。

話しかけるのはいつも俺で、返る答はいつもこんなだ。こんな状況が、どこかで千草は快感なのだろうか。そうとしか思えない。

俺の方はもう限界だった。すぐに寝室に追って行った。

千草は鏡に向かって、化粧を落としていた。

「きちんと話したい」

「何を？」

鏡の中の千草が言う。

「俺はここで千草とやり直せるなら、やり直したい。盛岡に帰りたいと言ったけど、もしも千草にもやり直してもいいという気が少しでもあるなら、本気でやり直してくれないか」

「盛岡に帰った方がいいって、私、言ったでしょ」

顔のマッサージをしながら、鏡の中で言う。

「だけど、千草は俺が帰ることより、俺にこうしてほしいということがあるんじゃないかと思ってね……。あるならそれをやることで、少しでも元に戻せないかと思って」

「別にない」

「今のままで本当にいいのか」

千草はクリームをティッシュで拭きとる。返事はない。

「いいならいいんだ。ただ、主夫と言ってもアイロン掛けは拒否し、めしはレトルトで、掃除は円《まる》く掃く。まともなのはゴミ出しと食器洗いだけだ。あげく会話はなく、ギクシャクした毎日を、千草が楽しがってるはずがない。俺はきっちりと話しあって、二人でここでやり直したい。千草は俺にどうしてほしい？」

ティッシュをのど元にも伸ばしながら、千草は鏡に向かって言った。

「どうぞお好きに」

キレた。

「そんな答があるかッ。それじゃ話が何も進まないだろうッ」

俺の怒鳴り声に、千草は何ら驚く風もなくベッドに入った。

「お休みなさい。部屋を出る時、灯を消して行って」

俺に背を向け、そう言った。

灯を消して、俺は部屋を出た。

もはや修復は不能だった。弁護士に相談して、できる限りのことをやり、俺は盛岡へ帰ろう。

棚のブッカーズをロックにし、ソファに腰を下ろした。

三十五年間も一緒に暮らし、子供を育て、いつも傍《そば》にいた妻と終わるのは切なかった。だが、あんな会話やこんな状況では、一緒にいても心身に害を及ぼす。もう覚悟の時だ。

何にでも終わりはある。早いか遅いかと、終わり方の良し悪しだけだ。いずれ命も終わる。そうなればいいも悪いもない。世に名前を刻んだ偉人でもない限り、時間と共に「いなかった人」と同じになる。

そう考えると、気楽なものだ。妻とは終わりにして、郷里《くに》で新しく生き直すのがいい。帰ったところで仕事もないが、元気は湧く。

だが、本当に妻と別れられるか。夫としての義務だの、九千万の責任だのという意味ではない。三十歳の俺と、二十四歳の千草が今まで重ねてきた日々の重みだ。毎日に色んなことがあり、その時代時代に色んなことがあった。それを一緒に経験してきた。

小さなことばかりが思い浮かぶ。新婚の頃、軽井沢《かるいざわ》にドライブした。あの時、千草は八種類ものお握りとたくさんのおかずを作って来た。花火大会の時は、眠った道子を背負って帰る俺に、「少し代わろうか」とのぞき込んで言った。雨の日は、幼い道子と手をつなぎ、駅まで迎えに来たこともあった。水玉模様の傘だった。

思い出す千草は、いつも笑顔だ。

俺の親父が死んだり、道子に子供が生まれたり、部下の仲人《なこうど》をやったり、千草の母親をホームに入れたり、何をするにも夫婦二人であり、二人で年を重ねて来た。

俺のせいでこうなったことは承知だが、今の千草はとても愛せない。そして、俺には離婚を望む気があることも確かだ。

だが、三十五年の来し方を振り返ると、いわば他人の女とあまりにも深い縁を感じて、ひるむ。

俺がもっと努力し、もっと本気で、もっと明るく日々を再構築しようとすれば、離婚は回避できるのではないか。相手を変えるより、俺が変わるべきではないか。

その端から思う。いや、そう簡単にできることではない。

また思う。どうせ平均寿命まであと十五年足らずだ。別れる必要があるか？

十五年くらい、死んだ気でやり過ごせばいいのだ。

いや、十五年は長い。まだ十分に若い六十代半ばからを、妻の顔色を見ながら刑に服すのか。

いや、だから別人になる気概で、俺が変わればいいのだ。もう学歴も職歴も何の役にも立たない年齢だ。腰を据えて主夫を楽しめば、きっと相手も変わる。男の料理教室に払う月謝はないが、テレビの料理番組を見るならタダだ。

俺はブッカーズのグラスを重ね、どうどう巡りしながら考え続けた。

そのまま眠りこんだらしい。寒くて目をさますと、すでに朝九時半だった。千草はとうに出勤していた。

フラフラと台所に行くと、朝食に使ったらしき一人分の皿が洗ってあった。千草はうたた寝の俺に毛布を掛けることも、ついでに俺の朝食を作ることもなく、出勤していったのだ。

俺は「ふーッ」と大きく息を吐き、洗面所へ向かった。

突然、鼻歌が出てきた。なぜか、ザ・ピーナッツの「恋のバカンス」だった。勢いのいいメロディを、ヤケッパチのように歌い、笑った。

うたた寝している俺に、千草が朝まで毛布も掛けなかったという事実は、俺をスッキリさせていた。そして、もう少しの努力をしてみようと決めた。それは、俺自身がすんなりと千草と別れるために必要なことだった。最悪の状況からさらに努力してみたがダメだったとなれば、積み重ねた歳月も縁も切るのが楽だろう。

夜九時、千草が帰って来た時、俺はアイロン掛けをしていた。

「お帰り。今朝はソファで寝ちゃって、ごはんも作れず申し訳ない。と言ったところで、朝はコーヒーいれるだけだけどな」

そう笑ってアイロンを動かした。

「シャツとか難しいものは掛けられないけどさ、やってみるとこれはこれで奥が深い。アイロン掛けだけはイヤだと言う俺は、浅かったよ」

千草はチラと俺を見るなり、

「着がえてくる」

と出て行った。

三日ほどすると、ハンカチや枕カバーなど四角い平らなものは、短時間で仕上げられるようになった。

ただ、アイロン掛けは俺をみじめな気持にさせ、景気づけの鼻歌が大きくなる。曲も威勢のいいものになる。

出てきた鼻歌は、またもザ・ピーナッツだった。「月影のナポリ」だ。俺が昔、この曲を聴いていた頃は、まさかこんな情けない六十代を迎えるとは思ってもいなかった。

夜九時半、帰宅した千草は、

「ちょっと話があるの」

と食堂テーブルの椅子を引いた。

向かいあって、俺も座る。何も話さないうちから変に息苦しくなり、立ち上がって冗談めかして言った。

「発泡酒、日本酒、ウィスキー、ワイン、各種ありますが、ご所望は？」

千草の細い手が、「座れ」と命じた。

「まじめな話よ。あなた、盛岡に帰って」

目は穏やかだった。

「私もこの状態がいいとは思ってないし、家が全然楽しくないから、休まらない。道子にママも悪いって言われたけど、私は悪くないと思う」

「うん、悪くない」

「離婚が一番楽になれると思って、あれからずっと考えてたのよ。だけど踏ん切りがつかない。私はいったいどうしたいのか、わからなくなって。面倒だから、このままでいいじゃない、どうせあと幾らもしないで、私もあなたも死ぬんだからって」

同じことを考えるものだ。

「そしたら、この間、あなたがアイロン掛けてるとこを見た。アイロンだけは主夫になっても掛けないぞって言ってた人が、ちょうど私のエプロンのヒモに掛けてるとこだった。家庭でのアイロン掛けは、すごくみじめな気分にさせられるんでしょ、あなた」

「ま、いや……」

「なのに、ついにアイロンまでというところを見て、私のせいだなって。一人にして、楽にしてあげようと思ったのよ。私も楽になる」

やっぱり離婚に行きついたか。

「俺も離婚が一番だろうなと思ってはいたよ。だけど、千草の決定に従おうと思ってた」

「何かホッとした顔ね」

「いや、できればしたくないよ」

どちらも本当だ。

「私、離婚はしないわよ」

「え？」

「離婚のプラス面を数えあげても、どうしても踏ん切りがつかない」

「九千万で苦しめられてもか？」

「許してはいない」

「離婚しないで盛岡に帰れってことは、別居か」

「卒婚《そつこん》」

「卒婚？　何だ、それ」

「店のお客さんに聞いたの。最近、すごく多いって。そのお客さんも卒婚したんだけど、結婚を卒業すること」

「離婚と同じだろ」

「じゃないの。離婚は不仲の夫婦が籍を抜く方法よ。でも、卒婚は籍を抜かずに、お互いに自分の人生を生きるために、同居の形を解消するの」

「……俺たちは不仲じゃないと思っていいのか」

千草は表情を変えず言い切った。

「不仲よ。私も許していないし、あなたも私にうんざりしてる。でも、お互い、離婚には行きつけないでいる」

その通りだが、ずいぶんと都合のいい形態だ。「卒婚」などという女性受けしそうな造語も不快だ。

千草は俺のそんな内心を読んだのだろう。

「二重生活になるから、お金の問題がある。それは、きちんと話しあってからスタートさせるわ。介護だとか籍が入っているために出てくる諸問題は、それが起こった時に考えればいいと思う。私、身にしみたから。人生なんて、先々を前もって考えて手を打っても、その通りには行かないものだって」

九千万のことを言っているのは明白だった。老後を考え、その時々で我慢もして、地道に積んでいた金が一瞬にして消えたのだ。

「世の多くの人は、平均寿命は生きるだろうと考えて、できる我慢はして、将来のために今を犠牲にして頑張る。でも、五十代でポックリ、六十代でポックリもあるのよね。人は『今やりたいことをやる』が正しいと身にしみた」

「申し訳ない」

反射的に謝った俺に、千草は何も言わなかった。チラと見ると、強い目をしていた。

夫を許せず、不仲であることを否定しない妻の、心の目だった。

「わかった。年明けには盛岡に帰るよ。卒婚って不快な気持の悪い言葉だけど、趣旨はいい。いつか、お互いにその趣旨通りに『ちょっと会いたくなったから来た』とか、『中間地点の仙台で二人で飲もうよ』とか言って、ゆっくり話ができたりする日……きっと来るように努力するよ」

俺は言いながら涙腺がゆるみそうだったが、千草はシャラッと聞き流している。

その一方で、早くも力が湧きあがる自分がわかった。道子が言う「幽閉」が終わる。年季が明けて外に出られる。それも故郷だ。何よりも千草から提案してくれた別居、いや卒婚だ。とにかく離婚も避けられた。

あとはその時その時だ。

翌朝、俺は気合いが入り、新聞の料理欄を見ながらフレンチトーストを作り、サラダまで添えて千草に食べさせた。

相変らず、会話は続かない。

「初めて作ったけど、うまいよな」

「そうね」

「夕飯は何かレトルトじゃないものに挑戦してみるよ。何がいい？」

「何でも。じゃ」

と、ご出勤だ。

だが、千草から帰郷を言ってくれたことが、俺をどれほど生き返らせたことか。感謝させたことか。

朝食の片づけをすませ、本当に歌いながら洗濯機を回した後で、盛岡のお袋に電話をかけた。

ちょうど美雪が来ており、電話を取った。

「オオ、来てたのか。美雪、俺一月から盛岡でお袋と暮らすよ」

「え……」

美雪は一瞬、息を飲んだ。そして、お袋に聞こえないようにだろう、小声で囁《ささや》いた。

「まさか、リコン……？」

「違うよ。母さんさ替わって。心配するな」

お袋は話を聞くなり、

「あやァ、まんつ嬉しごど。だっとも、千草さんはここで暮らせるべがねえ」

と言う。

俺は卒婚のことを明るく説明し、心配させないように、

「しょっちゅう夫婦で行き来するんだよ」

と、少しオーバーに言った。

美雪は、飛びはねんばかりの声をあげた。

「兄さんが来てくれると、私、旅行もできるわァ。母さんは、自分のことはまだ全部自分でやるのす。すたども、やっぱり一人残しておくのは心配で」

お袋はさらに嬉しそうに、

「千草さんが一緒でねば、私も何の気兼ねもいらながんすもの。まんつ何たら幸せだごと」

と堂々と本音を吐いた。

「壮介、年齢《とし》なんぼになった？」

「六十六」

お袋は感嘆したように言った。

「六十六か。良塩梅《いいやんべ》な年頃だな。これからなってもできるべよ」

八十九歳から見れば、六十六歳はいい塩梅《あんばい》の年頃で、これから何でもできる年代なのだ。

「終わった人」どころか、「明日がある人」なのだ。

まだ母親に目をさまさせられている自分が、何だか嬉しかった。

電話を切る時、

「母さんももっと長生きできるべよ。俺が行げば」

と言うと、声をひそめた。

「いやいや、長生きも考えもんでやんすよ。鉈屋町《なたやちょう》の伊藤さんの婆ちゃん、この間百三で死んだら、まんつ葬式に友達誰も来ねがったのす。みんな死んでまって」

二人で大笑いした。何もかもが嬉しかった。

年が明けて間もなく、神田の「漁楽洞」に、二宮を呼び出した。

盛岡出身の女将がいるこの店は、元々は二宮の行きつけだ。

「羅漢、遅くなって申し訳ない。イヤァ、寒い。新春の寒さが一番こたえるな」

「ごめんな、急に呼び出して」

「俺、熱燗」

「最初っからか」

「最初っから」

「二宮、去年の秋、盛岡に誘ってくれて本当に感謝してる」

「何だよ、今さら」

「うん。俺、盛岡に帰るんだ」

「ええーッ!?」

二宮は、回りの客が振り向くような声をあげた。

「帰るって……暮らすってことか」

「ああ。工藤のとこで経理のボランティアやったり、お袋の面倒見たりする。張り切ってんだよ、俺。女房は東京に残る。いや、離婚じゃないよ」

「そうか……驚いたなァ」

「お前が秋に誘ってくれなけりゃ、こんな展開なかったよ」

「そうか……よく決断したな。奥さんもな」

「うん。俺にあれほどのことされてな。円満な遠距離結婚を、彼女から言ってくれたよ」

「帰るか……そうか」

それから二人で、飲みに飲んだ。

二人とも気持が高ぶっていた。俺は嬉しさと一抹の淋しさで。二宮は淋しさと、たぶん一抹の羨しさで。

店を出たのは、十一時を回っていた。

酔いをさますかのように、いい気分で並んで歩いた。

「この寒さ、気持いいな」

そう言って二宮は北風に顔を上げ、俺も深呼吸した。

「うん。盛岡みたいだな」

「盛岡は毎日こうだもんな、秋の終りから毎日」

「な」

それから冷たい風の中を、また黙って歩いた。

駅が見えて来た時、二宮がつぶやいた。

「胡馬《こば》北風《ほくふう》に依《よ》る」

何のことか、どういう意味かわからなかった。

「北方で産まれた馬は、北風が吹くたびに故郷を懐しむ」

「そうか。俺もお前も胡馬か」

「元気でやれよ。遊びに行くよ」

北風の中で、胡馬は胡馬の出す手を握り返した。

エピローグ

二〇一六年一月の終わり、東京の空はどことなく春色をしていた。風も暖かい。

俺は今日、東京発十二時二十分の「はやぶさ」19号で、盛岡に発つ。

一昨日、トシと道子一家、それに伊東のホームで暮らす千草の母親まで来て、俺の壮行会をやってくれた。

俺たち夫婦は母親に気づかせぬよう、いつもよりは会話もし、笑いもしてみせたが、状況は変わっていない。

千草は初めての一人暮らしに不安もあろうが、卒婚を決めて以来、すっきりしたような、いい表情になった。

とはいえ、実態は「別居」であり、問題は色々出てくるだろう。だが、少なくとも今は、この選択が俺たちを伸び伸びさせていることは確かだ。

千草は今朝、

「いずれ休みの日に、お義母さんや美雪さんにご挨拶に行きますから」

とだけ言い、出勤して行った。「体に気をつけて」という型通りの一言さえなかったのには、苦笑した。

東京駅に着いたのは、発車の二十分も前だった。つい張り切りすぎた。ホームを歩いていると、俺が乗る六号車の前で、小さく手を振っている女がいた。

久里だった。

「田代さん、お見送りに来ました」

そうか。トシに聞いたか。

「一人で来たの？」

「はい。トシさんに言われて」

トシは俺と久里のこと、勘づいていたなと思った。

「田代さん、イーハトヴにお帰りになるんですね」

宮沢賢治の『注文の多い料理店』には、「イーハトヴ童話」という冠《かんむり》がついている。イーハトヴは「理想郷」と訳されることが多く、賢治はそれを岩手県だとしている。

「イーハトヴか。賢治が好きな久里さんらしいけど、僕の前途はイーハトヴかどうかわからないよ」

俺が笑うと、久里も笑った。きれいだった。

「トシさんが言ってました。壮さんはきっと再生するって」

「トシとは続いてるんだ」

「はい。でも、私以外にも色々とあるようで」

「だろうな。久里さんにとっても、トシはイーハトヴではないわけだ」

「私、絵本専門士の資格を取ろうと思っているんです。書くことではなく、子供と絵本に関わる専門家です」

「それはいいね。久里さんが自分の足でしっかり立っていれば、トシとのことだけでなく世の中すべてがイーハトヴになるよ。必ず」

「私、田代さんにあれほどお世話になりましたのに、万分の一もお返しできませんでした」

久里はそう言って、深く頭を下げた。

顔をあげると、涙ぐんでいた。

そして、バッグから泣き笑いの顔で本を取り出した。『注文の多い料理店』だった。

「お持ちでしょうけど、イーハトヴに向かう車内で読んで下さい」

「ありがとう。トシによろしくね。元気に出発したよって」

ホームに並んでいた乗客たちが、車内に入り始めた。

「久里さん、トシと盛岡に遊びに来て。石割桜《いしわりざくら》といってね、樹齢三百六十年という桜の木がある。それが巨大な花崗岩《かこうがん》を突き破って伸びていて、毎年みごとな花を咲かせるんだ」

「すごい。岩を突き破って、桜が？　三百六十年も？」

俺はうなずいて、久里を見た。

「あれに比べりゃ、たいていのことは、どうってことねがんす」

「んだんだ。下向いて生きてれば、人生いだわしものな」

今度は二人で笑った。

ホームで手を振る久里を残し、列車はイーハトヴへと走り出した。

今では故郷より長く住んだ東京であり、卒婚だかもうまくいくかわからないというのに、気が高ぶる。朝から何も食べていなかったが空腹も感じない。久里からの『注文の多い料理店』を読む気にもなれない。

ただひたすら、窓外の風景を見ていた。

福島あたりを通過している時、携帯電話が鳴った。

千草からだった。

何かあったのかと、電話を耳にデッキに走った。

「今、あなたの次の『はやぶさ』に乗った」

「え……え？」

「あなたより一時間遅く着く。だから、そのまま盛岡駅南口の改札で待ってて」

「お前……店は」

「うん、午後のお客様二人には、事情を話して別の日にしてもらった」

「そんなこと、いいのか」

「夫が盛岡へ単身移住する日なのでって。急ですが、やっぱり私も姑《しゅうとめ》に挨拶した方がいいと思いましてって。馴染みのお客様なのでよかった」

千草はそう言って、電話を切った。

一時間遅れて現われた千草に、俺は嬉しさを隠せなかった。千草も照れたような笑顔だった。

これから別々に暮らす幾ばくかの感傷も、いい影響を与えているのかもしれない。

俺は千草と並び、北上川に架かる橋を渡った。

川の向こうに、くっきりと岩手山が見えた。

「あ。あれ岩手山ね」

俺はうなずいた。ああ、故郷の山がある地に帰って来た。

「この橋の名前、何だと思う？」

「知らない」

「開運橋《かいうんばし》」

千草は浅い春に輝く北上川を眺め、微笑した。

「運を開く橋。いい名前ね、開運橋……」

年齢を重ねた男や女の「運」とは何だろう。

若い時ならば、ありとあらゆる方向への運を欲し、ものにしようとする。

だが、年齢と共に、それは形を変える。

「北上川って、白鳥が来るんでしょ」

「そう。中津川にはサケが帰って来る」

「あなたみたいね、サケ。故郷回帰」

「サケは回帰してすぐ死ぬ。俺は終わらないよ」

「学習できない人」

同時に吹き出した。

どうしても切れない他人と人生を歩き続けることは、運そのものかもしれない。

開運橋をゆっくりと行く俺たちの上に、北国の澄んだ青空が広がっていた。

あとがき

定年を迎えた人たちの少なからずが、

「思いっきり趣味に時間をかけ、旅行や孫と遊ぶ毎日が楽しみです。ワクワクします」

などと力をこめる。むろん、この通りの人も多いだろうが、こんな毎日はすぐに飽きることを、本人たちはわかっているはずだ。だが、社会はもはや「第一線の人間」として数えてはくれない。ならば、趣味や孫との日々がどれほど楽しみか、それを声高に叫ぶことで、自分を支えるしかない。

こういう男を主人公にして小説を書きたいと思ったのは、もう二十年以上も前だ。その頃の私は四十代で、まだ実感もないまま脇に置いていた。

そして数年前、私も還暦を迎え、友人知人は次々に定年を迎えた。同時に、クラス会や昔のサークルのOB会や、数々の会合がひんぱんに開かれるようになった。もちろん、私も楽しみに出席していた。

その時、それらの会でふと気づいたのである。若い頃に秀才であろうとなかろうと、美人であろうとなかろうと、一流企業に勤務しようとしまいと、人間の着地点って大差ないのね……と。

着地点に至るまでの人生は、学歴や資質や数々の運などにも影響され、格差や損得があるだろう。だが、社会的に「終わった人」になると、同じである。横一列だ。本書の主人公のように、着地点に至るまでの人生が恵まれていれば、かえって「横一列」を受けいれられない不幸もある。

ならば、何のためにガリ勉し、あがき、上を目指したのか。もしも「最後は横一列」とわかっていたなら、果たしてそう生きたか。

そんな中で、「終わった人」というタイトルがハッキリと浮かんだ。

六十代というのは、男女共にまだ生々しい年代である。いまだ「心技体」とも枯れておらず、自信も自負もある。なのに、社会に「お引き取り下さい」と言われるのだ。

本書の主人公は、何とか再び第一線で働きたいという本音を隠さない。生々しい六十代の元エリート銀行マンである。彼は果敢に職を探し、自分を生かそうとする。

だが、この主人公がグイグイと進めば進むほど、私は国際政治学者の坂本義和さんが秋田魁《さきがけ》新報で語っておられた言葉が脳裏から離れなかった（二〇一三年一月十一日付）。それは国家を論じたものであったが、

「重要なのは品格のある衰退だと私は思います。」

とあり、さらに英国が、

「衰え、弱くなることを受けとめる品格を持つことで、その後もインドと良好な関係を結んでいます。（中略）品格のある衰退の先にどのような社会を描くか。」

と続く。これはアンチエイジング至上の現代日本において、また、若い者には負けないとする「終わった人」において、大きな示唆である。

主人公は岩手県盛岡市出身ということで、岩手の友人知人を総動員して多く

を教わった。岩手の文学関係と料理は脚本家の道又力さんに、盛岡弁は「もりおか歴史文化館」の畑中美耶子館長に、さらには啄木研究家の山本玲子さんに、震災後にNPOを立ち上げた作家の斎藤純さんに、そして、岩手医大の循環器医師だった新沼廣幸さん（現在は聖路加国際病院）に、お礼を申し上げたい。また、元銀行マンの渕岡彰さん、株式会社イー・スピリットの足立茂樹さんにも、教わるところは大きかった。そして、昔からの友人でプロボクシングA級レフェリーの吉田和敏さん、同じくプロレスラーの武藤敬司さんにもお世話になった。「思い出と戦っても勝てねンだよ」というのは、武藤さんの名言である。さらに、経理に疎《うと》い私に、一から十までアドバイスを下さった公認会計士の佐野義矩、義倫両先生にどれほどお手間をとらせたか。

本著は私にとって、初めての新聞小説でもあるが、講談社の担当編集者の小林龍之さんの細やかな感想が本当にありがたかった。また、元担当であった内藤裕之さんから多くの刺激を頂いた。

私は啄木をもじるほど図々しくはないと言いつつ、左記は私の思いである。

「此書をすべての読者の
遥に故郷の山河に捧ぐ」

平成二十七年八月

東京・赤坂の仕事場にて

内館　牧子

解説

佃 和夫

私の大学時代の同級生に水町五郎《みずまちごろう》という男がいる。工学部機械工学科を卒業後、鉄鋼メーカーに就職したが五年で退職、医学部で勉強し直し医師となり、今、大牟田《おおむた》で広く老人医療に携わっている。

昨年十一月、東京で機械工学科の同期会を開いた折り、彼は「老人達への助言」と題して、五十年前は皆、青雲の志を持ち闘志を漲《みなぎ》らせた若者だった男達約五十人を前に講演をした。

「我々老人は既に多くのものを失ってしまった。視力、記憶力、ゴルフの飛距離、そして権力。でもよく考えてみてくれ、残っているものの方がずっと多い。ゴルフだって百五十ヤードは飛ばせるのだ。記憶力だって名前は出てこなくても顔には見覚えがある。失ったものをいつまでも惜しみ、嘆き続けるのではなく、残っているものを生かして精一杯生きることに意欲を燃やしてほしい。今までしたくても出来なかったけれど、ひと通りの社会的責任を終えた今だからこそ出来る教育、農業、工芸、家事など我々にとって新しい分野に楽しみながら挑戦しようではないか」

老人の命の燃やし方として温かい助言をもらったと思った。同時に、卒業以来五十年ぶりに会った彼が一気に身近な友人になったような親しみを覚え、決して平坦ではなかったに違いない長い道のりを乗り越えて手に入れた心の広さとやさしさを彼の柔和《にゅうわ》な表情に見たような気がした。

翌日、彼を含めて同期会のメンバー十人余りでゴルフを楽しんだ。彼は七十歳近くになって始めたそうで、週に二回くらい練習場に行き、力一杯クラブを振っているらしい。周りに居る教え魔が、「先生、そんなに力を入れてはダメですよ」と言っても「二百ヤード飛ばさなくっちゃ」と返して、十球も打てば汗ダラダラになるのだという。どうも前日の彼の講演と話が違う。

ゴルフ終了後、すぐに飛行機で大牟田に帰り翌日の診療に備えると言う彼清々《せいせい》に、「大病院だから若い医師も多いだろう。今日は理事長の君がいなくて清々《せいせい》しているに違いないから、今晩も帰れないと電話したらきっと喜ぶ。今夜は一杯やろう」と提案した。案の定、病院の人達からは「どうぞどうぞ」の返事だったらしい。

その日小料理屋で酒を酌《く》み交わしながら「お前は自分で言うほど立派に成仏していない」などと言い合っていたら、側で聞いていた女将《おかみ》に、「お二人とも、自分があまり立派じゃないと自覚しておられるから、まだ救いがありますわよ！」と豪快に笑い飛ばされた。

それから半月余り経った暮れも押し詰まった頃、内館さんから突然お手紙をいただいた。以前、読んで面白《おもしろ》かったとお話ししたことのある『終わった人』の文庫版の解説を書いてくれないかとの御依頼であった。丁度、水町君と我々老人達の今後の居場所について話をしていたところだったので大いに興味を持った。しかし私には解説を書ける程の文化的素養も無く、まして文章力となると短い手紙を書くのでさえ四苦八苦である。酷《ひど》い原稿を送りつけたら内館さんも処理に困り大変な迷惑をかけることになる。辞退しようかなと思いながら手紙を読み進めると、「〝ダメ元〟でまずはお願いしてみようと決心した次第です」とあった。

いかにも彼女らしい素直なもの言いである。この一言で私は書いてみようという気になった。十二分に余裕をもって締切前に原稿を出せばなんとでも処理して頂けるであろう。リスクは向こう側にある。

内館さんは脚本家として華々しくデビューされるまでの約十三年間、当時の三菱重工業（株）横浜造船所（現・横浜製作所）に勤務され、社内報の編集を担当されていた。氏は退社後も弊社を〝うちの会社〟と表現され、愛していただいていたためか、私も自然とお会いする機会が増えた。同時に氏の横浜造船所時代の仕事ぶりやエピソードについても当時の同僚達から耳に入ってきた。「彼女に社内公文の作成を頼むと、あとから修正するのが大変だった。なにしろ厳密に定められている社内文書規定をまったく守らないのだから。公文は内容を絶対に誤解されないよう、簡潔、明瞭に伝えるのが役目。美しいはずがない。ところが彼女が書くと美しく婉曲《えんきょく》的になる。困ったよ」……元上司の言葉である。

「ある時、人事調査表（自分の職務や人事に対する要望などを書いて会社側に提出する書類）を英語で書いてきたことがある。しかも、ニューヨーク駐在員になりたいと希望してきた。当時は女性社員は国内出張さえほとんどなかった時代だからねえ。理由を訊《たず》ねたら〝ニューヨークに旅行で行った時に見た摩天《まてん》楼《ろう》の間から昇る朝日があまりに美しかったから〟と言う。びっくりしたねえ〜」……これも別の元上司の話である。

いずれも相当に誇張された話とは思うが、妥協を嫌い、自分流を通しながらも、上司からも同僚からも可愛《かわい》がられ慕われていたそうである。

こんな内館さんは、会社という組織に取り込まれて四十年余り働き、そして定年を迎えて去っていく男達をどのように見ておられたのだろうか？

「定年って生前葬だな」で始まるこの物語の主人公は、まだ頭も身体も元気だが定年で今までの職場を追われることとなった六十三歳の男である。彼は自分に自信があるだけに活気溢《あふ》れるグラウンドへの未練を断ち切れずにいるものの、代わりに手に入れた十二分な時間を、長年寂しい思いをさせたに違いない妻と一緒に過ごそうと考える。さらには、カルチャースクールで自分の人間の幅を広げるとともに同好の士と新しい人間関係を作ったり、スポーツジムに通ってスリムな体と健康だけでなく、ひょっとして胸のときめく出会いをも手にできるのではないか……と試行錯誤する。

ところが、妻は、夫が仕事に明け暮れて家庭には目もくれなかった時期に、すでに自分自身の人間関係を作り上げており、今も充実した毎日を送っていた。「温泉に行こうよ」と誘っても、「一泊くらいならつきあうけど」という返事をされて、彼は打ちのめされる。カルチャーセンターでは本当に生《い》き甲《が》斐《い》として打ち込める課題を探し得ず、スポーツジムではジジババと他愛のない話に興ずるサークルに馴染めない。そして彼は過剰気味の自意識とそれ故《ゆえ》の女々《めめ》しさの所為《せい》か、定年後の自分の居場所を探しあぐねた末、数十年慣れ親しんだ戦場に再び身を投ずることになる。そのリスクの大きさが今の自分の身の丈《たけ》を超えていたにもかかわらず……。

人は皆、歳と共に世代交代の波に押し出されるように社会の第一線から身を引き、世間から次第に忘れ去られ、自分の新たな身の置き場を探し求めるようになる。特に組織の中に生きてきたサラリーマンはこの変化が顕著であるうえに世間が狭いため、「変化」や「未知の分野」にことさらに憶病であり、住み慣れた第一線にしがみつこうとする。歳をとってから他人《ひと》に「あなた誰？」と言われるのが男は恐い。水町君の助言にある「新しい分野に楽しみながら挑戦する」のは気楽なようで大変な勇気と決断を要することなのである。だから「いずれ力が尽きるまで」と心に定め精一杯「あがく」人がいても不思議ではない。

「我こそは」の気概のある老人達が若者達と同じように気力をかきたてて第一線で奮闘する社会……いいではないか。周りの者も大目に見てほしいと思うのは老人の我儘《わがまま》であろうか。

一方、主人公の妻や娘のケレン味のない雄々しさには脱帽である。思うに、最近のテレビでの討論会をみていても、舌鋒《ぜっぽう》鋭く相手を追い詰めるのは女性の論者。気弱げに伏目がちにボソボソと反論するのは男性軍。どうも旗色が悪い。

主人公に向かって妻は「何でそんなにめめしいの？　いつ迄《まで》グジグジと愚痴を言って、暗くなってる気？」「私、今ね、ちょっと仕事に夢があるの。いずれ話すけど、あなたも好きにやって。お互い、もうたいていのことは許される年齢よ」と言い放つ。冷たい言葉のようではあるが、その中に夫への寛容な気持が読みとれて読者をほっとさせる。一人で娘を育て、自分の事業の準備を整えてきた自信のなせるわざであろう。今彼女は夫から離れて大きく自由な世界へ飛躍しようとしている。

だが、いずれ彼女にも自分が活躍したグラウンドから身を引かなくてはならぬ日が来る。ベンチへ退《しりぞ》き、観客の歓声も届かなくなる日が来る。その時彼女は、きっと夫の、挫折した心の傷に耐えてきた者のみが持つ優しさに、そっと翼を休めたいと思うに違いない。

（三菱重工業相談役）

●本書は二〇一五年九月に、小社より刊行されました。
文庫化にあたり、一部を加筆・修正しました。

JASRAC 出 1801697-323

|著者| 内館牧子　1948年秋田市生まれ、東京育ち。武蔵野美術大学卒業後、13年半のOL生活を経て、1988年脚本家としてデビュー。テレビドラマの脚本に「ひらり」(1993年第1回橋田壽賀子賞)、「てやんでえッ!!」(1995年文化庁芸術作品賞)、「毛利元就」(1997年NHK大河ドラマ)、「塀の中の中学校」(2011年第51回モンテカルロテレビ祭テレビフィルム部門最優秀作品賞およびモナコ赤十字賞)、「小さな神たちの祭り」(2021年アジアテレビジョンアワード最優秀作品賞) など多数。1995年には日本作詩大賞 (唄：小林旭／腕に虹だけ) に入賞するなど幅広く活躍し、著書に小説『すぐ死ぬんだから』『今度生まれたら』『老害の人』、エッセイ『別れてよかった』『牧子、還暦過ぎてチューボーに入る』ほか多数がある。東北大学相撲部総監督、元横綱審議委員。2003年に大相撲研究のため東北大学大学院入学、2006年修了。その後も研究を続けている。2019年旭日双光章受章。

終《お》わった人《ひと》
内館《うちだて》牧《まき》子《こ》
© Makiko Uchidate 2018
2018年3月15日第1刷発行
2023年8月10日第23刷発行

講談社文庫
定価はカバーに
表示してあります

KODANSHA

発行者――髙橋明男
発行所――株式会社　講談社
東京都文京区音羽2-12-21　〒112-8001
電話　出版 (03) 5395-3510
　　　販売 (03) 5395-5817
　　　業務 (03) 5395-3615
Printed in Japan

デザイン―菊地信義
本文データ制作―講談社デジタル製作
印刷―――株式会社KPSプロダクツ
製本―――株式会社国宝社

落丁本・乱丁本は購入書店名を明記のうえ、小社業務あてにお送りください。送料は小社負担にてお取替えします。なお、この本の内容についてのお問い合わせは講談社文庫あてにお願いいたします。
本書のコピー、スキャン、デジタル化等の無断複製は著作権法上での例外を除き禁じられています。本書を代行業者等の第三者に依頼してスキャンやデジタル化することはたとえ個人や家庭内の利用でも著作権法違反です。

ISBN978-4-06-293876-1

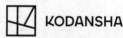

講談社文庫刊行の辞

二十一世紀の到来を目睫に望みながら、われわれはいま、人類史上かつて例を見ない巨大な転換期をむかえようとしている。

世界も、日本も、激動の予兆に対する期待とおののきを内に蔵して、未知の時代に歩み入ろうとしている。このときにあたり、創業の人野間清治の「ナショナル・エデュケイター」への志を現代に甦らせようと意図して、われわれはここに古今の文芸作品はいうまでもなく、ひろく人文・社会・自然の諸科学から東西の名著を網羅する、新しい綜合文庫の発刊を決意した。

激動の転換期はまた断絶の時代である。われわれは戦後二十五年間の出版文化のありかたへの深い反省をこめて、この断絶の時代にあえて人間的な持続を求めようとする。いたずらに浮薄な商業主義のあだ花を追い求めることなく、長期にわたって良書に生命をあたえようとつとめるところにしか、今後の出版文化の真の繁栄はあり得ないと信じるからである。

同時にわれわれはこの綜合文庫の刊行を通じて、人文・社会・自然の諸科学が、結局人間の学にほかならないことを立証しようと願っている。かつて知識とは、「汝自身を知る」ことにつきていた。現代社会の瑣末な情報の氾濫のなかから、力強い知識の源泉を掘り起し、技術文明のただなかに、生きた人間の姿を復活させること。それこそわれわれの切なる希求である。

われわれは権威に盲従せず、俗流に媚びることなく、渾然一体となって日本の「草の根」をかたちづくる若く新しい世代の人々に、心をこめてこの新しい綜合文庫をおくり届けたい。それは知識の泉であるとともに感受性のふるさとであり、もっとも有機的に組織され、社会に開かれた万人のための大学をめざしている。大方の支援と協力を衷心より切望してやまない。

一九七一年七月

野間省一